L'ÂME DU CORBEAU BLANC

Ce livre a été réalisé avec le soutien du Ministère de la Culture de la Fédération Wallonie-Bruxelles

Retrouvez tous les livres de maelstrÖm reEvolution

à la Boutique-librairie maelstrÖm 4 1 4

Ouvert du mercredi au samedi de 14h à 19h ou sur rendez-vous
364, chaussée de Wavre – 1040 Etterbeek – Belgique
Tel. : +32 (0)2 230 40 07
maelstrom414@maelstromreevolution.org

ISBN : 978-2-87505-329-9

Dépôt légal : 2019/9407/1

Jean Claude Bologne

L'âme du corbeau blanc

Roman

maelstrÖm reEvolution

Chapitre I

Le mur

Si je tenais l'inventeur du diamant expansé, pense-t-il, *je l'embrasserais sur les deux joues et je le serrerais dans mes bras. À l'étouffer. Puis je l'étoufferais, réellement, de mes deux mains. Non, ce serait trop expéditif. Je le tuerais lentement, les dents serrées, la haine au cœur, avec une joie de boucher, en tâchant de me remémorer les mille morceaux que l'on peut trancher sur un homme avant de le laisser mourir.*

Laurent ferme les yeux. Le front et les deux mains, bien à plat, appuyés sur le mur transparent comme du cristal. Comment vivre dans un bocal aux parois si fines qu'elles semblent inexistantes, si solides que ne peuvent l'entamer ni armes blanches, ni rayons laser, ni l'eau amère ? Bien sûr, c'est cela qui les a sauvés lorsque la marée montante a recouvert le monde, s'en prenant sans distinction à tout ce qui vivait, du microscopique unicellulaire aux organismes les plus complexes. Une eau acide dans laquelle toute vie s'est dissoute avant même qu'on ait le courage de se noyer.

Pourquoi, pourquoi ?

Il déteste cette voix dans sa tête. Il a l'impression que quelqu'un pense à sa place. Mais elle est là, il n'y peut rien. Alors, il répète, à voix basse, comme si cela suffisait à s'approprier la question.

« Pourquoi, pourquoi ? »

Le murmure semble un cri dans le silence. Il ouvre les yeux. Face à lui, de l'autre côté de la vitre indestructible, une face grimaçante, bouche ouverte sur un ultime *Pourquoi ?* lui renvoie son image, comme un monstrueux miroir. Quelques cadavres tapissent encore la paroi extérieure. Les Réfugiés, comme on appelle, avec une ironie grinçante, les rescapés de la fin du monde. Drôle de nom pour désigner ceux qui n'ont pas réussi à pénétrer sur le territoire. Mais s'il fallait demander aux mots de représenter la réalité... Les Réfugiés, donc, arrivaient par vagues jusqu'au mur infranchissable et par vagues se noyaient dans l'eau amère. Sans le diamant expansé, ils auraient envahi la dernière parcelle émergée du monde. Les gamins de l'orphelinat n'étaient pas de taille à leur résister. Et sans le mur, peut-être, les vieux, ceux qui les dirigent et qui les haïssent, se seraient enfuis avec les maigres provisions qui leur permettent à peine de survivre. Oui, le génial inventeur leur a sauvé la vie. Mais quelle vie ? Emmurés de diamant, survivants sans espoir, combien d'entre eux n'auraient pas préféré la mort ?

Alors, je le maudis, puisqu'il m'a laissé suffisamment de vie pour le haïr.

Quinze ans... Laurent avait cinq ans quand les vieux ont annoncé la Catastrophe. Avec Maurine, il était le plus âgé de l'orphelinat. À cinq ans, rares étaient ceux qui n'avaient pas trouvé de famille d'accueil. Aujourd'hui, il a rejoint la catégorie des adultes et de toute façon, il n'y a plus de famille pour accueillir personne. Les familles sont accrochées au mur de diamant, lambeaux de chair, orbites vides, mâchoire décrochée. Avec elles, tous ceux qu'elles avaient adoptés et qui se sont trouvés prisonniers du monde, parmi les Réfugiés. Bien fait pour eux. Sa chance, en définitive, à Laurent, est d'avoir été laissé pour compte.

Au début, les gamins venaient contempler les morts, tous les dimanches, car le temps passe toujours dans ses cadres surannés de jours et de semaines. Ils faisaient semblant d'en rire pour cacher leur peur. Les éducateurs pensaient qu'il était bon de garder à l'esprit le monde ancien voué à la destruction, et le futur qui les attendait inéluctablement. Ils vérifiaient méthodiquement l'étanchéité du mur, au cas où un Refugié aurait réussi à entamer le diamant expansé.

Puis le monde s'est effrité autour d'eux. Les cadavres se sont accumulés, accrochés aux parois, le bas rongé par l'acide, le haut livré aux corbeaux, à tous les stades de la putréfaction. C'est instructif, de voir ce qu'il y a à l'intérieur d'un homme. On comprend mieux où frapper pour faire mal. Quand les vagues de Réfugiés se tarirent à leur tour, il n'y eut plus besoin de tournées d'inspection.

Alors, les vieux ont interdit de revenir près du mur, car ils n'étaient pas capables de penser autrement que par obligations et prohibitions. Ils ont décrété que ce n'était plus bon pour l'éducation des jeunes. Ils ont parlé de curiosité malsaine, de fixation sur le passé… Les autres n'ont pas protesté ; ils ont l'obéissance dans le sang. Laurent revient toujours. Il a vingt ans, il est éduqué. Il sait compter, chasser au boomerang, allumer du feu, faire des enfants, il connaît sur le bout des doigts l'histoire des quinze dernières années et la géographie quasi complète de l'orphelinat, cave interdite exceptée. Pour le reste, ça s'apprend tout seul. Devant le mur, par exemple.

Pourquoi ? Pourquoi nous, pourquoi pas eux ? Ne sommes-nous pas les seuls vrais réfugiés, puisque nous habitons dans un refuge ?

Au début, ils accouraient par paquets vers le Mont-Dore, sur des aéroglisseurs dernier cri, on avait peur qu'ils ne parviennent à franchir le mur de diamant. Ils ont tout essayé pour le briser, pour l'escalader, pour y planter des pitons. Mais il est trop haut, trop lisse, ils restaient accrochés à mi-hauteur, au mieux, lorsqu'ils disposaient de *spider legs* avec des ventouses. Eux aussi sont morts, les yeux tournés vers les champs et les arbres, bien à l'abri, qui continuaient, ironiques, à fournir du blé et des fruits aux enfants parqués dans l'orphelinat. Et qui, à présent, les regardaient mourir, les uns après les autres, avec la compassion tranquille de ceux qui ne peuvent rien faire, trop heureux de leur impuissance à les sauver.

Est-ce Orsant qui a imaginé ce rempart protecteur ? Ou, comme il le prétend, les gens du dehors, qui ont enfermé les orphelins pour ne plus y penser, parce qu'ils n'étaient pas comme eux ? Si c'est le cas, ils s'en sont mordu les doigts, quand les eaux ont monté. Laurent ne croit pas trop à cette histoire, mais bon, elle les aide à vivre, à ne pas se sentir trop coupables d'être les seuls survivants. Qu'est-ce que cela change ? Prisonniers dedans, prisonniers dehors : un mur a toujours deux parois. Et la vie n'est jamais qu'un sursis. Après quelque temps, d'ailleurs, les arbres sont morts, et les blés, et bientôt ce sera leur tour.

Il ne faut jamais oublier la mort. On croit trop facilement qu'elle s'est arrêtée derrière le mur, qu'elle est elle aussi prisonnière du monde englouti. Avec la vie s'est éteint tout ce qui la menace, les fauves, les plantes venimeuses, les microbes : on se croirait au paradis décrit par le Texte. Et puis, ils sont jeunes, robustes, invulnérables ! En quinze ans, la mort n'a pas plus trouvé prise sur leur organisme que les envahisseurs sur la paroi. Les plus petits ne savent même plus de quoi il s'agit, c'est pour cela qu'on les menait au mur, tous les dimanches, pour qu'ils intègrent bien qu'ils ne sont, eux aussi, que des tas de pourriture dans un état plus ou moins avancé. Ont-ils compris ? Pas sûr. Ça ne les concernait pas. C'était dehors, et dehors, c'est nulle part.

Lorsque l'accès au mur a été interdit, les imaginations ont couru bon train. Y avait-il un nouveau danger ? Ou voulait-on cacher, précisément, la fin du danger ? Le prétexte de l'éducation n'a trompé personne. On obéissait aux nouveaux ordres, voilà tout. Mais on avait peur. Vaguement peur. Puis plus du tout. Les imaginations elles aussi se sont endormies dans la routine. Laurent est le seul à avoir bravé l'interdit. Le seul, par conséquent, à savoir que rien n'a changé à l'horizon. Sinon Orsant, qui ne ressemble plus à lui-même. Est-ce cela, la vieillesse ? L'âme ridée comme la peau, l'humeur assombrie au fur et à mesure que les cheveux blanchissent ?

Pourtant, il avait été accueilli comme l'espoir d'un renouveau, quinze ans plus tôt, porteur d'un désir unanime de rompre avec la corruption du vieux monde et d'ouvrir une ère nouvelle, sans compromission ni passe-droit. Quoi de mieux, pour construire l'avenir, qu'une poignée d'orphelins sans attaches, sans mémoire, trop jeunes même pour avoir appris à lire — ce que l'on a soigneusement préservé, les livres abîment la mémoire et ébrèchent la docilité. On a vite déchanté. Celui qui, à l'origine, se montrait attentif à chacun des enfants sous sa responsabilité, est peu à peu devenu un chef tyrannique, dont les colères froides effrayaient les plus jeunes, dont les arrêts sans appels révoltaient les aînés. Dans le dortoir des garçons, on l'a surnommé « Orsant Ier », comme s'il se prenait pour le fondateur d'une dynastie !

Voilà la vérité, la seule vérité. Croire à une modification du paysage, à la fin prochaine de l'alerte, n'est qu'une dangereuse illusion. La mer d'amertume entoure le domaine de toute part et jusqu'à l'horizon. Ce qui jadis était le sommet d'une montagne est devenu une île. Au fur et à mesure des tremblements de terre, les îlots voisins s'effondraient un à un, fragilisés par les acides qui avaient rongé les structures organiques. On n'imagine pas ce que la terre peut renfermer de vie grouillante, lombrics, limaces, escargots, sans compter les dix mille espèces de collemboles, les deux cent mille espèces répertoriées d'acariens, tous les microorganismes grouillant sous nos pas — Orsant prétend qu'à chaque enjambée, un homme écrasait alors sans le savoir cinq millions d'animaux invisibles à l'œil nu ! Les enfants ouvrent de grands yeux. Comment est-ce possible ?

Tout cela fut possible. Et tout cela fut une proie facile pour l'eau amère, ainsi que les nids de taupes, putois, belettes, campagnols qui font figure de monstres à l'échelle souterraine. Quand toutes leurs cellules eurent éclaté et que la minuscule partie de leur corps qui n'était pas composée d'eau fut dissoute dans l'acide, les montagnes s'écroulèrent les unes après les autres comme des châteaux de carte. Les monts Dore ne firent pas exception, mais le mur de diamant retenait les roches et les terres. L'île devait avoir, de l'extérieur, la forme étrange d'un cylindre, et les eaux continuaient d'enfler tout autour du refuge, de sorte qu'il restait toujours au niveau de la mer d'amertume. Lorsque l'horizon ne fut plus qu'une ligne étale, tout sembla s'arrêter.

Et toi aussi tu t'es arrêté, même si tu as grandi, même si le temps continue à blanchir les cheveux des vieux et à putréfier les cadavres. Qu'est-ce que le temps dans un enclos perdu au milieu du vide ? Tu t'es arrêté, Laurent, car tu n'es toi aussi qu'un mort en sursis.

Tais-toi.

C'est à ce moment qu'est venue la seconde vague de Réfugiés, ceux qui, dans un premier temps, avaient trouvé asile sur les montagnes voisines. Des méchants, ceux-là : c'étaient les plus riches, avant la Catastrophe, et les plus forts ; ils avaient réussi à se constituer une nouvelle patrie sur les hauteurs, l'avaient défendue avec des armes sophistiquées contre les pauvres venus de continents engloutis, mais n'avaient pas su éviter la dissolution de leur petit coin de paradis. Ils disposaient encore d'aéroglisseurs et de *flyboards* autopropulsés. Ils avaient des armes et des chaînes en or autour du cou. Ils attaquaient, juraient, menaçaient, brandissaient des bouts de métal ou des liasses de papier, imploraient.

Les enfants regardaient, intrigués. Les plus âgés, Laurent et Maurine, avaient à peine six ans. Eussent-ils voulu secourir les victimes que cela aurait été impossible. Lorsque l'essence s'épuisait, le coussin d'air ou le jet d'eau disparaissait, et le véhicule se dissolvait dans la mer avec ses occupants. C'était plus curieux qu'effrayant. Quelques-uns sautaient encore à mi-mur avec des *spider legs*, cela faisait de la compagnie de chair fraîche aux cadavres de la première vague. D'abord, on croyait que le niveau d'acide continuait à monter: derrière l'enceinte, les morts enfonçaient jusqu'aux chevilles, puis jusqu'aux mollets, aux genoux, à la taille. Puis on a compris que ce n'étaient pas les eaux qui montaient, mais eux qui descendaient, dissous petit à petit dans le liquide corrodant. Pendant un certain temps, ils ont continué d'arriver, de loin en loin, de moins en moins nombreux.

Les années ont passé. Les enfants ont grandi, mais ils sont toujours là. Les morts aussi, en tout cas, les plus récents. Les plus anciens ne sont plus qu'un crâne dont la mâchoire inférieure commence à perdre ses dents par les racines. Les arrivants se décomposent par le haut et se dissolvent par le bas. C'est tout un musée de la mort qu'ils ont fini par composer, à toutes les étapes du lent retour au néant. Les chairs qui pâlissent et s'affaissent, les taches cendreuses ou verdâtres qui les défigurent lentement, les orbites qui se vident la nuit, les peaux qui se racornissent ou qui gonflent jusqu'à éclater en dégorgeant de longs boyaux puants, les os qui pointent, d'abord sous les traits du visage, puis, lorsque les vêtements sont tombés en lambeaux, sous la cage du torse, au débotté des hanches. En-dessous, personne n'a vu les effets de la mort : le bas du corps s'est dissous dans la mer avant la décomposition. Les enfants ne crient plus.

Soyons francs : beaucoup ont fini par se lasser. Lorsque l'interdiction est tombée, seule une poignée de gamins venait encore jusqu'au mur de diamant. La curiosité s'était émoussée. Aujourd'hui, le mur ne manque à personne. Il n'y a plus de nouveaux arrivages. Les morts ne sentent même plus. Les microorganismes responsables de la putréfaction se sont à leur tour dissous dans l'acide. Seul Laurent s'y rend en cachette. Ce ne sont pas les Réfugiés, d'ailleurs, qu'il regarde : c'est l'horizon, cette mince cordelette à étrangler l'espoir. Un jour, le sommet d'une colline, peut-être, s'y détachera à nouveau, ou le soleil s'y éteindra à jamais. Pourquoi serait-il le seul à échapper à la fin du monde ? Aujourd'hui, c'est encore une grosse tache rouge qui se lève à l'orient. Encore un matin. Les corbeaux rentrent dormir. Sauf un, qui le regarde, posé sur le mur. Il sait que le jeune homme l'attend, sa main est déjà serrée sur son boomerang, l'oiseau ne se risquera pas à franchir la muraille. C'est pour le débusquer que Laurent s'est approché jusqu'ici.

Laurent ne bouge pas d'un cil, pourtant, mais l'oiseau n'est pas comme les autres, noirs avec des becs jaunes. Il semble tout nu d'avoir laissé ses couleurs au vestiaire. Lui aussi fixe le chasseur sans un mouvement. Nul ne sait qui hypnotise l'autre. Inutile d'attendre plus longtemps. Le temps n'est jamais immobile. Seuls l'oiseau et l'enfant peuvent s'arrêter, fixés l'un à l'autre par le regard. Il est temps de retourner à la maison. Il serait temps de rentrer à la maison. Et Laurent reste là, les yeux dans les yeux d'un corbeau blanc. Des yeux rouges, ça fait drôle. Est-ce cela qu'on appelle une colombe?

— Que fais-tu là? Orsant va nous engueuler…

Laurent sursaute. Il ne pensait pas que Maurine l'aurait suivi jusqu'ici. C'est elle aussi une des anciennes de la communauté. Elle a vingt ans, elle se souvient de l'avant, ils venaient tous les deux de fêter leurs cinq ans l'année avant l'an I. Les autres étaient trop petits pour en avoir gardé mémoire. C'est pour cela que le Consistoire Suprême se méfie d'eux. Orsant leur interdit d'aller traîner du côté des morts, comme s'ils pouvaient encore y apprendre quelque chose.

Mais Wersant, chargé de la discipline, a décrété qu'il était temps pour eux de s'épouser, comme cela se faisait jadis. Il était temps pour eux de *perpétuer l'espèce*, comme il dit avec ses mots d'avant, les mots onctueux du Texte. Orsant et Wersant passent leur temps à se contredire, mais le préfet de discipline a l'âme molle et cède toujours le premier. Laurent ne veut pas entrer dans leurs querelles: tous les adultes sont responsables de la Catastrophe, quelles qu'aient été leurs positions avant qu'elle ne survienne. Et ce n'est pas à eux de prendre des décisions qui le concernent, qui concernent son corps et sa volonté. Il est perplexe. Son corps a des réactions bizarres quand on évoque la *perpétuation de l'espèce*, sa chair en a envie, il *désire*, comme il est dit dans les cours de bio que donne Mersant, le troisième des quatre adultes dirigeants. Mais son âme est prisonnière du mur, et tant qu'il cherchera à sortir d'ici, il ne veut rien *perpétuer*, surtout pas *l'espèce*. Il ne veut pas laisser derrière lui un regret braillard s'il parvient à s'envoler comme la colombe. Maurine le suit partout, peut-être a-t-elle reçu des ordres ? Ou peut-être qu'elle l'aime vraiment, qu'elle le *désire* ou qu'elle se croit une responsabilité d'*espèce* ? Qu'importe ? Laurent supporte sa compagnie parce qu'elle l'aide à capturer les corbeaux et parce qu'à ses côtés, la voix se tait dans sa tête. La voix qui dit sa vie ne semble pas connaître Maurine. Peut-être parce qu'il la regarde autrement, dans un monde neuf qu'il a envie d'explorer.

Est-ce cela, être bien avec quelqu'un ? Un simple répit sur la difficulté d'être ? Non, c'est bien plus. Ce qui les unit est bien plus fort qu'un sursis sur la vie, mais il ne doit pas le reconnaître. Tout au plus admet-il qu'il la fréquente avec plus de plaisir que les autres. Après tout, ils ont grandi ensemble, elle est plus jolie que la moyenne du dortoir féminin, toute conversation sérieuse est impossible avec les gamins. Et surtout, Maurine a un mystère plus attirant que la beauté. Malgré les confidences échangées en quinze ans, il n'a pas réussi à le percer. Comme tous les orphelins recueillis ici, elle a une fêlure dans l'âme, l'absence de parents. Mais la sienne n'a pas la même nuance. Quand on prononce le mot « orphelinat » — bien plus souvent que le mot « père » ou « mère », puisque c'est bien là qu'ils habitent — elle serre instinctivement les dents. Cela se remarque à une imperceptible contraction musculaire, au niveau de l'oreille. Les rares fois où Laurent a tâché d'en savoir davantage, elle a fui la conversation. C'est sa faiblesse, elle ne sait ni mentir, ni se défendre, elle accepte ou s'enfuit. Elle a toujours peur d'être prise en défaut, mais on sait que le jour où elle ne pourra pas obéir à un ordre, elle partira sans rien dire. « Orsant va nous engueuler. » C'est bien d'elle, cette réflexion, quand l'horizon s'étire à l'infini devant eux. Est-elle seulement capable de voir à travers un mur transparent?

Oui, Orsant Ier va les engueuler: Laurent a trop rêvé à la ligne d'horizon, comme si la colombe pouvait revenir. Le Texte est pourtant formel: « Il lâcha la colombe qui s'envola, se croyant libre, et se noya dans l'acide; puis il lâcha le corbeau, qui ne trouva nul endroit où se poser et revint au village, car les eaux amères couvraient toute la surface de la terre. » Il faut croire le Texte, il est seriné tous les dimanches, récité par cœur, peint sur les murs du Grand Hall, et puis, il n'y a rien d'autre à croire, ici. Mais Laurent, qui ne peut se dire libre, car il ne l'est pas, sait que la colombe a franchi l'horizon. Qu'elle a volé, volé, jusqu'à l'endroit où les terres ne sont plus immergées. Il doit bien exister quelque part un lieu où elle a pu poser ses pattes. Un lieu où un papa et une maman l'attendent encore, même s'ils sont devenus vieux, comme Orsant et Wersant; même s'ils n'ont pas voulu de lui, puisqu'ils ont bien su l'abandonner ici à la naissance, puisqu'il y est encore, vingt ans plus tard. Et si la colombe était revenue pour lui, aujourd'hui? Il sent le souffle de Maurine dans son cou, il sent son sexe durcir, il ne faut pas, il ne veut pas la désirer avec son regard ancré à l'horizon. Il résiste contre l'appel irrépressible de la Nature, contre l'ordre impérieux du Texte, en serrant les dents. Il est plus fort que son corps. Il est porté par l'espoir, non par le désir. Et l'espoir est plat comme une ligne d'horizon.

— Regarde, dit-il pour penser à autre chose.

— Un corbeau blanc. Quelle horreur! Ça se mange?

— C'est peut-être cela, une colombe?

— Ne dis pas de bêtises. Tu sais bien que les colombes ont un bec plus petit et une queue en éventail, comme sur les peintures du Grand Hall. Et elles sont toutes mortes. D'où est-il venu ?

— De l'arbre mort, là. Il a fui de l'autre côté du mur, je n'ai pas pu l'atteindre.

— Tant mieux, je n'en aurais jamais mangé ! C'est dégueulasse.

Comme pour confirmer qu'il n'est pas une colombe, le volatile croasse ironiquement. Laurent détourne les yeux, gêné. On sait que les corbeaux sont l'âme des péchés, c'est pour cela qu'ils sont noirs. Du moins, c'est ce que dit Orsant. Y a-t-il, quelque part, un mort suffisamment pur pour que le plumage de son âme n'en ait pas été souillé ? Est-ce pour cela que l'étrange oiseau ne cherche pas à becqueter les corps ? Mais alors, pourquoi reste-t-il là, sans retourner vers les bâtiments ni s'enfuir vers l'horizon ? Que fait-il là, à la frontière du monde, à fixer Laurent comme un reproche ? Il se bouche les yeux pour ne plus penser. En vain.

Soudain, Maurine le tire de sa rêverie :

— Regarde, Laurent, regarde ! Qu'est-ce que c'est, là ?

Il ouvre les yeux, suit le doigt pointé vers de petits ronds et de petits bâtons qui s'alignent le long de la paroi transparente, juste au-dessous du corbeau. S'il n'avait pas été fasciné par les yeux rouges, il n'aurait pas manqué de les remarquer. Il s'approche prudemment. Ces signes d'un autre âge lui évoquent un vague souvenir. Des ronds de toutes les tailles, des lignes dans tous les sens… Tout à coup, il comprend.

— Tu ne les reconnais pas ? Ce sont des mots.

— Des mots ? Comme ceux que nous prononçons ? Pourtant, je n'entends rien ?

— Les vieux ne t'avaient pas appris à lire ?

— Je ne sais pas, j'étais si jeune. N'est-ce pas comme ça qu'on désigne le péché d'avant ?

— « La méchanceté de l'homme se multipliait sur la terre : tout le jour, il lisait le mal et concevait le mal, et le Seigneur se repentit de l'avoir créé. » Tu ne te souviens pas ?

— Je n'ai jamais bien compris ce passage. Mais toi, Laurent, tu… tu sais lire le mal ?

— J'avais appris. Mais il y a longtemps, j'étais tout petit. Je n'ai jamais osé le dire.

— Il ne faut pas : tu aurais droit au cachot !

Il la gifle du regard. On ne se moque pas de sa peur du noir. Surtout pour éteindre sa curiosité subite. Car maintenant qu'il a vu les signes, il veut savoir ce qu'ils disent. Maurine s'en passerait bien. Elle a montré les mots comme elle aurait montré une pierre aux coloris étranges. Maintenant qu'elle sait de quoi il s'agit, elle a peur. Elle déteste par principe toute transgression. Mais il ne fallait pas montrer les mots dessinés sur le mur. Oui, il a appris à lire, à cinq ans, avant l'an I, mais c'est si loin, et il tâtonnait dans les ronds et les bâtons. Les seuls qui savent encore les manier, ici, ce sont les vieux, et s'ils sont venus inscrire des mots aussi loin des bâtiments, c'est qu'il s'agit d'un secret important, ou d'un défi qu'ils lancent à ceux qui ont transgressé leur interdiction ? Tout ce qui lui résiste agace le garçon, le stimule, et ces signes lui résistent. Ils sont si étranges, il hésite à les identifier. Il lui semble reconnaître des T, des O et des M, mais pour le reste…

Peut-être aussi a-t-il peur de les déchiffrer, mais le silence de Maurine lui dit qu'elle ne le trahira pas. Mi curiosité, mi réprobation, elle ne fait pas mine de le retenir, ni de s'en aller. Elle s'approche du mur, de lui, sa présence le trouble à nouveau, mais l'encourage. Il ne perdra pas la face devant elle. Le corbeau blanc croasse comme une menace, ou une invitation ? Il est pris d'une étrange agitation, se balance d'une patte sur l'autre, tentant d'assurer son équilibre sur le faîte du mur en battant des ailes. Sans doute a-t-il peur de les voir aussi près, mais alors, pourquoi ne s'envole-t-il pas ? Maurine a raison : cet oiseau de malheur est le diable, il sait très bien où il s'est posé.

Soudain, Laurent comprend Orsant, et la terrible menace du Texte. « Il lisait le mal. » Oui, de savoir que les mots sont là, figés dans le temps et l'espace avant même d'avoir été prononcés, qu'il pourrait être le premier à les dire, à savoir, lui seul, ce qui ne peut être proféré : terrible tentation ! Et Maurine l'éprouve aussi, pour une fois, elle se tourne vers lui, interrogative. Elle, l'enfant sage, elle est prête à braver l'interdiction. Non, elle ne le dénoncera pas, elle brûle d'envie de connaître les mots. « Il lisait le mal et concevait le mal. » Le mal, ils l'ont déjà conçu rien qu'à regarder les ronds et les bâtons.

Ici, un I et là, un A. Le rond est un O. Certaines lettres lui reviennent en mémoire, surtout les voyelles, mais les consonnes sont rebelles. Et les mots n'ont pas de sens. Il n'en déchiffre qu'un qui corresponde à une idée, UT. C'est une note de musique. Mais qui s'amuserait à écrire de la musique sur le mur ?

Comment ces mots sont-ils arrivés là ? Qui les a dessinés ? Les vieux ne s'éloignent guère de la maison, ils envoient les enfants chasser pour eux, et ils ont eu soin de ne pas transmettre le savoir interdit. La première décision du Consistoire, après la Grande Catastrophe, a été ce coup d'arrêt à la connaissance. Il a décrété qu'il n'était plus besoin de lire s'ils connaissaient le Texte, et que ce serait dangereux s'il leur prenait désir qu'il y ait d'autres textes, car le Texte est unique. Aux classes du matin, Mersant le Taciturne leur apprend les rudiments de savoir nécessaires à la survie, et considère que s'ils pouvaient les noter, ils ne les retiendraient pas. Lui-même ne dit pas un mot en-dehors de ses cours, où il se montre bavard, comme si la parole devenait dangereuse dès qu'elle échappe aux règles strictes qu'il s'est données pour les cours. Peut-être en sait-il trop, peut-être a-t-il peur que ce trop ne lui échappe, alors il se tait, ce qui lui a valu son surnom.

Un clapotis vient lécher le mur, sur la gauche de l'inscription, et soudain, Laurent a peur de comprendre : un peu d'encre coule, quelques mots s'effacent à l'endroit atteint par la vaguelette. Comment l'eau a-t-elle pu les gommer ? Il n'y a qu'une explication.

— Maurine, les mots, ils ont été tracés de l'autre côté du mur !

— Tu crois ?

— Mais oui, regarde ! C'est pour cela que je ne parviens pas à les lire : les lettres sont à l'envers !

— Mais alors, ça veut dire…

Elle se tait. Laurent n'ose pas achever la phrase de sa compagne. Mais ils ont compris : cela veut dire que quelqu'un les a écrits, cette nuit. Quelqu'un qui se trouvait de l'autre côté du mur, et qui n'est pas mort. Le corbeau blanc s'envole enfin, comme s'il avait délivré son message. On entend le battement de ses ailes, mais ils ne lèvent pas les yeux. On ne saura jamais s'il a franchi l'enceinte ou s'il a disparu à l'horizon. Qu'importe ? Les mots sont là. Et la main de Maurine crispée sur l'épaule de Laurent.

— J'ai peur.

Lui non. Cela veut dire… Cela veut dire tant de choses ! L'horizon, l'horizon, la boule rouge du soleil ! Mais ces mots qui s'effacent, il faut les déchiffrer ! Voilà ce qui urge. Peut-être est-ce le message qu'il attend depuis quinze ans ? Peut-être est-ce le salut ? Ou peut-être, enfin, la condamnation. Il se concentre, retourne mentalement les lettres, qui redeviennent des E et des R, retrouve la différence entre les D et les P. Il suit du doigt les caractères de l'autre côté du mur de diamant, sans craindre de les effacer. Oui, cela fait des mots qui reconstituent une phrase découpée comme des vers. Il a à peine le temps de la graver dans sa mémoire. Incomplète. La fin des lignes est déjà mangée par les eaux.

— Qu'est-ce que cela dit ?

— Je ne sais pas Maurine, je n'ai pas pu les lire.

— Tu te moques de moi ? Je sais que tu as lu. Tu dois me le dire, Laurent !

— Non. Il vaut mieux que tu l'ignores. Que nous l'ignorions tous. Il aurait mieux valu que je l'ignore moi-même.

Chapitre II

La faute

— J'ai tué sept corbeaux, dit Sacha. Il n'y en a plus que six, je ne sais pas pourquoi.

— C'est sans doute une erreur, répond Orsant, quelqu'un a dû en prendre un avec les siens par inadvertance. Il va le dire et tout rentrera dans l'ordre.

Mais le Grand Hall où les enfants sont réunis après la chasse s'enfonce dans un silence de plus en plus lourd, où l'incompréhension succède à la surprise, la crainte à l'incompréhension. Que se passe-t-il ? Pourquoi personne n'ose-t-il prendre la parole pour dire qu'il a mal compté le produit de sa chasse, ou qu'il a vu son voisin prendre un corbeau qui ne lui appartenait pas ? Pourquoi Maurine se tait-elle, alors qu'elle sait pertinemment où est l'oiseau manquant ?

Laurent sait pourquoi lui se tait : il n'est pas question qu'il parle, cela ferait trop plaisir à ce petit morveux de Sacha, si fier des sept prises de la journée. Sacha est le meneur incontesté du dortoir des garçons. Question d'âge et de taille, sans doute : à dix-huit ans, il dépasse tout le monde d'une tête, sauf Laurent. Deux ans d'aînesse, malgré tout, ça compte, mais en largeur, l'aîné ne fait pas le poids devant son cadet. Beaucoup soupçonnent Sacha de manger des corbeaux en cachette pour nourrir tant de force et tant d'audace. D'autres susurrent qu'il transforme toute la nourriture en muscles parce qu'il ne l'utilise pas pour développer son cerveau. Calomnies, tout cela : il suffit de regarder la taille de son lieutenant, Mathieu, un petit nœud de nerfs qui lui arrive à l'épaule, pour comprendre que si l'un est bien nourri, l'autre ne mange pas à sa faim. Les vieux ferment les yeux : Sacha est le meilleur chasseur, il rapporte parfois jusqu'à douze corbeaux et personne ne va chercher s'il n'y en avait pas un treizième.

Bien sûr, c'est à lui que Laurent a soustrait un corbeau : il lui en restait assez pour susciter l'admiration de tous et recevoir comme tous les jours les compliments d'Orsant. Sait-il même compter jusqu'à sept ou a-t-il fallu lui faire remarquer la disparition d'une pièce ? S'il râle, aujourd'hui, pour un corbeau de moins, c'est parce qu'il n'est jamais tombé en-dessous de sept, question de principe, même si c'est la meilleure chasse du jour, six corbeaux, cela ne représente que la moitié de son score le plus élevé. Nul n'a appris aux orphelins le sens de la compétition, ici où la survie commune est le seul but. Mais Sacha l'a dans les veines. La compétition avec les autres ; la compétition avec lui-même. Sans doute parce que, tout petit, il s'est senti différent, avec ses cheveux blonds et ses yeux bleus qui disaient assez qu'on était venu de loin pour l'abandonner au milieu d'un pays à poil noir. Il a dû s'imposer parmi les garçons, par les muscles et par l'ironie. Par tout ce qui fait qu'on le craint.

Non, ne dis pas un mot, Laurent. Sacha a le sarcasme facile. Il insinuerait que tu n'es plus capable de tuer un corbeau depuis que tu as droit à la tunique longue des vieux. Et puis, que tu musardes dans les bois d'arbres morts pour t'approcher de l'enceinte sans te soucier du gibier.

Comment nier ? Laurent serait doublement puni, pour être rentré bredouille et pour s'être à nouveau rendu aux confins du monde malgré l'interdiction d'Orsant Ier. Laurent se tait ; Maurine le regarde ; il fait mine de ne pas s'en apercevoir.

Pourquoi, elle, ne parle-t-elle pas ? Elle n'a pas pu le voir prendre un corbeau dans la carnassière de Sacha, mais elle a bien vu qu'il en tirait un de la sienne, dans la Grande Cuisine, alors qu'il n'avait rien attrapé à la chasse. Elle le regarde d'un air étrange, comme si elle le voyait pour la première fois. Seuranne, la domestique chargée de la collecte, a surpris son regard et froncé les sourcils. Elle s'est penchée vers Seurolga, l'infirmière, lui a parlé à l'oreille. Les deux femmes le dévisagent d'un œil étrange. Elles vont parler. Non, elles se taisent. L'une pince la bouche d'un air dédaigneux ; l'autre sourit en mordant sa lèvre. Seuranne est une petite fouine sèche et rabougrie ; Seurolga une lionne aux formes opulentes. Retorse. C'était la plus jeune de l'équipe salariée, lorsque l'orphelinat n'était pas devenu le dernier refuge et que l'on travaillait encore pour de l'argent, non pour la survie. Elle n'a jamais vraiment admis le changement de statut de l'équipe. Depuis quelque temps, elle tourne autour de Laurent avec des airs de lui vouloir quelque chose. Il l'évite. Il a peur qu'elle ait deviné ses espoirs, qu'elle veuille le dénoncer, ou partir avec lui. Il n'a rien compris. L'infirmière connaît les corps, c'est son métier ; elle a reniflé le jeune mâle préposé à la *perpétuation de l'espèce*. La denrée est rare à l'orphelinat.

Que les deux femmes aient démasqué le voleur le met mal à l'aise, et plus encore qu'elles ne le dénoncent pas. D'une manière ou d'une autre, elles le feront sentir. Mais ce n'est pas pour autant qu'il parlera. Ce serait le plus simple, pourtant, Orsant lui a tendu la perche : au prix d'une petite moquerie, d'une légère punition, tout rentrera dans l'ordre. Mais à sa gauche, il sent la présence de Maurine, et à sa droite, de Laura. Deux raisons de se taire, malgré l'envie qui le taraude d'en finir avec cette scène pénible. Il ne peut déchoir à leurs yeux.

Maurine et Laura sont deux exceptions dans le dortoir des filles : les deux seules qui n'ont pas succombé aux cheveux blonds et aux yeux bleus de Sacha. Comme s'il ne lui suffisait pas d'être le plus fort. Il faut encore qu'il ressemble à un ange. Pas de quoi être fier, pourtant. Avant la Grande Catastrophe, les hommes voyageaient tout le temps, quand ils en avaient les moyens. Autour du Mont-Dore, on n'en avait guère, la *perpétuation de l'espèce* se faisait de village en village. Alors, les yeux bleus et les cheveux blonds, ce n'est pas des environs qu'ils étaient venus, mais de couples riches, de passage, qui n'avaient pas eu le cœur d'abandonner leur enfant au bord de l'autoroute, comme tout le monde, et qui se retrouvaient bien embarrassés d'eux pendant leurs vacances. Un bébé sage, ça s'oublie sur une banquette arrière, pendant le trajet, ce n'est pas bien encombrant, mais durant les cours de rafting ou de deltaplane, que voulez-vous en faire ? Les orphelinats touristiques étaient alors les plus appréciés. Les parents les plus motivés reprenaient leur progéniture au retour. Sacha était resté. Pas bon signe.

Non, vraiment, pas de quoi en être fier. Et pourtant, c'est tout cela qu'elles voient en lui, les filles : un fils de riche, comme si le mot avait encore un sens aujourd'hui. Les garçons le redoutent, les filles n'attendent qu'un regard de lui, il fascine tout le monde. Pourquoi les vieux ne l'ont-ils pas désigné pour l'expérience. Il aurait été heureux de participer à la *perpétuation*. Qui a inventé cette foutue barrière des vingt ans ?

— Alors, continue Orsant après avoir laissé peser le silence de tout son poids de questions, cela ne s'appelle pas une erreur, mais un vol. Et c'est grave. C'est la première fois que cela se produit depuis la Catastrophe. C'est grave, mes enfants, parce qu'avec le vol naît la suspicion, et il n'est pas possible de vivre ensemble avec elle. Mais cela peut encore se réparer. Quelqu'un va se dénoncer, restituer le corbeau, et tout rentrera dans l'ordre.

Le silence s'alourdit encore, c'est un catafalque à présent tombé sur leurs épaules. L'air est dense comme une tenture, le moindre geste pèse des tonnes. Ils sont là, tête basse, sans un mouvement, à attendre l'irréparable. Voleur ? Laurent est donc un voleur ? Ce mot n'était pour lui qu'un passage anodin du Texte, un de ces passages que l'on ânonne le dimanche pour le retenir sans chercher à le comprendre. « C'est la nuit que le voleur perce les murs, le jour, il se cache derrière les siens », dit le Texte, et cela le faisait toujours rêver. Pourrait-il, lui aussi, une nuit, percer l'enceinte de diamant ? Suffit-il pour cela d'être un voleur ? Quand il était petit, il ne comprenait pas le double sens du terme. Pourquoi ne vole-t-il pas par-dessus les murs, plutôt que de les percer ? Aujourd'hui, lui aussi, il est un voleur, et il comprend juste que c'est grave. Il n'est pas question pour autant qu'il se dénonce. Malgré Maurine qui continue à le regarder comme si elle ne l'avait jamais vu. Laurent réussit à ne plus tourner la tête vers elle à tout bout de champ. Cela finirait par le rendre suspect ! Il y a des cas où il vaut mieux attendre, tous ensemble, l'irréparable.

Et c'est Orsant qui appelle l'irréparable. L'un après l'autre, a-t-il décidé, les enfants vont prononcer la même phrase : « Je n'ai pas pris le corbeau de Sacha. » La vieille tactique, quand il a quelque chose à leur reprocher : celui qui refuse d'avouer une faute est doublement coupable. Le plus souvent, ça marche : personne ne peut supporter de nier publiquement ce qu'il a commis. Rang après rang, ils prononcent les mots, et cela dure, cela fait partie du jeu, et plus cela dure, plus ils ont peur, sans savoir de quoi, parce que les mots ont quelque chose de solennel, comme une conjuration, une formule magique qui les engage plus fort que les mots. Maurine le dit quand vient son tour : « Je n'ai pas pris le corbeau de Sacha », et c'est la vérité, puisqu'elle ne l'a pas pris, et ce n'est pas tout à fait la vérité, puisqu'elle sait que Laurent l'a pris et qu'elle le regarde. Mais lui aussi répète les mots, « Je n'ai pas pris le corbeau de Sacha », et cela sonne juste, aussi juste que dans la bouche de Maurine, ou de Laura, qui les prononce après lui. Voilà, tout a été dit, près de cent fois la même petite phrase, grave, et la conclusion d'Orsant tombe, implacable.

— Mes enfants, cela ne s'appelle plus une erreur, ni même un vol, mais un mensonge. Désormais, nous savons qu'il y a un menteur parmi nous. La vérité est blessée, elle n'est plus une, il y a une fêlure dans notre certitude : désormais, tout est possible. Désormais, nous ne nous regarderons plus de la même manière, car nous savons que l'un de nous est coupable, et que le vol est possible, et que le mensonge existe. Cela s'appelle la suspicion, et c'est la mort de toute communauté, c'est la mort de tout ce que nous avons vécu ensemble depuis quinze ans. L'un de vous sait qu'il en est responsable. Je ne sais comment il pourra y survivre. Le mal est entré parmi nous. Après le mal viendra la mort.

Ils écoutent, tête basse, les mots qui tombent comme des couperets. L'un d'eux devra-t-il supporter cela, la responsabilité du mal et de la mort ? Comment cela serait-il possible ? Comment pourrait-il y survivre, si cela était ? Mais Laurent survit, il est devant Orsant et ne bronche pas. Il ne bronche pas devant le regard de Maurine, et il survit. C'est bien la preuve que cela n'est pas. Le mal n'est pas un oiseau noir posé sur son épaule. Il n'existe pas, sinon comme un formidable espoir qui continue à s'insinuer en lui. Si l'unité est brisée, si la Vérité lisse et transparente comme l'enceinte a pu être entamée par un mensonge, si l'implacable chaîne des conséquences et des nécessités s'est mise en marche, alors, tout est devenu possible, et l'enceinte de diamant elle-même, celle que rien, dit-on, ne peut entamer, est devenue aussi fragile que la Vérité. Peut-être suffira-t-il d'un mensonge ? Oui, Orsant, le mal est en Laurent, si l'on peut appeler mal la certitude, soudain, qu'autre chose existe que ta parole, qu'un ailleurs existe au-delà de l'enceinte et qu'il appartient peut-être au voleur de le révéler comme il a révélé sans le vouloir la fragilité du monde.

Comme après ses discours solennels, Orsant remonte son pantalon, et il est soudain ridicule dans ce costume hors de mode. Laisser deviner qu'on a des cuisses au-dessus des mollets est une coquetterie qu'il a gardée de l'ancien temps, et à laquelle les autres membres du Consistoire ont su renoncer quand la vie s'est réorganisée autour de l'orphelinat. Les dirigeants ont vite adopté la tunique grise et ôté, parfois douloureusement, leurs tatouages professionnels. Orsant ne s'est jamais rendu compte qu'avec son cercle sur le front, ses cravates et sa paire de jambes, il était démodé, et vieux, même si c'est le plus jeune des vieux. Cela faisait partie de sa légende, au départ. Il suffit d'ouvrir les yeux, un jour, pour que tout s'effondre. Orsant n'est pas différent parce qu'il s'habille à sa manière : il est ridicule, et pitoyable, voilà tout. *Ce n'est pas la Vérité, Orsant Ier, c'est ton image qui s'est ébréchée au premier mensonge.* Laurent relève la tête : le premier mensonge, c'est lui qui vient de le proférer. C'est lui qui vient d'ébrécher, avec la vérité, l'image d'Orsant et, peut-être, le mur de diamant expansé. Il regarde Maurine ; elle ne le regarde plus. C'est mieux ainsi.

Ils sortent en silence du Grand Hall. Ils savent que tout ceci, en fin de compte, n'est qu'un verbiage grandiloquent : tous les corbeaux sont cuisinés ensemble par Seuraude, grosse comme sa marmite et bonne comme ses sauces, et répartis équitablement entre tous par Seuranne, qui à l'inverse ressemble à un rat tant elle est sèche et fureteuse, mais qui sait peser une louche au gramme près. Chacun aura la même part, qu'il ait ou non participé à la chasse, qu'il soit ou non revenu bredouille. Que l'un en ait tué six ou sept n'est qu'une question de vanité qui n'aura aucune incidence sur sa part. Orsant ne s'est pas encore rendu compte que les estomacs parlent mieux que les sermons. Au réfectoire, tout est oublié. Les conversations reprennent joyeusement, comme s'il ne s'était rien passé.

Sauf pour Laurent, malgré sa bonne humeur apparente. Aujourd'hui, l'inimaginable s'est produit : dans son écuelle, Seuranne a versé une louche à moitié vide. Ce n'est pas un hasard, c'est un signe, un signe est comme un mot qui ne fait pas de bruit. Ça fait plus mal qu'un mot, parce que ça tourne dans la tête pour y trouver sa signification. Que veut-elle lui signifier ? Qu'il échappe à la réprimande publique, mais qu'elle lui fera payer son larcin ? Il tâche de hausser les épaules, de s'intéresser aux conversations, mais les mots ne passent pas. Les mots d'Orsant sont restés dans sa tête, comme une compresse qui empêche les siens de sortir.

Vol, mensonge, mort : des mots, tout ça, rien que des mots. Mais depuis hier, nous vivons dans les mots, alors qu'on nous apprend, depuis tout petits, à ne vivre que dans les réalités concrètes de la survie. Est-ce cela, devenir adulte ? Laisser parler la petite voix dans sa tête ? Si j'avais un père, c'est lui qui me parlerait, qui dénoncerait les mots creux et les questions oiseuses. J'en suis réduit à écouter la voix. Qu'elle se taise, bon sang ! qu'elle se taise, comme mon père, qui m'a abandonné au bord de l'autoroute.

Quinze ans depuis la Grande Catastrophe. La vie est trop longue, elle s'émousse, se polit, comme les galets d'une rivière, et les mots se remettent à couler, comme une rivière. Plus personne ne voit les cailloux, c'est à ce moment-là qu'ils deviennent les plus dangereux. Les gestes eux-mêmes deviennent une routine, ils échappent à la peur. Les yeux ne voient plus les mille détails de la survie, comme si un mur invisible s'était élevé autour de chacun, prisonnier du lent écoulement des secondes. C'est cela, la vie, et c'est mortel. Plus personne ne voit, au bout de la salle, le mécanisme d'épuration de l'eau censé leur rappeler combien elle est précieuse, maintenant qu'ils ne peuvent plus compter que sur le lac et sur la pluie, qui, pour des raisons différentes, ne sont pas potables sans apprêts. On boit comme si c'était tout naturel, il suffit d'un mot : « De l'eau ! ». Et on en reçoit une rasade. Une rasade, c'est dix minutes de goutte-à-goutte. Et pourtant, on voit fonctionner l'appareil en permanence, au centre du réfectoire, un chiche serpentin qui goutte comme un nez en hiver, relié par un siphon au puits solaire installé sur le toit.

Bien sûr, il y en a d'autres, des puits solaires, sur tous les toits du bâtiment, mais celui-là les a toujours terrifiés, car il trône en monarque au bout du réfectoire. Le bruit des gouttes mesure le temps qui passe. Chaque verre renvoie au temps qu'il faut pour le remplir. Depuis leur plus jeune âge, ils ont appris à attendre une soif raisonnable, mais pas trop intense, et à se désaltérer par petites gorgées, en se disant qu'il s'agit peut-être de la dernière. Puis ils se sont habitués au bruit des gouttes, et à la demi-soif. La gorgée est devenue un réflexe, puis un sujet de plaisanterie, ils se portaient des santés « à la dernière » comme si la survie, après quinze ans, n'était plus une attention de chaque instant, comme si elle avait réellement pris l'épaisseur de la vie. Et les repas sont devenus des moments de détente, de relâchement, de boutades faciles. La survie n'est plus qu'un mot, comme la demi-soif, la dernière gorgée d'eau, l'orphelinat, ou les Réfugiés. Ils ont recommencé à vivre dans le monde des mots, et c'est bien cela qui effraie. Non, Laurent n'a pas menti en répétant après les autres qu'il n'avait pas volé le corbeau de Sacha : il était déjà entré dans un nouveau monde. Celui qui les a tués, voici quinze ans, celui qui les tuera demain.

Maurine non plus ne peut prendre part à l'allégresse des jeunes. Oui, elle a des reproches à lui faire, mais qu'elle y aille, bon sang, qu'on en finisse. Il lui expliquera pour le monde des mots, le goutte-à-goutte, et basta ! Il n'aime pas être regardé comme ça. Par Maurine, en tout cas. Laura, ce n'est pas la même chose. Elle peut le mépriser, cela lui fera bien un peu de peine, mais au fond, une éraflure à l'orgueil, tout au plus. Avec Maurine, il se sent bien et il ne voudrait pas qu'elle pense du mal de lui. Ce serait un gouffre entre eux. Alors il attaque.

— Ben quoi ? Pourquoi tu me regardes comme ça ? J'ai fait une tache sur ma tunique ?

— Tu as menti, Laurent ? Comment cela est-il possible ?

— Laisse-moi tranquille, ça ne te regarde pas.

— Ça nous regarde tous, à présent. Orsant l'a dit, et c'est de ça que parle le Texte, rappelle-toi : « Il lisait le mal et concevait le mal. » Tu as changé, depuis que tu as lu ce que tu ne devais pas lire, et que tu n'as pas voulu me confier.

— Bon, peut-être, et alors ? Ton silence, tout à l'heure, ce n'était pas déjà une sorte de mensonge ? Ne rien dire quand on sait, c'est déjà trahir la Vérité, tu ne crois pas ?

— Un demi-mensonge pour un demi-péché, murmure-t-elle, pensive. C'est vrai, moi aussi, j'ai conçu le mal, même si je n'ai pas pu le lire. Il est en moi, désormais, comme une petite graine, et ce soir, j'ai senti germer la première pousse. Si le mal n'avait pas été en moi, aurais-je compris qu'il me fallait me taire ?

Maurine synthétise mal la nourriture. Elle convertit trop en intelligence et pas assez en muscles. Elle reste maigrichonne et dit parfois des trucs que personne ne comprend. C'est à elle qu'on aurait dû apprendre à déchiffrer les bâtons et les cercles. Laurent hausse les épaules. Ses angoisses ne l'empêcheront pas de manger.

— Le mal… Des mots de vieux, tout ça… Ils ne me font plus peur. Les mots que j'ai lus sur l'enceinte m'ont délivré de ceux d'Orsant. Il n'y a pas qu'un Texte, qu'une parole, et le mensonge ne peut rien contre la multitude de ceux qui existent : c'est cela qu'il nous cache, c'est cela qui vient de voler en éclat ! Avec les ronds et les bâtons, on peut écrire bien des choses, bien plus que le Texte, voilà le secret.

— Peut-être, Laurent, peut-être… Mais c'est cela qui nous rendait heureux, ou au moins qui nous protégeait. Qu'allons-nous devenir ?

— Heureuse ? Tu étais heureuse ? Mais que sais-tu du bonheur, sinon ce qu'en dit le Texte ?

Elle ne va pas lui faire le coup du bonheur, du dîner à dix-huit heures et de la reproduction à vingt ans ! Le bonheur, ici, le petit bonheur qu'on autorise, est comme une tunique grise qui estompe les formes de la vie, les peines et les chagrins, sans doute, mais aussi les joies et les espoirs. C'est leur âme que les vieux ont repeinte en gris, pour être sûrs qu'ils n'aillent pas voir ailleurs, vers l'horizon où, peut-être, un jour, ils verront émerger une île ou le soleil se noyer pour toujours. « Heureux » est un mot de l'ancien temps. Un mot qui demande un sourire. Peut-être a-t-il été heureux, jadis, il ne sait plus pourquoi. C'est un mot qui demande une image en couleurs, et il n'y en a plus dans sa tête, plus d'images, plus de couleurs, plus d'avant. Le bonheur, le vrai, celui d'avant, est comme une de ces petites aigrettes de pissenlit qui flottaient dans le vent, quand il y avait encore des fleurs, et des mères pour souffler dessus, une de ces petites aigrettes dansantes, fragiles, et qui cherchaient une terre pour s'enraciner. Le plus souvent, on ne les remarque pas, mais dès qu'on les aperçoit, le monde est devenu magique, car la plus petite parcelle du monde s'est chargée de vie sous nos yeux. Le bonheur, c'est ce qui colorie le plus petit détail de l'existence, il ne connaît pas le gris. Alors, qu'elle n'utilise pas ce mot! Il est sacré, il est banni.

— Non, Maurine, le bonheur, ce que tu appelles bonheur aujourd'hui, est à l'image de cette bâtisse : étouffé par une enceinte transparente, parce que nous croyons qu'elle nous protège alors qu'elle nous garde prisonniers. Ce n'est pas ça le bonheur, tout au plus la survie.

— Alors…

Elle secoue ses cheveux, qu'elle a eu le droit, le jour de ses vingt ans, de laisser pousser sur ses épaules, pour plaire à son futur partenaire, peut-être, mais elle lui plaisait déjà avant. Son visage se fait dur, volontaire. Elle plisse les yeux pour acérer son regard, qui entre en Laurent comme une lame.

— Alors il faut que tu me dises tout, Laurent. Les mots que tu as lus sur la muraille de diamant. Je n'ai plus assez d'une demi-faute, d'une demi-vérité, il est trop tard pour oublier, il ne nous reste plus qu'à tout partager.

* *

*

Plus tard. Dans la soirée. Les buissons pourpres. Les vieux interdisent les escapades semi nocturnes. Suffit-il de braver l'interdit, ou les tolèrent-ils pour les nouveaux reproducteurs désignés pour *perpétuer l'espèce*? Laurent et Maurine s'en moquent. Ils ont vu les regards complices, ou envieux, ou soulagés, qu'importe? Ils ne sont pas là pour. Ils sont comme frère et sœur, parce qu'ils ont le même âge et qu'au départ, cela compte beaucoup pour des enfants. Quand on a cinq ans ensemble, les yeux grands ouverts sur la vie au milieu de braillards dont les plus jeunes viennent de naître, terrorisés par la Catastrophe qui ne se traduit pour eux que par un retard à changer leurs couches, on est deux doigts d'une même main perdue au bout d'un bras mort, on se serre l'un contre l'autre en attendant que le sang revienne, et l'on reste l'un contre l'autre jusqu'à la fin des temps.

Au fil des ans, dans un monde clos où tous les enfants grandissent ensemble, leurs jeux semblaient les mêmes que ceux des tout petits, mais ils inventaient des règles plus complexes, plus complices. Aux cours dispensés par Mersant, ils sont les premiers à comprendre et quand il explique les mécanismes de la reproduction, cela ne les concerne pas plus que n'importe quelle matière décrite avec des mots bien sages. C'est aussi abstrait que les rapports de parenté qu'on essaie de leur inculquer, comme si l'on pouvait comprendre les mots « tante » et « cousin » quand on ignore ce que sont un père et une mère. C'est aussi abstrait que les noms des pays qu'on a tenté de leur faire retenir avant de leur dire que, de toute manière, ils étaient tous noyés dans l'eau amère. Les vieux sont toujours pris entre le passé et l'avenir, englués dans le premier, auquel le second donne un formidable espoir de résurrection. Parler de « nièce » et de « grand-père » les projette sur des générations à naître. Savoir qu'au loin ont existé des îles Philippines les aide à croire qu'un jour, elles réapparaîtront. Au fond, pour Mersant qui n'y avait jamais mis les pieds, avant la Catastrophe, elles ont gardé la même immatérialité, ou la même réalité de mots, le même poids de science inutile.

Les imbéciles. À force de savoir que les choses existent, ils ont oublié de les vivre. Savoir que sept mille cent sept îles (sept mille cent huit à marée basse) ont été réunies sous un même nom a suffi à leur bonheur. Savoir qu'elles avaient toutes disparu dans l'eau amère a suffi à leur peine. Et ils n'ont pas vu les mains qui se tendaient vers eux, les regards affolés qui traversaient le mur de diamant, car tout cela n'avait jamais été que des mots, Philippines, Réfugiés, et même le bonheur et la peine. Laurent et Maurine sont eux aussi devenus des mots, adultes, reproducteurs, et même espoir et avenir.

Non, je ne suis pas un mot. Maurine n'est pas « comme ma sœur », elle est ma sœur, parce que j'ai grandi avec elle et que pour nous, c'est cela que signifie le mot. Parce qu'il n'a pas d'autre usage chez les sans père ni mère, sans passé ni avenir, pour les enfants sevrés de monde. Les vieux ne pourront jamais le comprendre.

Pour les vieux, ce ne sont que des orphelins, abandonnés à leur naissance dans l'établissement construit voici plus d'un siècle, sur les anciens volcans d'Auvergne, auprès du lac Pavin, loin de tous, parce que si leurs parents avaient décidé de ne pas les élever, c'est qu'ils jugeaient eux-mêmes qu'ils n'avaient pas leur place parmi les hommes. Ou parce qu'ils les encombraient et qu'ils n'avaient pas eu le temps de se délivrer d'eux avant leur naissance. On les a parqués comme des Réfugiés dans un camp, comme des déchets dans un dépotoir, loin des villes, loin des plaisirs, loin des tentations.

Et loin, surtout, de la pollution, loin des dangers, de la folie qui s'est emparée des hommes, voici une vingtaine d'années, et à l'abri de la mer d'amertume qui, peu à peu, s'est étendue sur toute la planète. Quand les parents en vacances ont-ils pris conscience qu'ils avaient paradoxalement sauvé ceux dont ils voulaient oublier l'existence ? Trop tard, sans doute, lorsque le mur de diamant expansé avait définitivement retranché l'orphelinat du monde. Les adultes qui avaient choisi de rester parmi eux n'étaient pas des rescapés de la Catastrophe, mais des exilés volontaires de la civilisation. Ils voulaient eux aussi vivre loin de tout, il y avait alors un mot pour désigner ceux qui refusaient la société des hommes, et ce mot les désignait, et ils croyaient que des enfants sans attaches seraient plus près de leur idéal de renoncement. Lorsque l'eau amère a englouti les villes et est montée à l'assaut des montagnes, ils n'ont rien regretté, ils ont pensé que c'était bien fait pour les myopes congénitaux, qui avaient vécu le nez sur la sortie du soir ou les vacances d'été. Ils se sont préparés à mourir et n'ont pas même pensé à enseigner la mort aux enfants dont ils avaient la charge. Ils étaient trop jeunes pour comprendre. D'ailleurs, pour mourir, pas besoin de connaître la mort, n'est-ce pas ?

Et puis, un matin, ils se sont éveillés et le mur de diamant était là, tout autour. Personne ne leur a dit comment il était apparu. Peut-être personne ne le sait-il ? En tout cas, pour les vieux, cela n'a fait aucune différence. Tout ce qu'ils avaient connu, tout ce à quoi ils croyaient n'existait plus, irrémédiablement. Il n'y avait plus ni père ni mère, plus d'enfants légitimes, plus d'orphelins, mais ils continuaient à enseigner le sens des choses mortes. Et dans leur esprit, les gamins sont restés des noms sans parents ni protecteurs, des résidus d'éprouvette dont personne n'avait voulu. Sauf Maurine, mais c'est une autre histoire, qu'elle a toujours refusé de raconter.

Symbole le plus criant de cet abandon sans espoir, Laurent, qui avait atteint le grand âge de cinq ans sans que personne n'ait eu envie de l'adopter. Cela semblait une double malédiction, un double abandon qui devait bien trahir un vice épouvantable, un défaut de fabrication invisible, mais évident, qui écartait de lui les acquéreurs potentiels. Qu'est-ce que cela pouvait bien leur foutre, aux vieux, qu'on n'ait pas voulu de lui voici quinze ans, puisque, de toute manière, il n'y avait plus, il n'y aurait jamais plus d'acquéreurs ? Mais c'est resté gravé dans leurs mémoires : enfant incasable, personne n'en a voulu. Et eux, après tout, qui avait voulu d'eux ? Pourquoi se seraient-ils réfugiés sur une montagne inaccessible, s'ils avaient représenté quelque chose pour quelqu'un, pour un acquéreur ou pour un ami, pour un homme ou une femme ? Tous ici sont des orphelins du monde, même s'ils savent qu'ils ont eu un père et une mère avec un nom et une image dans leur mémoire. Les cons. Leurs pères et leurs mères sont avec ceux des orphelins, dissous au fond des eaux amères, et leur nom et leur image ne leur ont servi à rien.

Ou alors, est-ce pour cela qu'ils espèrent les voir se reproduire, ces deux jeunes adultes qui représentent la négation ultime de l'ordre ancien ? Maurine qui l'a fui, Laurent, le rebut, inconciliables l'un et l'autre avec la société désormais révolue. S'il est vrai qu'ils croient à un monde épuré des erreurs du passé, quels meilleurs symboles trouver de la rupture ? La renégate et le maudit. Des mutants qui, peut-être, engendreront l'ordre nouveau. S'ils savaient combien cela leur est égal. L'un a trop souffert, dans sa chair et dans son âme, de voir passer les couples en quête d'enfants, l'examiner avec un dégoût plus ou moins déguisé, et choisir, immanquablement, un poupon de quelques mois au sourire machinal. Ils sont morts depuis longtemps, à présent, couples hypocrites et poupons rondouillards, si ça se trouve, ils sont accrochés à la muraille et il les voit tous les jours sans les reconnaître, bien fait pour eux.

Et l'autre, Maurine, a trop haï le vieux monde pour en espérer un meilleur. C'est une décision inouïe, à quatre ans, d'abandonner ses parents pour se réfugier loin de tout. Un jour, elle dira quelle force l'a poussée, et Laurent saura peut-être quelle force a poussé les siens à le larguer ici sans plus donner de nouvelles. Une force de rejet radical, qui s'est exercée pour elle à contresens. Non elle n'est pas orpheline : ce sont ses parents les… ça peut se dire, orphelins d'enfant ? Alors, non, jamais les deux *perpétuateurs de l'espèce* ne reproduiront cette souffrance en unissant les leurs. La malédiction s'arrêtera à eux. Voilà ce qui les unit, contre les vieux et contre les jeunes, ces exilés de l'âge franc. Voilà pourquoi ils sont frère et sœur.

Mais leurs rêves les sépareront toujours. Maurine a gardé en elle la blessure du passé ; jamais elle ne comprendra l'aspiration de son ami à le connaître. Laurent déteste de toutes ses forces ce passé qui l'a rejeté comme un détritus. Mais c'est parce qu'il le déteste qu'il le fascine. Quand il rêve d'un monde au-delà de la muraille, c'est celui qui les a chassés qui apparaît devant ses yeux, il est impuissant à en imaginer un autre, qu'il pourrait construire. Cela, ils ne pourront jamais le comprendre, les vieux à qui tout fut donné, ce sont des fugitifs : ils n'ont pas voulu des villes, qu'ils ont volontairement quittées, ils ont des rêves plein la tête, des rêves de monde nouveau dans lesquels ils voudraient parquer leurs ouailles comme des animaux. Ils avaient déjà tiré un trait sur le passé avant de s'enfermer ici. Ils n'ont jamais cherché, au-delà de l'horizon, une trace de survivance, un père de sang ou de vouloir qui viendrait à l'orphelinat et qui dirait, enfin : « Tu es à moi, je te reconnais. »

Comment peut-on porter en soi tant de haine et tant d'espoir ? Peut-être cracherait-il au visage de ce père, s'il apparaissait tout à coup devant Laurent. Mais pour pouvoir lui cracher au visage, il faut bien qu'il apparaisse. Aimer, haïr, peut-être, après tout, est-ce le même désir. Les jours ne se ressemblent pas, et d'un jour à l'autre, il n'est pas sûr de se ressembler à lui-même. Parfois, il se réveille avec une soif impérieuse d'avoir un père, et c'est comme une gorge sèche que ne peut calmer une gorgée d'eau ; parfois, il est heureux d'être seul avec le monde devant lui. Certains matins, et ce sont souvent les mêmes, il se réveille tendu vers le rêve de Maurine comme si elle n'était pas sa sœur, et d'autres, il est le capitaine et seul maître à bord de son lit sur l'océan des rêves. C'est dur, de ne pas savoir quand on est vraiment soi-même. Peut-être n'est-on soi-même que dans les contradictions.

Derrière les buissons pourpres, il reste un coin de mousse sèche où l'on peut s'asseoir. Une étroite langue blanchâtre et accueillante. Au-delà s'étendent les buissons bordeaux, les buissons carmin, jusqu'à la couronne d'arbres roses qui annoncent les bois morts. Ils ne les nomment pas autrement que par leur couleur. Les arbres et les blés ont été les premiers à renoncer à vivre, ou, plus prosaïquement, à être bouffés par la racine, après la Catastrophe, car le mur, même s'il est bien ancré dans le sol, n'a pu empêcher les acides de s'infiltrer jusqu'à la surface. En s'éloignant de l'enceinte, vers le cœur du Refuge, il est encore possible de trouver de la végétation vivante, là où le poison n'a pas eu le temps d'agir. Mais ce n'est qu'un maigre sursis : il a déjà eu le temps de s'en prendre à la chlorophylle, et les arbres, petit à petit, ont viré au rouge, se décolorant peu à peu jusqu'à rejoindre les forêts d'arbres morts.

Les buissons pourpres sont les plus épargnés, à proximité des bâtiments, et si on les soigne bien, ils fructifient encore, par accident, cela change du menu quotidien. Mais tout autour, les couronnes de toutes les nuances ferrugineuses sont comme une lente horloge qui marque la progression du mal. Les végétaux dont les racines sont les moins profondes sont paradoxalement les plus vivaces, car ils viennent encore puiser dans un terreau peu contaminé. Sur des terrasses coupées du sol, les vieux ont conservé un potager presque vert, mais la terre s'épuise, au fil des ans, et de toute façon, la production n'est pas suffisante pour nourrir tout le monde. On a l'impression qu'ils le cultivent surtout pour que les générations à venir ne perdent pas toute notion des plantes, et sachent encore à quoi ressemble un vrai poireau, un navet blanc, une carotte orangée. Mersant le Taciturne en montre de moins en moins au cours de biologie préhistorique. De toute façon, après, ils les mangent, en prétextant que leur constitution ne peut pas s'en passer puisqu'ils ont été élevés avec cinq légumes par jour. Les jeunes estomacs digèrent mieux les corbeaux, les champignons et les lichens, disent-ils. Les gamins ne peuvent pas les contredire, d'abord, ils n'en savent rien ; ensuite, les vieux ont été bien nourris dans leur enfance et mesurent tous une tête de plus qu'eux. L'argument est sans réplique.

Mersant a renoncé à leur apprendre les noms des arbres. Mais ils sont incollables sur les nuances du rouge. La génération qui les suivra ne connaîtra plus que le gris. Le carmin, l'incarnat, le garance ne seront plus à leur tour que des mots creux, comme le chêne, le frêne ou le peuplier. Même chose pour les animaux. Les insectes, les petits rongeurs, le gibier à plume et à poil, n'ont guère survécu à la disparition des arbres. Laurent avait dix ans quand on a mangé les derniers rats. Les autres animaux ne sont plus que des squelettes dans des vitrines, auxquels les enfants ont du mal à faire correspondre les peintures du Grand Hall.

Alors, en une nuit, comme s'ils s'étaient concertés, les oiseaux se sont envolés pour chercher la liberté ou la mort ; seuls les corbeaux, la nuit, vont becqueter les yeux des cadavres et reviennent sagement dormir tout en haut d'un arbre sec où on ne peut les atteindre. Au crépuscule du matin, il faut se contenter de chasser les retardataires. Au repas, tâcher d'oublier qu'ils sont eux-mêmes nourris des morts. Ils sont coriaces, mais le goût un peu fort s'estompe si l'on trouve des champignons pour l'adoucir. Ces petits corps spongieux et répugnants sont quasiment les seuls végétaux qui n'ont pas désespéré de pousser dans les zones contaminées, sans doute parce qu'ils n'ont pas de racines. Corbeaux noirs et champignons blancs se recomposent à toutes les sauces dans la Grande Cuisine. Les rares légumes gris qui poussent encore autour de l'orphelinat, et qui n'ont rien à voir avec les couleurs somptueuses du potager des vieux, ne suffisent pas à nourrir tous ses habitants. Dans les murs, on arrache des lichens salés qui, desséchés et moulus, servent d'épices. Avec tout cela, de temps en temps, Seuraude fait des miracles.

— Alors ? attaque Maurine en s'asseyant sur la mousse blanchâtre. Je n'ai rien dit, tout à l'heure, mais tu me dois la vérité. Je ne peux pas rester entre le bien et le mal, je dois tout partager avec toi, Laurent.

— Si tu savais combien je regrette d'avoir lu cette phrase, tu ne me demanderais pas de te la répéter.

— Il est trop tard. Nous devons la porter à nous deux. Et lui donner un sens, si elle n'en a pas.

— Elle en a un, Maurine, elle en a un… Et il me tue.

— Tu en as trop dit. Achève.

Oui, il en a trop dit, et il ne peut porter tout seul les promesses ou les malédictions cachées dans le poème à demi effacé. Il y a un mot inconnu dans ces quatre petites lignes, et un mot que l'on n'entend presque jamais. Mais il y a aussi un mot terrible, qui cogne tous les soirs dans sa tête et qui ronge ses rêves jusqu'à l'aube. Et puis, un mot magique, qu'il roule tous les matins dans sa gorge pour qu'il lui donne la force d'atteindre le soir. Des mots qui ont autant de couleurs que le potager des vieux. Des mots qui le nourrissent et l'empoisonnent. Des mots qu'il a envie de partager avec sa sœur, pour qu'ils soient deux à en mourir, ou deux à y survivre. D'une voix rauque, tout bas, comme si cela pouvait atténuer le blasphème, il lui récite ce qui ne peut figurer dans le Texte, et pour cause : le premier mot n'existe dans aucune langue.

« DIEU M'A TRANSMIS SA GRÂCE ET CET ESPOIR :

TA PRISON EST…

SI TU VEUX T'EN ÉCHAPPER…

TU PEUX… »

— Je n'en sais pas plus. La fin des trois derniers vers a été emportée par l'eau amère.

— Dieu… murmure Maurine.

— Nous échapper, Maurine. Nous échapper.

Elle ne dira rien d'autre. Son silence a la même densité que celui où elle s'est murée, le jour où il lui a demandé pourquoi elle s'était réfugiée ici. D'où tient-elle ce mot qu'il n'a jamais entendu ? « Dieu » est un mot d'avant, un mot terrible et doux, comme le mot « père ». Un mot capable d'élever un mur de diamant. Il lui dit quelque chose qui ne semble pas agréable, mais le goût n'est pas amer, comme le mot « prison ». Et puis, il y a le mot « espoir ». Un mot doux et terrible, capable, peut-être, d'ébrécher le mur.

Chapitre III

L'antre de Wersant

Drôle de rêve, cette nuit. Nous n'étions pas au sommet d'une montagne, mais sur une île, entourée d'eau jusqu'à l'horizon, et c'était la même chose. Nous n'étions pas les rescapés d'un monde détruit, mais des criminels dans une prison. Des menteurs. Les vieux n'aiment pas que les enfants mentent, alors ils nous avaient envoyés ici, derrière une enceinte sans portes, ils nous avaient largués à l'aide d'une machine bizarre, un grand oiseau blanc avec des ailes qui tournent très vite au-dessus de la tête et une hélice au bout de la queue — image très nette : les enfants tombent un à un, jetés comme des paquets par-dessus bord, et les vieux aussi, jetés hors de la machine, et tout cela tombe dans le lac, et nous devons nager jusqu'à la rive.

Dehors, le monde continuait à vivre tranquillement, le monde était heureux, et l'eau amère n'était pas de l'acide, mais une eau normale, comme celle du lac, mais on nous le faisait croire pour que nous ne tentions pas de nous enfuir. Tout le reste aussi, c'était une légende inventée par Orsant. Il n'y avait pas eu de Catastrophe, quelle preuve nous en avait-il donnée, d'ailleurs ? Nous vivions dans une histoire inventée par Orsant pour nous dissuader de nous enfuir. Et puis, un jour, le grand oiseau à hélice est revenu, et il m'a emmené avec lui, et sur sa tête était écrit un grand mot, « Dieu ». L'homme dans la machine n'avait pas de visage, je pouvais l'appeler papa sans qu'il se fâche. Il me donnait la main pour m'aider à monter. Tout en bas, Maurine m'appelle, je n'entends pas ce qu'elle crie, mais je le comprends aussitôt. Le bas de mon corps le comprend, se tend, me tire vers elle, mais le haut s'accroche à la main, je vais me déchirer, ce n'est pas possible, c'est trop douloureux. Et je sens mon corps qui s'étire, infiniment, j'entends comme un goutte-à-goutte régulier et me rends compte que je suis devenu le puits solaire de l'orphelinat, sans moi ils vont mourir, je transpire mais ne lâcherai jamais la main de mon père. Je me suis réveillé à ce moment-là, trempé de sueur comme si j'avais réellement été le puits solaire, et je ne saurai jamais si l'homme venait me sauver ou me précipiter dans l'acide, si Maurine voulait que je l'emmène avec moi ou que je reste enfermé avec elle.

Pas difficile de deviner d'où vient le rêve. Le corbeau blanc, le mot « Dieu », le goutte-à-goutte, et tous ses rêves d'évasion. Le mensonge, aussi, dont il est accusé : pour échapper à la honte, son esprit a retourné la situation, tout le monde est menteur sauf lui… Mais cela fait tout drôle d'avoir cru, durant son sommeil, qu'ils vivaient depuis quinze ans dans un mensonge. Au fond, que savent-ils de l'extérieur, et de l'avant, sinon ce qu'on leur en dit ? Et si tout cela n'était qu'une fable imaginée par Orsant ? Qui leur dit que le Texte contient bien la Vérité ? Personne n'ira vérifier, bien sûr, ils ont trop peur de l'eau amère et seraient incapables de briser le mur. Personne n'ira vérifier non plus s'il existe d'autre vérité que le Texte. Le pouvoir, le vrai, réside dans les mots, ces insectes patients qui viennent grignoter l'esprit crédule et y pondent des idées toutes simples. Ils éclosent un jour en myriades de mots que l'on croit maîtriser parce qu'ils sont nés en nous. Et le cycle recommence, et même les images de nos rêves ne sont que des combinaisons nouvelles de ces insectes indestructibles qui infectent la mémoire.

Laurent tente de se remémorer les détails en enfilant sa tunique sous les couvertures, comme on le lui a appris pour ne montrer ses cuisses à personne. Une image en particulier le trouble par sa netteté : celle du grand oiseau de fer et de verre avec l'hélice au-dessus de sa tête. Il l'a vue, il en est sûr, avant la Catastrophe. Ce n'est pas la première fois que des images d'avant ses cinq ans reviennent dans ses rêves, mais celle-ci n'est pas venue au hasard. Après la toilette, un domestique l'avertit que Wersant veut le voir ce matin dans son bureau. Pas besoin d'être grand devin pour comprendre…

* *

*

Longtemps, les enfants se sont demandé pourquoi on avait confié à Wersant les fonctions de préfet de discipline. Personne ne semble aussi étranger à une telle tâche. Son apparence, pour commencer, n'éveille pas des idées de sévérité. Quinze ans plus tôt, il n'avait déjà pas d'âge. Les traits empâtés, la calvitie précoce et immuable, les lèvres épaisses, arrêtées dans une moue qui ressemble à un sourire, les pommettes charnues, qui enfouissent les yeux derrière deux petits bourrelets qui lui tiennent lieu de paupières, et un regard qui vous enveloppe d'une compassion poisseuse. Les dernières années lui ont enlevé des kilos sans ôter l'impression de rondeur. Les joues faseyent, le menton porte des fanons en berne, la tunique tombe droit, mais les traits ne se sont pas creusés et semblent engoncés dans son visage. Aurait-il menacé qu'on aurait cru à un pardon. Aurait-il levé la main qu'on aurait attendu une caresse. Et pourtant, ses réprimandes sont d'une efficacité redoutable. L'empathie aussi est une forme de pouvoir, la plus sournoise, peut-être.

Wersant ne crie pas, ne frappe pas. Personne n'en a peur, et sans doute est-ce pour cela que le rôle lui convient. Il écoute, il parle, il comprend, il hoche la tête et explique. Et les reproches qu'il ne peut leur adresser naissent tout seuls dans la tête des coupables. Ils finissent par les formuler. Il acquiesce, console au lieu de punir. Tout en fin de compte a été dit, mais les reproches viennent d'eux. Ils souffrent de la peine qu'ils lui infligent pour avoir trahi son amitié, sinon sa confiance. De rares fois, il menace de la cave noire. Laurent en était terrorisé. Il ne savait pas pourquoi il craignait autant le noir. Ses crises de larmes étaient si effroyables, rien qu'à l'évocation de la punition, que Wersant n'a même plus osé prononcer le mot.

Du reste, les vieux ne sont pas si nombreux, et les fonctions se sont réparties d'elles-mêmes. Le Consistoire ne compte que quatre membres, qui ont adopté des noms aux consonances semblables. Orsant, Norsant, Wersant et Mersant sont les quatre points cardinaux de l'orphelinat, selon le nom qu'ils ont choisi, comme s'ils avaient voulu effacer leur identité antérieure. Une vingtaine de domestiques font tourner la maison, dont la moitié de femmes, que l'on reconnaît à leur voile bleu. On a conservé le mot d'avant, « domestique », qui les fait grincer des dents, mais il ne correspond plus à rien. Il n'y a plus d'argent, plus d'employeur ni d'employé, mais il n'y avait nulle part ailleurs où ils puissent aller. Alors, ils ont continué leur travail d'autrefois, la cuisinière à la cuisine, les blanchisseuses au linge, les ouvriers d'entretien aux petits travaux… Ils acceptent que les décisions soient prises par le Consistoire, parce qu'elles ne se traduisent pas par des ordres, mais se contentent d'organiser les tâches avec un minimum de bon sens.

À cela s'ajoute une forme de respect bien ancré chez les servantes voilées de bleu, plus petites que la moyenne, comme des souris parmi les rats. Les vieux les appellent « ma sœur », parce que leurs noms commencent tous de la même manière, sans doute sont-elles d'une même famille. Mais ce respect ne s'adresse qu'à Norsant et à Wersant : elles regardent Orsant avec défiance et Mersant avec un franc mépris. Au début, les enfants se perdaient un peu dans les Seuranne, Seuraude ou Seurolga, mais ils connaissaient la main qui cuisine, la main qui sert, la main qui soigne. Ils avaient remarqué les petites nuances dans les comportements, qui leur en apprenaient beaucoup sur le monde d'avant et ses jeux de pouvoir, mais ils en étaient réduits aux hypothèses : les rapports entre les vieux sont réglés par des principes mystérieux mais immuables, qui ont résisté à la Grande Catastrophe.

Dans un sens, c'est rassurant. Les événements n'ont pas tout balayé, les rapports sociaux ont résisté à l'acide. Mais ce n'est pas si simple, et tant de choses les séparent des vieux que tout retour en arrière est désormais impossible. En grandissant, ils commencent à se demander si les adultes ne constituent pas une autre race. Non seulement leur taille est supérieure, mais leur conformation présente d'étranges différences, comme ces pouces démesurés, dus, expliquent-ils, à l'usage massif, durant leur enfance, de petits appareils dont l'utilité aujourd'hui échappe aux jeunes, mais dont apparemment ils ne pouvaient se passer. On a cru comprendre qu'ils leur servaient à se parler, mais ils parlent tout autant depuis qu'ils n'en ont plus !

Comment interpréter, par exemple, ce mélange de soulagement et de nostalgie, quand ils parlent d'autrefois ? « Vous êtes bienheureux, soupirent-ils, d'être nés et d'avoir grandi dans un monde où les ondes ne traversent plus vos cerveaux », comme si le leur avait été le lit d'un grand fleuve immatériel ; « où vous ne respirez plus des gaz d'échappement et autres cochonneries », sans doute parce qu'il n'y a plus de cochons, dont les gaz d'échappement devaient être plus toxiques que ceux des humains ; « où vous n'êtes pas saturés de graisses animales » — il faut dire que les corbeaux sont secs comme du bois mort… Mais si le monde est devenu idyllique, pourquoi passent-ils leur temps à regretter celui qu'ils ont perdu ? Si leur mode de vie était si nocif, pourquoi ont-ils conservé cette robuste constitution qui leur permet d'imposer leur volonté à des mioches chétifs ? Quand ceux-ci leur posent la question, ils s'entendent répondre qu'ils ne peuvent pas comprendre, c'est facile, et qu'ils doivent se réjouir de n'avoir pas souffert en quinze ans de la moindre maladie. Qu'est-ce que c'est, une maladie ?

Wersant avait été aumônier dans l'orphelinat, sans doute parce qu'il s'occupait des aumônes, cela n'a pas grand-chose à voir avec ses fonctions actuelles, mais cela explique sans doute sa bonhomie. Il n'a aucune vocation à punir, ni à commander. C'est Orsant le chef incontesté, et sa fonction est inscrite sur son visage plus que sur ses habits ridicules. Mais à la différence de Wersant, l'âge est passé sur lui. Au moment de la Catastrophe, il devait à peine avoir passé la trentaine, et c'est étrange de penser qu'un homme de cet âge ait pu, alors, prendre le commandement d'une communauté quand de plus expérimentés auraient dû s'en charger.

Mais Orsant a le geste sûr, la parole facile, la décision immédiate. Sous ses lèvres, les ordres deviennent des évidences, les mots prennent la densité des oracles, le quotidien a la dimension du sacré. Il paraît qu'avant, il avait été proche du pouvoir, secrétaire d'un haut personnage, peut-être même, supputait-on, était-ce lui, le président qui avait mené le pays à la ruine. Il faut se méfier des racontars : on a perdu le sens des mots qui désignent les différents grades de la hiérarchie féodale. Qui pourrait encore expliquer la différence entre un sous-directeur adjoint, un sous-chef de département, un chef de projet ou de bureau ? Alors, on désigne facilement comme président tous ceux qui avaient des fonctions importantes.

Ce qui est sûr, c'est qu'Orsant était en mission officielle à l'orphelinat quand les eaux amères ont commencé à monter, il s'est retrouvé bloqué avec les pensionnaires et personne n'a osé le contredire quand il a pris la situation en main. Surtout pas Norsant, qui était alors directeur en fonction, par hasard plus que par vocation, et qui s'est très bien trouvé de n'avoir plus de responsabilités sur les épaules. Norsant administre, planifie, organise avec une précision redoutable, mais il ne prendra pas d'initiative. Un gestionnaire efficace et discret, mais pas un chef. Avec Mersant, qui ne dit rien en dehors des cours qu'il donne tous les matins, ils forment le noyau fort du Grand Consistoire.

Le temps est passé sur Orsant comme une tempête d'un soir. La vieillesse s'est inscrite d'un coup sur son visage, comme on souffle une bougie. Sa chevelure a blanchi du jour au lendemain, prétendent les domestiques, le matin où, en se levant, on a découvert le mur de diamant sans porte qui protégeait et enfermait définitivement les rescapés du monde antique. Une chevelure d'autant plus saisissante qu'il l'a laissé pousser contre tout usage. Elle semble encore plus blanche depuis qu'il a cessé de se raser, arborant une barbe aux reflets cuivrés qui rappellent sans doute une couleur de jeunesse, et qui le classent d'emblée parmi ceux qui ne sont pas d'ici.

Pour les autres, les atteintes de l'âge ont surtout affecté le regard qu'ils portent sur leur chef. Celui du Taciturne semble mesurer ses chroniques à l'aune du vieillissement d'Orsant. Celui de Norsant trahit d'année en année un respect, ou une soumission croissante pour le garçon devenu vieux en une nuit. Celui que lui adresse Wersant, surtout, a radicalement changé en quinze ans. L'affection quasi idolâtre que chacun raillait derrière son dos s'est d'abord muée en désappointement, puis en mépris. Désormais, le regard de Wersant ne se pose plus guère sur le visage raviné ourlé de flots roux et blancs. Oui, Orsant fait figure de vieux avant d'avoir atteint cinquante ans, et la progression du temps sur son visage dissuade chacun de vouloir lui ravir sa place.

Lorsque Wersant a fait appeler Laurent dans son bureau, tout le monde a fait semblant d'être surpris. L'affection qu'il porte au jeune adulte attire les mêmes quolibets que les regards enamourés qu'il réservait jadis à Orsant. Son bureau est à la lisière de la cave interdite. Laurent ne peut réprimer un frisson à chaque fois qu'il passe devant ce lieu où seuls les vieux ont le droit de pénétrer. Pour les gamins fascinés par cette porte close par un code à quatre chiffres, les souterrains de l'orphelinat constituent un rêve d'aventurier. Mais chez Laurent, ils ravivent une terreur d'enfant enfermé dans le noir. Il se hâte de franchir la porte du bureau, dès que l'accès lui en est donné. Pour un préfet de discipline, la pièce est la plus cossue de l'orphelinat. Du moins des pièces auxquelles les enfants ont accès, car personne n'a encore vu celui d'Orsant — sans doute son luxe est-il si tapageur qu'il aurait honte de le laisser voir aux jeunes. Wersant est fier d'un meuble tout à fait inutile, avec des boutons qui ne servent à rien quand on les tourne et un grand écran gris. C'est une sorte de somnifère, car il ne pourrait trouver le sommeil sans s'être assis devant durant une heure, tous les soirs.

Chez Wersant, les fauteuils sont profonds, de cuir souple, avec des accoudoirs bas qui évoquent les boudins parsemés sur son visage. Nathan, le plus vif à remarquer ces détails, prétend qu'il a meublé sa chambre en se regardant dans un miroir, et entre nous, nous continuons à nommer les poches qui se forment sous nos yeux, quand nous avons mal dormi, des accoudoirs de Wersant. On remarque d'autant plus les sièges, dans la maison, que les armoires ont toutes été remplacées par des placards, lorsque les tremblements de terre se sont multipliés, en l'an I. Les plus jeunes ne peuvent s'en souvenir, mais Laurent garde la terreur de ces monstres de chêne massif qui se mettaient à danser quand la terre se dérobait sous les pieds et finissaient par se fracasser dans un vacarme d'apocalypse. Ce fut une des décisions les plus controversées, mais les plus sages d'Orsant, quand il a pris le pouvoir à l'orphelinat : détruire les meubles instables, arrimer solidement les autres au plancher, ne jamais laisser un placard ouvert, et ne stocker les objets lourds que sur les planches inférieures. Il avait prédit que les séismes allaient se multiplier au fur et à mesure de la dissolution des plaques tectoniques supérieures dans l'eau amère, et ils furent de fait d'une violence exceptionnelle durant deux ou trois ans. Lorsque le paysage s'est stabilisé à l'horizontale, ils se sont espacés, puis ont tout à fait disparu.

Wersant fut le premier à démonter les cales fixant le canapé et les fauteuils, qu'il voulait déplacer sans difficulté selon les visiteurs, et cela nourrit toujours les plaisanteries que l'on s'attire dès que l'on est convoqué dans son bureau. « C'est un rendez-vous à deux mètres, ou à vingt centimètres », prophétise Nathan, et le garçon convoqué rougit jusqu'aux oreilles. Laurent a toujours triché en relatant ses entretiens avec Wersant. C'étaient plus souvent des rendez-vous à vingt centimètres qu'à deux mètres. Mais aujourd'hui, il sait pertinemment pourquoi il a été convoqué. Le discours d'Orsant, hier soir, était suffisamment dramatique. Il y a un coupable, et Laurent sait qu'il s'agit de lui. Toute la question est : Wersant le sait-il ? Et la seconde question : comment-le sait-il ? Dès les premiers mots, la première n'a plus de sens. Il sait.

— Je ne te ferai pas de reproches, Laurent. Je sais que tu te les es déjà faits, cette nuit. Les mots d'Orsant ont été durs, hier soir, n'est-ce pas ? « L'un de vous sait qu'il en est responsable. Je ne sais comment il pourra y survivre. » Oui, celui-là a dû y réfléchir toute la nuit, n'est-ce pas ? Et je m'étonne qu'il ne soit pas venu de lui-même partager avec moi le poids de la culpabilité. Tu préfères te taire ? À ton aise. Alors je vais continuer à parler. Si celui qui a volé le corbeau de Sacha ne s'est pas dénoncé, c'est qu'il savait que sa responsabilité ne s'arrêterait pas là. Vous êtes tous d'excellents chasseurs. Celui qui est rentré sans corbeau a quelque chose de plus grave à cacher. Que pouvait-il bien faire plutôt que d'aller à la chasse ? Où était-il ? Avec qui ? Qu'a-t-il vu ? Trop de questions qu'il ne voulait peut-être pas qu'on lui pose ?

— C'est… C'est Maurine, n'est-ce pas ? Son regard…

Il n'a pas pu se retenir. Il sait que la question est un aveu, mais elle lui brûle les lèvres, et puis, il fallait bien interrompre cette litanie de questions qui le fouillaient jusqu'au fond de l'âme. Wersant s'est interrompu, interloqué. Mais à son sourire, on voit qu'il a gagné. Il hoche la tête, compréhensif, rapproche son fauteuil, entre dans le jeu de sa proie. Non, ce n'est pas le regard de Maurine qui l'a trahi. Laurent avait l'impression qu'elle le fixait durant tout le discours d'Orsant, mais il ne le remarquait qu'en tournant lui-même la tête vers elle, et dès qu'il la regardait, par un automatisme fréquent, le regard de la jeune fille était attiré par le sien. Mais pour ceux qui leur faisaient face, pour les vieux du Consistoire, ce n'était pas lui que Maurine fixait.

— Elle regardait à côté de toi, comprends-tu ? Elle fixait Laura, à ta droite, durant tout le discours d'Orsant. Parce qu'elle savait qu'elle ne pourrait pas faire autrement que te regarder, et que cela te dénoncerait aux yeux de tous, alors elle a détourné le regard sur Laura, pour conjurer le sort, pour la désigner à ta place. Moi-même, je m'y suis laissé prendre.

— Mais alors, comment…

— Comment j'ai deviné qu'il s'agissait de toi ? Tu n'es pas très futé, mon garçon, pour l'aîné de ta génération. Maître Mersant ne vous apprend donc rien ? Combien de corbeaux ont été dérobés à Sacha ?

— Un seul !

— Par quelqu'un qui n'en avait aucun, et qui ne voulait pas rentrer bredouille. Donc, le voleur, combien avait-il de corbeaux ?

Laurent baisse la tête, honteux de sa stupidité plus que de son vol. Il a compris d'un coup. Certains chasseurs avaient tué deux, trois ou quatre corbeaux. Il était le seul à n'en avoir rapporté qu'un. S'il en avait volé deux à Sacha, son geste serait passé inaperçu. Que lui a-t-il pris ? A-t-il cru que le vol serait moins grave, ou qu'il ne serait pas remarqué, s'il se contentait d'un seul oiseau ? Surtout, il comprend que tout le monde, avec un peu de déduction, peut être arrivé à la même conclusion. Le crime était inscrit sur son front, comme il est dit dans le Texte. Il se battrait d'avoir été aussi stupide. Mais c'est ainsi que Wersant donne ses leçons.

La suite est évidente. Ce n'est pas la première fois que Laurent se rend près du mur interdit. Orsant a dû y découvrir des choses anormales pour mettre fin aux promenades innocentes et instructives. Wersant est bien sûr au courant des précédentes désobéissances et n'a pas de mal à faire avouer celle-ci. Mais le jeune homme ne veut pas lui parler de l'inscription, il ne faut surtout pas que Wersant découvre qu'il sait lire, ni qu'il y a de l'autre côté quelqu'un de vivant, et qui sait écrire. Une fois encore, il faut détourner l'entretien avant qu'il ne le mène à sa guise.

— Maître Wersant, la colombe, c'est comme un corbeau blanc ?

— La colombe ?

La question, manifestement, le désarçonne. Il hésite sur la contenance à adopter, ce qui se traduit par un léger recul du fauteuil, comme si son interlocuteur avait attrapé une maladie contagieuse. Il frotte entre le pouce et l'index les deux boudins de ses paupières — un tic, paraît-il, qui lui est venu après une opération des yeux. Ça fait mal rien que de penser que cela a été possible d'aller fouiller dans les yeux des autres, et le tic de Wersant a sans doute beaucoup fait dans l'autorité que lui concèdent les jeunes. Comme d'habitude, il finit par choisir l'explication. Parler aux enfants comme à des adultes, leur faire comprendre, apprendre à ceux qui n'ont pas connu l'avant, et qui sont si avides de découvrir. C'est ainsi qu'il a gagné leur confiance. On a beau se moquer de lui, c'est sans doute celui des quatre pour lequel ils éprouvent le plus de respect.

— Non, la colombe, tu le sais bien, elle est partie, et elle ressemblait à celle qui est peinte sur les murs du Grand Hall, avec une queue en éventail et un bec beaucoup plus court. Il y avait beaucoup d'oiseaux blancs, avant, qui sont tous partis, comme la mouette, ou…

— Et le corbeau ?

— Un corbeau blanc, oui, cela existe, mais ce n'est pas une espèce particulière, c'est une exception. Cela s'appelle un albinos, et il y en a dans toutes les espèces, y compris chez les hommes. C'est, comme qui dirait, un corbeau noir qui a perdu ses couleurs. Il avait les yeux rouges ?

— Oui, je crois…

— Alors, c'est cela, l'œil rouge est un œil sans couleur. C'est rare, c'est bizarre, mais c'est naturel. Cela nous rappelle que tout est possible dans la Nature, toutes les qualités, et aussi l'absence de qualité. C'est près du mur que tu l'as vu ?

— N… non, non. Dans la forêt de bois rose.

— Alors, c'est qu'il est né ici. C'est bon signe, quand la Nature se remet à faire des bizarreries. Cela veut dire que la mécanique fonctionne bien. Tu vois, il faut qu'il y ait des exceptions, de temps en temps, pour que les espèces évoluent. Si la nature reprend le goût des exceptions, un jour, peut-être, elle inventera un homme capable de vivre ici.

Le fauteuil s'approche davantage, et une main qui se veut paternelle tapote gentiment le genou de Laurent, comme s'il lui avait vraiment fait plaisir en lui apprenant qu'il y avait à nouveau une place pour l'anormal dans le monde. C'est aussi une façon de marquer la fin de l'entretien. Le garçon se mord la lèvre inférieure. L'autre est en confiance, et il y a encore tant à apprendre de lui ! Plus, peut-être, que du Taciturne, car Wersant part des questions pour se promener dans un savoir morcelé, mais toujours surprenant. Et il est perspicace.

— Il y a autre chose qui t'a étonné, n'est-ce pas ?

— Maître Wersant… J'aurais… une autre question… Qu'est-ce que cela signifie, Dieu ?

Si la question sur la colombe l'avait désarçonné, celle-ci lui fait totalement perdre les pédales. Souvent, il finit ses discours par la même remarque : tout est possible dans la Nature, comme pour se dédouaner de quelque chose qui ne serait pas naturel. Et Dieu, manifestement, ce n'est pas naturel, et manifestement, on pourrait le lui reprocher. Ou peut-être ne connaît-il pas la réponse ? Ou il s'agit d'un nouvel interdit ? Peut-être, tout simplement, que ce serait trop long à expliquer, qu'il n'a pas le temps, plein de choses à faire, ça lui arrive de couper court aux questions, quand elles ne lui plaisent pas. Mais cette fois-ci, on sent bien qu'il va esquiver la réponse en ayant l'air de la donner. Dieu est plus difficile à expliquer qu'un corbeau blanc.

— Où as-tu entendu ce mot ?

— C'est… Hier, dans le discours d'Orsant, vous ne vous rappelez pas ?

— Orsant ? Tiens, cela m'étonne. Une interjection, sans doute.

— Oui, c'est cela, ça a dû lui échapper.

— Dieu… Dieu est un laid mot, Laurent, un gros mot qu'il ne faut pas employer. Un peu comme « Shoutre ! » Tu sais, quand on est énervé, ou qu'on s'est fait mal, on lâche un juron, puis on le regrette. Autrefois, quand on se cognait sur une porte ouverte, au lieu de dire « Shoutre », on disait « Nom de Dieu ». Et devant un grand crime comme le tien, peut-être que cela a échappé à Orsant, « Mon Dieu », oui, c'est cela, « Mon Dieu », cela nous échappait parfois, et ça ne voulait rien dire. On se surveille depuis. Tu vois, ce n'est pas un grand mystère, mais il vaut mieux l'oublier. Crois-moi, j'ai été le premier à le faire. Dieu sait s'il m'en a coûté !

Laurent ne relève pas la dernière phrase, qui contredit les précédentes : il le voit sincèrement bouleversé. Non, un laid mot ne peut émouvoir à ce point. Il y avait autre chose, en rapport avec ce qu'il était avant. Peut-être Dieu avait-il quelque chose à voir avec l'aumône, dont il avait la charge. Mais ce ne peut être la réponse. « Dieu m'a transmis sa grâce et cet espoir », disait l'inscription. Un juron n'a jamais donné d'espoir à personne. Wersant se rend compte que son interlocuteur n'est pas satisfait de l'explication. Mais il ne veut pas poursuivre au hasard. Il cherche à en savoir plus.

— Tu me mens encore, n'est-ce pas ? Quand on a menti une fois, cela ne paraît pas bien grave, et on recommence…

Mais je ne t'en veux pas. Avec toi, on voit tout de suite que tu mens. Non, Orsant n'a pas prononcé le mot interdit. Tout le monde l'aurait entendu. C'est lui qui en avait banni l'usage. J'interrogerai les domestiques. Si c'est l'un d'eux… Ou… Ta sœur ? Je ne veux pas t'effrayer, mon garçon. Un jour, peut-être… Tu peux au moins me dire une chose. Quand tu as entendu le mot, était-ce lié au mur ?

— Peut-être.

— Peut-être, peut-être… Oui, bien sûr. C'était lié au mur, à ce qu'il y a au-delà. Certains d'entre nous en rêvent encore, les pauvres. Il y avait aussi de cela, dans le mot « Dieu ». L'espoir de sortir du monde, et qu'il y ait autre chose au-delà, plus loin, toujours un peu plus loin. Mais il n'y a rien plus loin, Laurent, rien que l'espoir d'aller encore plus loin, un au-delà de l'au-delà, l'idée stupide qu'il y aurait, quelque part, un ultime plus loin qui ne donnerait pas envie d'aller encore plus loin. Mais c'est absurde, crois-moi, il y a toujours plus loin et si cela existait, que pourrions-nous encore espérer, sinon mourir, ou revenir, car ici serait devenu notre au-delà, comprends-tu ? Mourir, revenir, tu le sais, c'est un peu la même chose…

Il soupire, attire le jeune homme contre lui, le serre sans s'en rendre compte, et continue, sans fin, les yeux dans le vague, dans son au-delà à lui, bien loin, d'où il n'est jamais revenu.

— Partir… Revenir… C'était la folie des hommes, de vouloir voyager, voyager sans cesse. Ils ne tenaient pas en place. Les plus sages se contentaient de quelques jours par an pour aller constater ailleurs qu'on est bien mieux chez soi. Mais la plupart étaient toujours en route, dans des boîtes de conserve qu'on appelait voitures, autocars, trains ou avions, selon la taille. Et ils partaient, toujours ailleurs, pour être sûrs qu'ils étaient mieux chez eux, et parfois tout un peuple se mettait en marche, parce que chez eux c'était devenu intenable, trop de guerre, trop de faim, trop de sécheresse, et regarde, c'est absurde, la moitié des peuples partaient pour vivre chez les autres, et l'autre moitié, pour retourner chez eux.

— C'est pour cela… les Réfugiés ?

— Les Réfugiés ? Pourquoi m'en parles-tu ? Oui, tu vas toujours les voir…

Il hoche la tête.

— Oui, les Réfugiés… Il y en avait déjà, avant la Grande Catastrophe, qui venaient se noyer sous nos yeux et que nous ne voulions pas voir, comme s'il y avait un grand mur de diamant tendu entre eux et nous, c'était juste un peu plus hypocrite, au moins, aujourd'hui, nous les voyons mourir et se décomposer sous nos yeux. Au fond, ils nous ont bien servi, les Réfugiés de jadis, ils ont endurci notre cœur et nous ont permis de regarder sans en mourir de honte les cadavres accrochés au mur. Une sorte de répétition générale avant la Grande Catastrophe. Le monde était trop laid, Laurent, il a bien fait de s'abîmer dans l'eau amère. Ou peut-être qu'il a eu honte, à force, de nous voir.

Il parle, mais ne voit plus son visiteur. Il regarde, par la fenêtre, ou à travers le mur, un monde qui n'existe plus qu'en lui-même et dont il voudrait se débarrasser. Mais les mots sont comme les ruisseaux. On croit qu'ils coulent et emportent les souvenirs, mais ils ne s'arrêtent jamais de couler, et un jour c'est la même eau qui repasse avec les mêmes mots, et tout cela n'aura servi qu'à raviner un peu plus la mémoire.

— Partir. Nous n'avons fait que partir… Et à présent que nous avons compris combien tout cela est stupide, combien il est important d'être ancré quelque part et de n'en plus bouger, maintenant que nous savons que le vrai voyage est en nous-mêmes, où il y a autant de « plus loin » et autant d'« au-delà », voilà que les hommes recommencent à regarder ailleurs, à vouloir voyager, partir et revenir, toujours revenir, et si leurs pieds sont prisonniers du sol, ils voyagent du bout des yeux, et si leurs yeux sont fermés, ils voyagent du fond de l'âme, toujours plus loin, plus fort, les imbéciles, shoutre ! les imbéciles…

— Peut-être… Peut-être est-ce à cause du mur ?

Wersant ne répond pas. Il lâche son prisonnier, soudain, se lève, se dirige vers la fenêtre, ou vers le mur, peut-on savoir, vers quelque chose contre quoi il se cogne, et que Laurent ne voit pas. Il se retourne, il va parler. Se tait. Car à cet instant la porte s'ouvre. Norsant entre dans le bureau, tout pâle.

— Laura est morte. Elle a été… assassinée.

Chapitre IV

Le meurtre

C'est fou, quand on y songe, tout ce qui peut franchir un mur de diamant… D'abord, un regard. Et sur le regard, un espoir. L'espoir est un mouvement de l'âme, qui ne connaît pas les murs solides. Et l'âme, c'est la vie, la vie, c'est moi. Je suis tout entier à l'horizon, car tel est mon espoir. Et telle est la mort de la chair restée accrochée au mur, stupidement, comme celle des Réfugiés, de l'autre côté. Nos images se regardent, traversent le mur, se confondent. Cette nuit, j'ai rêvé au mur comme à un miroir. L'image qui me faisait face avait pris mon regard comme on gobe un œuf de corbeau, et je voyais, épouvanté, mes yeux se reconstituer dans les orbites vides. Puis les joues du cadavre ont pris les couleurs des miennes, les chairs et la vie des miennes, et sa bouche a pris mon cri. Que disait-il, je n'aurais pu le dire, mais dans mon sommeil je le savais, car je le criais aussi. Au secours ! Au secours ! Et je ne savais plus s'il était prisonnier du monde ou moi de mon salut, mais nous avions peur, l'un et l'autre, et son cri était le mien. Délivrez-moi, brisez le mur, ouvrez vos cœurs à l'autre, tant qu'il est temps, tant qu'il est vivant, tant que vous n'êtes pas mort. Soudain, derrière le visage terrifié qui reflétait le mien, j'ai vu les arbres rouges, les corbeaux endormis à leur sommet, avec, au loin, le toit de l'orphelinat. Là, derrière le cadavre de l'autre qui était moi, de l'autre côté du mur, et j'ai eu peur, vraiment peur, tandis que mon espoir libéré gonflait mon corps, arrachait mes mains au mur et me forçait à me retourner.

Derrière moi, l'horizon, si loin, sans doute, mais à portée de pas. Car je marchais sur l'eau amère, porté par la certitude des rêves, l'eau mordait mes pieds, attaquait mes chevilles, mais j'avançais, léchait mes mollets, mais toujours j'avançais, et je me demandais si j'arriverais à l'horizon avant d'être tout à fait dissous dans l'océan acide, mais j'avançais avec la cruelle certitude des rêves comme s'il avait suffi de tendre la main pour décrocher la ligne parfaitement droite de mon espoir. J'entendais toujours les appels au secours, je ne savais pas si c'était moi qui criais ou l'autre moi enfermé à son tour. Qu'importe, le cri s'éloignait, c'est donc que j'avançais, et mes pieds hurlaient de douleur, et j'avançais. L'horizon s'éloignait. L'eau, l'eau partout m'entourait, j'étais heureux.

Je me suis réveillé trempé de sueur. Désespéré. Furieux. Hier, Wersant m'a parlé de la culpabilité du nanti, dans sa jeunesse, face aux cadavres échoués sur les plages ; de la culpabilité du survivant, lorsqu'il s'est retrouvé à l'abri du mur de diamant. Ce sont des questions de vieux. Je n'ai pas à porter la culpabilité de mes ancêtres. Que pouvions-nous faire, derrière le mur infranchissable, pour éviter la mort aux Réfugiés ? Alors, pourquoi était-il moi, cette nuit, de l'autre côté du mur ? La vraie responsabilité, je le sais, est celle de la mort de Laura. Je n'ai fait que projeter sur elle la culpabilité dont souffre encore Wersant.

* *

*

À l'orphelinat, on avait fini par considérer que la barrière de diamant protégeait aussi de la mort. C'est absurde, ils le savent bien, mais le fait est que depuis quinze ans, personne n'est mort parmi eux, même parmi les vieux. Mis à part un accident, la première année, mais les détails s'en sont perdus dans les mémoires des plus jeunes, y compris pour Laurent et Maurine. Les rescapés se sentent à l'abri de cette décomposition obscène des chairs qu'ils observent à travers le mur. Le cadavre de Laura est un scandale, et pas seulement parce qu'elle a été assassinée, pas seulement parce qu'elle porte cette horrible plaie à la nuque, mais parce qu'elle signifie clairement qu'eux non plus ne seront pas épargnés. Ce meurtre marque la fin d'un temps, la fin de l'innocence. « Le mal est entré parmi nous. Après le mal viendra la mort », disait Orsant. Et la mort est là, et chacun d'eux désormais est sur sa liste. Il doit y avoir quelque chose de ce genre dans le Texte.

Wersant et Laurent sont parmi les premiers à entrer dans le Grand Hall. Les vieux y sont déjà, bien sûr, avec tous les domestiques, mais personne n'a jugé utile d'avertir les jeunes. Il faudra que l'un d'eux débarque par hasard pour que la nouvelle se répande parmi eux. Le cadavre est plus indécent encore dans l'immense pièce vide, et tout entière décorée de peintures qu'avait précisément réalisées Laura. Comme si elle avait rejoint son œuvre. Car si la mort n'a pas encore eu cours dans l'orphelinat, elle est partout présente sur les murs, dont les fresques illustrent les principaux passages du Texte. Les vieilles prophéties sont en train de se réaliser, voilà ce que le cadavre leur dit. « Apprenez à lire sur le mur, non pas sur le mur de diamant, mais sur cette grande fresque fidèle au Texte, dont on pensait qu'il relatait le passé, et qui va se réaliser inéluctablement. Regardez autour de vous, le secret est là, et c'est moi qui l'ai peint : j'ai voulu que ma mort soit la première prophétie accomplie. » Voilà ce que dit le cadavre. Un cadavre paisible, qui n'a pas été saisi dans les grimaces d'effroi des morts accrochés au mur d'enceinte. N'était la flaque rouge autour de la tête, on pourrait croire qu'elle dort, les mains croisées sur la poitrine. Drôle de geste pour être assassinée.

— Tu as de la chance d'avoir été avec moi toute la soirée, glisse Wersant à son jeune compagnon, tu ne seras pas soupçonné…

— Et vous avez la même chance, nous sommes tous suspects.

Wersant le regarde avec stupéfaction, puis prend le parti de hausser les épaules. Après tout, pourquoi le meurtre serait-il l'apanage des orphelins ? Les vieux aussi peuvent avoir tué Laura. D'autant que, si l'on en croit Wersant, eux seuls ont pu voir l'insistance avec laquelle Maurine la fixait durant le discours d'Orsant, comme pour détourner sur elle les soupçons de vol. Ils étaient de face, ils pouvaient suivre les jeux de regards, pas les jeunes. Wersant hoche la tête, il regarde bizarrement le détective en herbe et l'attire à l'écart de la foule qui arrive. Les enfants ont été prévenus, ils entrent par petits pas timides, comme si la mort était une intimité violée. Wersant parle bas, la main sur l'épaule de Laurent, comme pour lui chuchoter un secret à l'oreille. Spontanément, devant Laura qui ne peut plus rien entendre, chacun s'est mis à murmurer.

— Pour un meurtre, tu sais, il faut un mobile. Personne d'entre nous n'en aurait pour tuer cette jeune fille. Ni pour tuer aucun d'entre vous, d'ailleurs. Vous êtes notre seul espoir, la seule chance laissée au monde de recommencer un jour, pourquoi voudrais-tu que nous l'étouffions dans l'œuf ?

— Tandis que nous ?

— Ne le prends pas mal, Laurent, mais à votre âge, on ne peut comprendre la valeur de la vie. Vous n'avez pas vécu l'avant, ou si peu, pour toi. Tuer ne représente pas grand-chose, pour un adolescent. Qui d'entre vous s'est interrogé sur la mort ? Qui a vraiment vu un cadavre ? Et nous savons tous qui aurait eu une raison de tuer, parmi vous.

— Vous voulez dire… Sacha ? Il aurait cru que Laura était sa voleuse, parce que Maurine la regardait ? Si c'est cela, jamais je ne pourrais me le pardonner !

— Cela ou… autre chose. Quelqu'un qui t'aime bien a pu aussi vouloir détourner sur Laura les soupçons de vol : en la tuant le lendemain de l'annonce dramatisée du larcin, tout le monde aura en tête la même idée que toi : Sacha l'a tuée par vengeance. Et tout le monde en déduira que c'était elle la voleuse. Plus personne ne fera le rapport avec toi.

— Vous vous rendez compte de l'accusation que vous portez ? Une seule personne, ici, serait capable de cela pour vouloir me disculper !

C'est désormais tout à fait vrai : Maurine seule lui voue une affection foudroyante, qui la rendrait capable de tout.

Mais cette vénération si encombrante pour lui, jusqu'à hier, s'exprimait également chez Laura, allez savoir pourquoi. Laurent sait que, pour quelques filles, il conserve le prestige de l'aînesse, surtout depuis que les vieux ont laissé entendre qu'il est temps de le marier, et qu'une troisième génération soit mise en route. Certaines, qui n'en avaient jusque-là que pour le blond Sacha, le regardent avec un drôle d'air. Beaucoup pensent sans doute que la candidature de Maurine n'est pas définitive... Cela le flatte, mais la reproduction n'est pas vraiment sa préoccupation prioritaire tant qu'il se sent enfermé ici. Pour envisager de prolonger la vie, il a besoin de liberté, de quelque chose d'autre à donner qu'un espace confiné et des espoirs massacrés. Quand le mur sera détruit, il épousera Maurine, et pas une autre. Pour l'instant, elle est comme toutes les autres : un boulet accroché à son espoir.

Maurine confond la soif de liberté avec l'indifférence, et ne supporte pas que les autres filles s'approchent trop près de lui. Peut-être était-ce surtout cela, la raison du regard noir qu'elle adressait hier à Laura : pourquoi celle-ci s'était-elle placée aux côtés du garçon, durant le sermon d'Orsant ? Il ne le souligne pas, Wersant y verrait une raison supplémentaire d'accuser Maurine : la jalousie. Son cœur bat la chamade d'imaginer une implication de sa meilleure amie. C'est tout l'art de Wersant, de ne jamais proposer lui-même une solution, mais de la laisser germer dans la tête de ses interlocuteurs, où elle trouve des arguments plus forts puisqu'imaginés par eux-mêmes. Il distille ses insinuations sans les regarder dans les yeux, en fixant un coin par-dessus leur épaule, mais sans perdre pour autant un mouvement de leur visage. Puis il baisse la tête en se frottant discrètement les mains : un tic de vieux, sans doute. Il voit que le soupçon a fait son effet, il sourit. Laurent rage et ne peut empêcher la question de s'insinuer en lui. Wersant lit-il à ce point dans les pensées ? Le mot que Laurent refuse de prononcer apparaît soudain sur ses lèvres.

— Et puis, n'oublions pas... la jalousie ! Chacun d'entre vous a pu la connaître, envier l'exceptionnel talent de la petite. On tuerait à moins !

C'est vrai, tous étaient jaloux de l'incroyable talent de Laura qui, depuis qu'elle est toute petite, dessine avec une précision diabolique tout ce qui l'entoure, repère dans un visage tout ce qui va entraîner la ressemblance. Tout est dans le regard, plus que dans la main. Laura aperçoit immédiatement la plus petite verrue, les premiers cheveux blancs qui apparaissent chez les vieux, la fossette qui fait rire tout un visage. Oui, tous en étaient jaloux, car dans un monde sans écriture, le dessin est la seule façon de fixer les idées, de donner sens au passé. Et d'autant plus que cette habileté lui permettait d'avoir accès au rare papier subsistant depuis la Catastrophe, et que les survivants ne savent pas fabriquer. Elle y a appris à dessiner les scènes du Grand Hall. Elle travaillait alors sous l'autorité directe d'Orsant, qui lui apprenait le dessous du Texte, tous les mots qui ne correspondent plus à rien dans notre monde — la colombe avec sa queue en éventail, c'est elle qui l'a dessinée, quand elle avait dix ans, et sans doute n'en avait-elle jamais vu elle-même. N'y avait-il pas de quoi être jaloux, de ce don, de cette familiarité avec le chef, de toutes ces connaissances qu'elle y a puisées et qui sont interdites aux plus jeunes ?

Jaloux à la tuer, vraiment ? Et précisément le jour qui a suivi le discours sur l'apparition de la mort, comme par hasard ? Au fond, pourquoi ne serait-ce pas là une motivation ? Orsant voulait que ses prophéties adviennent, et il avait prédit l'arrivée de la mort — événement tout à fait improbable, sauf si on le provoque soi-même. N'est-ce pas là un coupable idéal ?

Wersant, à qui Laurent propose en plaisantant cette réponse, prend soudain un air affolé. Comment peut-il accuser, même pour rire, celui à qui tous doivent la vie ? Heureusement que personne ne les a entendus ! Laurent doit immédiatement chasser de son esprit une idée aussi stupide. Il le fait revenir auprès du corps, qu'un groupe de jeunes entoure, penauds, désorientés. Maurine aussi est là, tremblante comme une feuille, les garçons la regardent d'un œil mauvais, mais les autres filles la soutiennent, et chuchotent entre elles en regardant Sacha. Orsant avait raison : la suspicion est entrée parmi eux, et elle est pire que la mort. Nathan a emmené dans un coin Clara secouée par des sanglots. C'était la meilleure amie de Laura. Elle était toujours fourrée avec Nathan, qui se sent bien impuissant à la consoler.

Jeunes et vieux restent désemparés autour du corps, incapables de prendre une décision. Que peut-on faire ? Personne, parmi eux, n'a été formé pour affronter une telle situation, et même parmi les vieux, personne n'est à même de mener une enquête. Brusquement, on se rend compte de l'absence d'Orsant. Personne ne l'a-t-il prévenu ? Lui seul aurait l'autorité nécessaire pour remettre le temps en marche.

C'est Norsant qui, en fin de compte, prend la situation en main, avec son expérience de directeur administratif.

Il a un geste bizarre, furtif, de la main droite, sur le front et les épaules, puis se penche et examine le cadavre avec minutie. Il soulève la tête pour examiner la large blessure à la nuque que l'on devinait sans en imaginer l'ampleur, remarque les déchirures de la robe qui ne cadrent pas avec le visage paisible et les mains croisées, montre quelques traces de sang, un peu plus loin, mal effacées, souligne qu'il n'a guère coulé autour de la tête, et conclut ce qui apparaît soudain comme une évidence : le corps a été transporté, Laura n'a pas été tuée ici.

— Retrouvons où elle a été assassinée et pourquoi elle a été traînée dans le Grand Hall, conclut-il, et nous aurons résolu la majeure partie du problème.

C'est à ce moment qu'Orsant arrive. Furieux qu'on n'ait pas songé à l'avertir, à le chercher, il n'était pas dans son bureau, c'est vrai, croit-on qu'il n'y ait pas assez de travail pour tout surveiller ? Furieux que Norsant, ne le trouvant pas, se soit précipité chez Wersant — est-ce que tout le monde panique quand il n'est pas là pour s'occuper de tout ? Et qu'est-ce que c'est que cette comédie, qui lui a croisé les mains ? Sa colère sonne faux. Elle cache autre chose, il se maîtrise mal. Norsant le perçoit, qui le fixe froidement, longuement, avant de répondre.

— Sans doute le meurtrier, répond froidement Norsant, on l'a trouvée comme cela. Tu remarqueras qu'elle a été traînée jusqu'ici. Pourquoi ? Et depuis où ? Les traces de sang viennent de l'occident : vers la salle de cours, la Grande Cuisine, le réfectoire, et la porte d'entrée. Autant dire qu'elle a pu être tuée n'importe où.

— Et par n'importe qui. Cela ne nous avance pas. Mais tu as raison, Norsant, ce n'est pas anodin de l'avoir traînée jusqu'à ces fresques et de lui avoir croisé les mains. Quelqu'un a voulu nous faire passer un message. À nous d'apprendre à le lire.

Il se pince les glandes lacrymales, comme s'il était incapable d'un autre sentiment, ou comme si cela l'aidait à réfléchir. Il sent que c'est à lui d'être à la hauteur de la situation. Depuis quinze ans, son autorité ne repose que sur cela, être à la hauteur de la situation. Savoir les gestes qui sauvent et les mots qui expliquent. Le pouvoir est comme un puits solaire, il ne fonctionne qu'au goutte-à-goutte, on a l'impression que le collecteur ne sera jamais rempli, et pourtant, jour après jour, il assure la survie.

— Tout cela était à prévoir, soupire-t-il. À présent, tout est possible. Emmenez-la dans le salon.

Chacun lui sait gré de ne rien ajouter, de ne surtout pas laisser parler la morale que l'on sent bouillir en lui. Oui, il avait raison. Oui, il s'est produit ce qu'il avait prévu, mais les mots seraient obscènes, bien plus que le premier cadavre qui a pénétré dans ces murs. Peut-être est-ce cela l'important : peut-être la petite communauté a-t-elle fini de vivre dans les mots.

* *
*

Orsant avait raison sur un autre point : les rescapés sont entrés dans l'ère du soupçon. Dans le dortoir des filles, on s'est mis d'accord pour accuser Sacha. Parce qu'il doit en vouloir à celle qu'il soupçonne d'avoir volé son corbeau, bien sûr, mais Maurine a vite réfuté l'hypothèse de Wersant concernant l'ambiguïté du regard qu'elle a posé sur la jeune morte : Sacha était au premier rang, comme toujours, il n'a pas pu voir le regard de Maurine, que certaines filles ont bien remarqué. Non, ce n'est pas à cause de cela que les soupçons se portent sur le garçon aux cheveux blonds. En revanche, beaucoup de ses amies éprouvent pour le jeune athlète un sentiment trouble, où se mêlent admiration, agacement et désir naissant, et cela suffit pour en faire une cible privilégiée pour le premier soupçon qui le ferait descendre de son piédestal. Sacha est le plus habile des chasseurs, le plus adroit au boomerang et le plus fort à tous les exercices : normal que les filles soient sous son charme. En même temps, la perfection même les énerve ; Sacha en fait trop, conscient de sa séduction et insouciant, à dix-huit ans et bien soigné, de l'exercer réellement. Il se plaît avec ses copains mais a besoin de l'admiration des filles. Cela fonctionne, sauf pour une : Laura, qui montre un peu trop d'attachement pour Laurent. Voilà un motif suffisant pour la tuer, tranche le dortoir féminin. Le bellâtre ne supportait pas que quelqu'un échappe à son pouvoir. Et les filles ne voient pas d'un mauvais œil les soupçons tomber sur le coq de la basse-cour. Cela les aide à combattre leur propre admiration, qu'elles-mêmes jugent malsaine envers un garçon. Et puis, elles ont une interprétation du curieux geste dans lequel on a retrouvé le corps : les mains croisées sur la poitrine désignent le cœur, comme si le meurtrier accusait Laura de n'en pas avoir. Il se plaignait qu'elle n'éprouvait rien pour lui. Comme souvent, tous les éléments semblent concorder pour conforter une hypothèse fragile.

Côté garçon, le dortoir a jeté son dévolu sur Maurine. Plus d'un a remarqué que ses regards, durant le discours d'Orsant, portaient alternativement sur elle et sur Laurent. Les sentiments que les deux filles éprouvent à l'égard de l'aîné font depuis longtemps jaser les gamins, et la jalousie leur semble le meilleur des motifs. Malgré ses efforts, Laurent ne parvient pas à détourner les soupçons. Plus il prend la défense de Maurine, plus cela semble suspect. Et Sacha, qui sent que l'affaire du corbeau volé risque de lui nuire, n'est pas le dernier à accuser Maurine. Il jouit parmi les garçons d'une aura naturelle de meneur, et n'a jamais eu de mal à faire l'opinion. Peu à peu, dans les deux dortoirs, les avis se focalisent. L'événement est suffisamment grave et nouveau pour qu'il soit devenu l'unique sujet de conversation.

Maurine et Laurent se sont retrouvés au mur de diamant, en fin d'après-midi, pour parler de tout cela et échanger les ragots des dortoirs. Mais cette fois, ils ont pris soin, l'un et l'autre, d'attraper au moins un corbeau avant de pousser vers le bois d'arbres secs. Une fois échangées les informations sur les réactions des jeunes, ils se taisent. Comme s'ils n'osaient pas s'interroger sur les leurs. Laurent a défendu Maurine auprès des garçons, il éprouve le besoin de le lui signaler, au détour d'une phrase, comme si ça n'allait pas de soi. Comme s'il ne l'avait fait que par amitié, a-t-elle compris, et non par conviction. Maurine lui demande s'il était toujours avec Wersant lorsque Laura a été tuée, sans en avoir l'air, comme s'il avait besoin d'un alibi. L'un et l'autre savent qu'ils ont un mobile, et rien que cela les rend coupables de quelque chose. Oui, pour des raisons différentes, ils en voulaient à Laura, mais cela ne voulait pas dire qu'ils souhaitaient sa mort. Désormais, il faut se justifier, comme si la rancune était l'avant-chambre du meurtre, comme si l'on ne pouvait plus s'énerver sans penser à tuer l'autre. La mort est entrée dans l'enceinte, et pas seulement dans le cadavre de Laura : elle est dans les esprits.

Ils longent vaille que vaille l'enceinte, depuis le point où ils ont aperçu l'inscription insolite, avec le vague espoir d'en trouver une deuxième. Espoir bien mince, ils s'en rendent compte : la première inscription est déjà totalement effacée par la mer d'amertume. Seul un incroyable hasard leur avait permis de la voir. Si ça se trouve, un inconnu, depuis des années, recouvre le mur de vers qui s'effacent le jour même et qu'il poursuit ailleurs, le lendemain, en un immense poème éphémère que seuls pourraient déchiffrer les morts pendus au mur. Si ça se trouve, c'est l'épitaphe infinie du vieux monde qu'il rédige autour du refuge, jour après jour, pour l'encercler de remords, exorciser les rescapés par des mots que personne ne peut plus lire.

Si ça se trouve.

Mais si ça se trouve, aussi, il n'a eu le temps d'écrire qu'une seule strophe, celle que les gamins ont trouvée, avant de mourir lui-même et de se dissoudre dans l'eau amère. Qui le saura jamais ?

Car s'il a réussi à venir jusqu'ici et à écrire quelques vers sur le mur, il faudra bien qu'ils répondent à cela : c'est qu'il a réussi à se protéger de l'acide. Et cela aussi, c'est un formidable espoir pour qui veut échapper à l'orphelinat, pour qui veut échapper à la mort entrée dans les esprits.

Après de trop longues minutes de silence, Maurine reprend la parole. Elle a une autre information à communiquer, bien plus importante que les bavardages des filles et que les élucubrations sur l'inconnu venu de l'horizon. Dans les affaires de Laura, avant qu'elles ne soient confisquées par les vieux, elle a retrouvé un objet dont l'usage s'est perdu depuis longtemps dans la communauté, et qu'on devait appeler « carnet », ou « cahier ». Pas plus que les autres, Laura n'avait appris à lire ni à écrire, mais depuis son plus jeune âge, elle dessinait sur tout ce qu'elle trouvait, et sans doute le cahier lui avait-il été donné à l'époque où Orsant lui avait demandé de peindre le Texte sur les murs du Grand Hall. On se souvenait du mystère avec lequel on lui confiait, feuille à feuille, le précieux papier pour qu'elle puisse dompter sa main à son talent. Sans doute éprouvait-elle elle-même une sorte de honte, ou de pudeur, à s'être vu remettre cet incroyable trésor, tout un cahier de feuilles vierges reliées ensemble ! Elle avait préféré le cacher dans ses affaires. Les filles ont parfois des réactions bizarres, sourit Laurent.

— Je ne crois pas que ce soit cela, corrige Maurine. Mais tu sais qu'Orsant tenait un compte scrupuleux des feuilles qu'elle recevait, et qu'il exigeait, après, qu'elles lui soient remises. Peut-être est-ce pour cela qu'elle cachait le cahier.

— Pourquoi ? Si Orsant le lui avait réclamé, elle aurait bien dû le rendre !

— Cela voudrait dire que quelqu'un d'autre le lui a donné, en cachette d'Orsant.

L'hypothèse les trouble, comme à chaque fois qu'ils constatent des divergences, ou des dissensions entre les vieux. Cela arrive rarement, et c'est toujours Orsant qui a le dernier mot, mais tous ont bien vu, tout à l'heure, qu'Orsant et Norsant n'étaient pas d'accord entre eux sur le meurtre. Personne n'avait prévenu Orsant, et il s'était fâché en voyant les mains jointes du cadavre, comme si le geste avait une signification secrète. Rien que pour ce geste, qui n'est pas de leur culture, Laurent sait que ce n'est pas parmi les jeunes qu'il faut chercher le meurtrier. Il a déjà surpris une des domestiques voilées de bleu avec les mains croisées sur la poitrine. C'est de ce côté, pour sa part, qu'il chercherait. Sans doute les vieux en savent-ils plus que lui sur ce sujet : ils ne devraient pas tarder à trouver le coupable.

Maurine sort le carnet de sa poche, Laurent trouve que c'est bien tard. N'est-ce pas par cela qu'elle aurait dû commencer ? Fallait-il d'abord qu'elle vérifie s'il était bien avec Wersant au moment du meurtre ? L'ère du soupçon, toujours… Entre Maurine et lui, il faudra bien en sortir, sinon cela va vite devenir invivable. Il feuillette l'étrange objet. Ce sont en effet les croquis réalisés pour la fresque qu'elle a notés ici, avec les visages qui lui ont servi de modèles. Il en reconnaît quelques-uns, parfois difficiles à identifier, à dix ans de distance. Seules Maurine et lui, parce qu'ils sont les plus vieux, sont facilement reconnaissables. Même les vieux, dont les traits ont moins changé, accusent le vieillissement. Sauf Wersant, bien sûr, avec son visage de pleine lune cabossé de bourrelets, lèvres, pommettes, paupières, cruellement accentués dans le dessin hésitant de la fillette. En dix ans, il ne semble pas avoir bougé.

On reconnaît les croquis du corbeau, qui revient au village après avoir mangé les yeux des morts, comme dit le

Texte, et que l'on identifie au globe oculaire qu'il tient dans son bec comme une bille. Et l'on devine la colombe, maladroitement esquissée, sans doute d'après les indications d'Orsant. Mais c'est étrange, sur le dessin, c'est la colombe qui est en vol, et elle tient dans son bec une petite branche au feuillage vert. Le corbeau semble immobile, plus pressé de bouffer les yeux des morts que de revenir apporter la bonne nouvelle. Pourquoi cette inversion par rapport à la fresque ? Et soudain, deux pages arrachées. Pourquoi ? Laura n'était-elle pas contente de ses dessins ? Pourtant, dans ce cas, elle les biffait rageusement de grands traits noirs. Non, les deux pages ont été détachées avec soin, en s'aidant d'une règle, sans doute, pour que la déchirure soit bien droite et passe inaperçue.

— C'est dans l'épisode de la montée des eaux amères, regarde, Maurine, le refuge est représenté sur la page suivante.

Quand il parle de l'orphelinat devant Maurine, Laurent a appris à dire « refuge » pour éviter la petite contracture de la mâchoire.

— C'est aussi ce que je me suis dit. Et dans les croquis représentant les vieux, tu n'as pas remarqué qu'il en manquait un ?

— Si, Orsant…

— Précisément. Et c'est lui qui avait inspiré le visage d'Outa-Napishtim, sur la fresque, celui qui nous a sauvés des eaux acides.

— C'est vrai, on s'en moquait, à l'époque. Mais bon, c'est peut-être un hasard…

— Je ne pense pas. C'est le seul endroit où apparaît le visage d'Orsant. En fait, il n'est nulle part sur le carnet, tu ne trouves pas cela étrange ? Alors, ce matin, je suis allé voir la fresque, dans le hall. C'est bien le visage d'Orsant qui lâche le corbeau et la colombe. Orsant tel que nous le connaissons…

— Et alors ?

— Tu ne comprends pas ? C'est lui qui a le plus changé, parmi nous. Et le visage qui figure sur la fresque est celui d'aujourd'hui, pas celui d'il y a dix ans !

— Tu es sûre ?

— Et pas qu'un peu ! Il y a dix ans, Orsant ne portait pas la barbe.

Laurent reste abasourdi par cette révélation. Pourquoi faire vieillir le seul visage d'Orsant sur la fresque ? Et pourquoi vouloir détruire les esquisses antérieures. Est-ce une demande d'Orsant lui-même, qui veut rester identifiable dans son rôle de guide suprême, de sauveur de l'humanité ? Dans ce cas, pourquoi s'être laissé pousser la barbe, qui le rend méconnaissable ? Ou à l'inverse, veut-il éviter que l'on reconnaisse son ancien visage ? Cela expliquerait qu'il ait systématiquement repris à Laura les feuilles des esquisses. Une idée monstrueuse leur vient à l'esprit.

— Mais alors… Si Orsant voulait oublier le visage qu'il avait il y a dix ans, c'est peut-être lui qui a arraché les pages du carnet ? Et si Laura a conservé ce carnet, c'est qu'elle aussi, savait… Et si Orsant…

— J'ai pensé la même chose que toi, Laurent. Si Orsant a voulu éliminer toute trace de son passé, il devait également éliminer l'image restée gravée dans la mémoire de Laura. Mais pour cela, il ne suffisait pas d'un coup de pinceau.

Ils se taisent. Ils se comprennent, et la vérité est si effrayante qu'ils veulent la cacher à eux-mêmes. Que pourraient-ils dire, d'ailleurs, que pourraient-ils faire ? Laurent se rappelle les propos de Wersant, dans son bureau, quand ce soupçon lui était déjà venu. Comment peut-il accuser, même pour rire, celui à qui tout le monde doit la vie ? Personne ne les croira, et s'ils avancent, pour unique preuve d'un crime aussi odieux, deux pages manquantes dans un carnet volé à une morte ; deux pages dont personne ne connaît le contenu, on les prendra pour des affabulateurs, et des voleurs. Non, tant qu'ils n'en savent pas davantage, il n'y a pas d'autre solution que de se taire. Mais comment vivre dans une communauté gouvernée par un assassin sans le dénoncer ? Ne deviennent-ils pas malgré eux ses complices, et s'ils parlent, ses prochaines victimes ?

Tout ceci est trop difficile à comprendre, tout à coup, trop difficile à vivre. Le sauveur est le meurtrier, et le meurtrier, le sauveur. Le monde s'est renversé, hier, quand Laurent a compris que le refuge était sa prison et que, peut-être, le véritable salut était de l'autre côté du mur. Tout ce qui est arrivé depuis n'en est que la conséquence. Leur sauveur devait être le premier à changer de visage. Mais eux, que deviendront-ils quand ce sera leur tour ?

— Regarde, Laurent !

Il lève la tête en direction de son doigt. Sur le faîte du mur, la conscience tranquille, celui par qui tout est arrivé. Le corbeau blanc, narquois, l'albinos, le symbole même de cette inversion qui, depuis deux jours, a gauchi la vie. Laurent n'en peut plus, que lui veut-il, l'oiseau de malheur ? Il prend son boomerang à sa ceinture et le jette de toutes ses forces vers le sommet du mur. Il crie.

— Va-t'en, laisse-nous en paix !

— Crwa, répond-il en s'envolant. Crois, crois.

Laurent se détourne, mais Maurine le suit des yeux — « Regarde », crie-t-elle — *laisse-moi en paix, toi aussi, ferme les yeux, Maurine, ferme-les très fort, avec tes poings, et peut-être le monde reprendra-t-il son sens, peut-être l'envers redeviendra-t-il l'endroit, les corbeaux des corbeaux et Orsant notre sauveur. Peut-être, peut-être pas, mais de toute manière c'est notre seule chance, Maurine — regarde, Laurent — non, ne regarde pas !* Mais déjà, il est trop tard, sa voix s'est brisée, elle pleure, et comment pourrait-il ne pas ouvrir les yeux, courir vers elle, et voir, voir à son tour ce qu'il n'aurait jamais dû voir, ce qui correspond si bien à ses pensées qu'il a dû l'écrire lui-même, de l'autre côté du mur, lui qui est enfermé, lui qui ne sait pas écrire, juste lire, lettre à lettre, l'espoir interdit. Là, à deux pas de l'endroit où ils se sont arrêtés : une deuxième inscription, dont on ne saura jamais si elle est complète ou si elle aussi est mutilée. Une deuxième inscription, de la même main, et toujours à l'envers, qu'il déchiffre laborieusement, par transparence.

— Que dit-elle, Laurent ? Dis-le-moi, même si je dois en mourir.

— Elle dit ce que je pensais, Maurine, comme si ma pensée avait traversé les murs et pris forme malgré moi. Mais c'est impossible, cette inscription est là depuis plus longtemps, regarde, les lettres commencent à s'effacer.

— Alors lis-les, vite, je t'en supplie.

— LA GUITARE EST FENDUE, LE ROI EST LE FOU ET LE FOU EST LE ROI.

Corbeau noir, corbeau blanc, le blanc est le noir et le sauveur, le meurtrier. Voici le temps où il nous faudra découvrir un nouveau monde, non au-delà du mur de diamant, mais en nous, comme s'il en constituait la doublure. Voici le temps où nous ne saurons plus qui nous sommes. Maurine, pourquoi ne pleures-tu plus ?

— Ce poème, Laurent, je crois que je le connais. Ma mère le chantait, jadis, avant la Catastrophe. Et l'autre, celui qui parle de Dieu, peut-être pourrais-je me rappeler les paroles.

— Et maintenant, Maurine, pourquoi pleures-tu à nouveau ? Est-ce le souvenir de ta mère ?

— Ma mère est morte, Laurent. Il n'est plus temps de pleurer pour elle. Mais je pleure pour mon père. Je ne sais s'il était roi, mais il est devenu fou. Et je pleure pour moi, Laurent, s'il m'a retrouvée.

*   *
*

La folie est en nous, le monde s'est renversé. Je ne sais plus qui je suis, ce que je fais. Je ne sais qu'une chose : je dois préserver Maurine, contre les autres, contre elle-même, contre ce mot qui chante si doucement à mon oreille et si durement aux siennes : un père. Et contre moi-même, hélas contre moi-même, contre quelque chose de dur en moi, elle, si douce.

Quand j'ai voulu la consoler, quand j'ai passé un bras autour de son épaule, cela s'est réveillé, impérieux, j'ai senti qu'en ce moment, elle n'était plus ma sœur. Alors je me suis levé, effrayé, et je me suis enfui. Tant pis si elle croit que je lui en veux, que je la pense coupable. Je suis tout simplement incapable de la consoler, tout juste capable de l'abîmer un peu plus. Maurine n'est plus qu'une plaie infinie qu'il m'est interdit de toucher, de regarder, de soigner.

Il a couru vers l'orphelinat. Il faut que cela cesse. Il n'est pas temps encore. Il a trouvé Seurolga. Il l'a regardée durement, presque méchamment, sans prendre le temps de retrouver son souffle. Elle est infirmière, elle connaît les drogues, il doit bien y en avoir une pour cela.

— Mon corps ne m'obéit plus. Je sais que les vieux nous ont mariés l'un à l'autre, mais il n'est pas temps encore. Je vous en prie, Seurolga, aidez-moi. Je dois respecter Maurine. Vous devez m'aider ! Il me faut une drogue.

Ce n'était pas une supplication, ni un ordre, une évidence, simplement une évidence. Elle l'a compris comme cela. Et elle a ri, ri, d'un rire qui disait autre chose que la joie, que la moquerie, que le mépris. Elle n'a rien dit, s'est approchée, félin flairant sa proie, et a mis sa main là où ça faisait mal. Le cœur de Laurent a battu plus vite. Il savait ce qu'elle voulait, et que son corps de vingt ans voulait malgré lui. C'était comme dans les cours de Mersant, et c'était tout autre chose. Cela ne parlait plus de reproduction, cela parlait de désir, de plaisir, de honte, cela ne parlait pas, cela tournait, c'était chaud, comme la main qui avait pris possession de l'entrecuisse, c'était chaud comme le rire de Seurolga, qui avait pris possession de sa tête. Il n'y avait plus que cela au monde : une main, un rire, et cette chaleur, qui l'envahissait à présent tout entier, qui le faisait trembler, qui montait soudain comme un cri de son ventre, un cri rauque et humide, poisseux, qui s'échappait de tout son corps.

— La voilà, ta drogue, crache Seurolga avec un mépris bourru, après cela tu n'en auras pas besoin pendant un jour ou deux. Si ça te reprend, viens me voir, je t'apprendrai autre chose.

Tu es folle, Seurolga, jamais je ne reviendrai vers toi. Tu es le mal, tu es tout ce que je déteste, tout ce qu'on a voulu éveiller en moi et que je ne voulais pas connaître. Tout ce que je voulais partager avec Maurine et que tu m'as volé. Tu es folle, je ne pourrais plus te donner que mon mépris et du mépris, j'en ai à revendre, du mépris pour le monde, du mépris pour le programme d'Orsant, pour la mécanique odieuse de la Nature, et pour moi, si tu savais, surtout pour moi.

Mais Seurolga a raison : Laurent pourra regarder Maurine sans la blesser davantage.

Chapitre V

La prophétie de Laura

Je ne veux plus rêver, c'est la voix de mon père qui s'empare de moi, et je suis immobile, impuissant, sur mon lit, il divague dans ma tête sans que je puisse l'en chasser. Seurolga a-t-elle aussi des drogues pour dépeupler les nuits ? La mienne était de guitares fracassées qui me poursuivaient, sanglantes, à l'image du cadavre de Laura, la nuque brisée, et c'étaient nous, nous tous les orphelins enfermés, qui l'accompagnions dans la mort. Nous avancions en titubant, heurtant nos manches brisés, emmêlant nos cordes rompues, glissant sans un bruit sur l'herbe grise et rouge. Jusqu'au mur de diamant. Sur la paroi extérieure avait été recopiée la fresque de Laura, l'histoire du monde fidèle au Texte, et l'eau amère l'effaçait lentement, léchant les couleurs qui se dissolvaient en longs sillons rouges, verts, bleus, rouges, rouges, rouges. Lorsqu'elle aurait entièrement lavé la paroi maculée d'images — comment le savions-nous ? — lorsque l'horizon barrerait à nouveau le paysage d'un trait immuable, nous traverserions le mur, et les Réfugiés s'empareraient de nous, jouant sur nos caisses massacrées une sarabande infernale. Le temps passait trop vite, les vagues montaient de plus en plus haut, atteignaient le corbeau, la colombe, l'arc-en-ciel, et nous ne voulions pas tomber aux mains des Réfugiés. Le grand œil noir des guitares s'ouvrait, terrorisé, et tout au fond de celui de Maurine, je voyais un petit homme recroquevillé sur lui-même. Je ne savais pas si c'était elle ou son effroi, un espoir ou un souvenir : la tête entre les mains, il me suppliait de me réveiller avant que la fresque n'ait totalement disparu. Je ne veux plus rêver, mais comment fait-on pour s'éveiller d'un rêve ? Qui est le petit homme terrifié ? Craint-il de s'évader ou d'être torturé par les morts ? Est-ce lui, ou, une fois encore, est-ce moi terré au fond de moi-même ? Au moment où une vague plus hardie que les autres léchait le ciel de gouache, je me suis éveillé.

*   *
*

Il a fallu plusieurs jours pour que Maurine se confie à qui que ce soit, et aujourd'hui encore, elle a refusé d'accompagner Laurent jusqu'au mur de diamant. Elle ne veut plus sortir du refuge, prétend-elle, et il la sent tellement tendue qu'il n'insiste pas. Même le mot substitué, aujourd'hui, lui a fait serrer les dents : dans *refuge*, elle entend *réfugier*, c'est aussi triste que l'abandon. Elle a proposé à Clara de la remplacer à la corvée cuisine auprès de Seuraude, c'était presque aussi inédit qu'un meurtre dans l'orphelinat ! Elle ne veut plus sortir du bâtiment. Quelque chose la terrorise, mais elle se bute dans son silence. Peut-être la suspicion qui pèse toujours sur elle ? Elle a l'air de s'en moquer : elle a oublié jusqu'à la mort de Laura et la menace d'Orsant.

Elle n'a daigné parler qu'à Wersant, le surlendemain, qui l'a longuement gardée avec lui, personne n'a su pourquoi, car manifestement, elle ne lui a rien dit de ce qu'elle a vu auprès du mur, de ce qui lui fait peur. Il a convoqué Laurent dans son bureau, quand elle est ressortie. Il lui a demandé de veiller sur elle.

— Quelque chose la tracasse, Laurent, dont elle refuse obstinément de me parler. J'ai cru comprendre que tu es aussi concerné, et qu'elle ne veut pas que tu sois puni. Je suppose que c'est encore en rapport avec le mur et tes lubies. Mais je veux te dire une chose, mon garçon : tout cela, ce n'est pas grave, je ne te punirai pas, mais Maurine est fragile, elle a vécu des choses terribles, avant de venir ici, et si elle ne veut rien me dire, c'est à toi de la protéger, tu comprends ? Ou alors, tu me dis tout.

Qu'espère-t-il ? Me tirer les vers du nez ? Compte là-dessus ! Je ne sais pas ce que Maurine attend de lui, ce qu'elle a pu lui confier, mais si elle avait confiance en lui, elle aurait tout raconté, son père, les poèmes sur le mur, et moi qui sais les déchiffrer. Si elle l'a caché à Wersant, il doit y avoir une bonne raison ! Ce n'est pas à moi de le lui apprendre. Que pourrais-je lui dire d'ailleurs, j'en sais si peu ? Ce qui m'attriste davantage, c'est qu'elle n'a pas confiance en moi non plus, puisqu'elle s'est ouverte à Wersant de choses que j'ignore. À quoi joue-t-elle ? Comment pouvons-nous la protéger, si nous ne connaissons chacun que la moitié de l'histoire ?

— Ne vous en faites pas, maître Wersant. À nous deux, nous la protégerons. Je ne sais pas pourquoi elle a décidé de ne nous dire à chacun qu'une partie des choses, mais elle a sans doute ses raisons, n'est-ce pas ? Je pense qu'elle a peur de sortir. Si vous pouviez faire en sorte qu'elle soit plutôt affectée à des tâches domestiques, le temps qu'elle s'apaise…

— Ne t'en fais pas, les consignes sont déjà passées. Tu es un bon garçon, Laurent. Cela me ferait vraiment plaisir que ça marche bien, entre Maurine et toi. Mais ne la brusque pas. Je sais que le Consistoire a hâte de faire l'expérience, mais c'est à vous d'aller à votre rythme. Tu me comprends, n'est-ce pas ? Il y a entre vous quelque chose de très pur, qui pourra devenir très beau. Il ne faut pas tout gâcher. Je sais qu'elle a raison d'avoir confiance en toi. Tu vois, je n'insiste pas pour que tu me confies son secret.

C'est bien du Wersant, ça. Mettre l'interlocuteur en confiance pour provoquer la confidence... Ça ne marchera plus avec Laurent : il connaît trop bien la tactique. Oh, il est touché que le vieux ait senti la force des sentiments qu'il ressent pour Maurine. Mais ça s'arrête là. Aller à son rythme… Belle idée ! Mais où ? Seul point positif : Laurent a été relevé de ses corvées pour qu'il passe un peu de temps avec Maurine. À son rythme, il en profitera… Oui, il veillera sur elle. Bien sûr ! N'est-ce pas ce qu'il a toujours fait ? Dans le bâtiment, ils ont leurs lieux à eux, un petit débarras attenant à la salle de cours et dans lequel on a stocké des meubles aux formes bizarres, que l'on n'a pas voulu détruire lors des tremblements de terre et pourtant, à quoi pourraient-ils servir ? Des pupitres trop hauts, des commodes avec d'immenses tiroirs pour ranger des tissus de soie qui sont tombés en poussière, des cabines de bois ouvragé où l'on peut se parler sans se voir… Il sait que c'est là qu'il la trouvera si elle a peur de sortir.

Dès qu'il en pousse la porte, il sent sa présence. D'instinct, il comprend aussitôt qu'il ne doit pas s'approcher. Il s'assied dans la grande armoire finement sculptée où l'on peut échanger des confidences à travers une grille, et il attend. On se sent bien un peu ridicule, dans l'édicule, mais c'est à elle de faire le premier pas, et le meuble où l'on parle sans se voir invite à vider son cœur comme si l'on était seul. Il ne l'a pas entendue s'asseoir. Mais elle a parlé la première.

— Merci d'être venu jusqu'à moi, Laurent. Je n'aurais pas pu…

— C'était à moi de le faire, Maurine, et à toi de parler, quand tu le veux, pour me dire ce que tu veux. Nous avons le temps.

Le temps de parler, d'écouter, de se taire sans chercher dans les yeux de l'autre une réplique qui doit lentement mûrir. Parler de Laura, du cahier de dessins, du bonheur, en évitant de parler de la mort de Laura, de la fresque du hall, de la vie. Parler des sorties complices, des corbeaux noirs, en oubliant qu'il y en a un blanc, quelque part, sur un mur dont ils ne peuvent rien dire. Puis de la difficulté à tout se raconter, même entre eux, même sur le mur et sur le corbeau blanc, même sur son père. Les mots sont venus tout naturellement dans la promesse de ne pas les prononcer. Ils sont devenus des phrases, un peu moins des douleurs. Maurine a du mal à parler des poèmes, qui évoquent pour elle le souvenir d'une mère morte quelques années après sa propre naissance. Les mots lui viennent avec les souvenirs refoulés. Une mère cantatrice, qui répétait sans fin les mêmes *lieder* pour ses concerts, à tel point que la petite fille, qui n'avait pas quatre ans, a fini par les connaître par cœur. Les mots se sont imprimés dans sa mémoire, et ont brutalement resurgi quand des extraits en ont été écrits sur le mur d'enceinte. Avec de la musique, les mots étranges, Dieu, prison, espoir, semblent avoir un autre sens, une sorte d'évidence qui masque le scandale.

Petit à petit, en partie en chantant, en partie en musant à bouche close les mots qu'elle a oubliés, elle a retrouvé le chemin de la voix, et de la mémoire. Les yeux fermés, elle chantonne, elle récite, en balançant lentement le corps vers l'avant, les yeux fixes, chassant parfois de son bras une vision terrifiante. Et les mots sont eux aussi terribles. Le poème parle du roi Éric, un roi de Suède devenu fou après avoir perpétré des crimes abominables, y compris contre ses parents. Le fou est le roi et le roi est le fou… Laurent comprend, et n'ose interrompre les bribes qui se reconstituent, ni s'immiscer dans les visions qui les accompagnent. La voix est plus distante, Maurine s'est levée, a glissé comme une ombre hors de l'édicule à se parler toute seule, elle marche dans le fatras de meubles brisés par les tremblements de terre et que plus personne ne songe à réparer. Laurent sort à son tour de la boîte à confidences et s'assied sur un banc. Elle ne le voit pas, les yeux fermés sur sa mélopée. Les mots heurtés parlent de meurtre et de folie. Mais la première inscription, celle qui parle d'évasion, et de ce mot étrange, Dieu, pourquoi n'arrive-t-elle pas sur ses lèvres ? Il ose glisser la question dans un silence.

Elle a soudain un rire vide, creux, le regarde comme si elle le découvrait, et — il en a les larmes aux yeux — a un mouvement de recul, comme s'il faisait partie de la vision qu'elle chassait de la main, du danger qu'elle conjure d'un mouvement de métronome.

— Fous, les hommes sont fous… Ne te fais pas d'idées, Laurent, c'est l'évasion d'un fou. Rien à espérer.

Le rire sans consistance, à nouveau, elle se lève, entre dans la grande boîte biscornue tapissée de banquettes qui ne se regardent pas, s'assied au centre, les mains croisées sur la poitrine, comme Laura la morte, lève les yeux au ciel de bois ciselé et chantonne d'une voix haut perchée ce que Laurent rêvait et craignait d'entendre : le poème inscrit l'autre jour sur le mur de diamant.

« DIEU M'A TRANSMIS SA GRÂCE, ET CET ESPOIR :

TA PRISON EST TON PROPRE CORPS,

SI TU VEUX T'EN ÉCHAPPER

TU PEUX TE ROMPRE LA NUQUE. »

Non, Maurine, ne dis pas ça, l'espoir est un mot chaud à laisser fondre sur la langue — Maurine se tait, sa tête se penche sur la droite, langue tirée, grimaçante, comme si elle venait de se rompre la nuque, elle continue à se balancer, les mains toujours entrelacées réfugiées entre ses cuisses serrées. *Non, Maurine, je ne connais pas le mot Dieu, mais ce n'est pas un mot à fracasser l'espoir* — Laurent baisse la tête, comme s'il avait reçu le coup qui lui a rompu la nuque. Il ne veut pas qu'elle tombe dans la folie, mais de quoi peut-il la protéger ? *Et moi, qui me consolera de la condamnation de mes espoirs ? Il n'y a pas de libérateur. Celui qui écrit de l'autre côté du mur n'est pas venu nous délivrer, mais nous avertir que nous ne pourrons jamais sortir d'ici, ou alors comme Laura, la nuque brisée.* Laurent ne sait toujours pas ce qu'est Dieu, mais la seule chose dont il soit sûr, c'est qu'il n'existe pas. Il n'y a pas de grâce, il n'y a pas d'espoir, il n'y a jamais eu d'espoir. Le mur transparent comme le cristal le plus pur est la prunelle d'un grand œil, son œil, qui va puiser au loin des rêves inaccessibles — il n'y a plus qu'à le crever pour qu'au moins il ne promette plus l'horizon. La voix dans sa tête achève le massacre — *Dieu n'existe pas, Laurent, c'est moi qui l'ai tué, c'est moi qui l'ai banni de vos rêves pour être sûr que vous restiez ici.* Comment la faire taire, sinon en se rompant la nuque ?

* *
*

En un sens, Maurine a sans doute raison de ne pas vouloir se mêler aux jeunes : la suspicion pèse de plus en plus sur elle, depuis que l'enquête a totalement blanchi Sacha. Au moment du meurtre, il faisait partie de l'équipe chargée de curer les puits solaires installés sur les toits. C'est Orsant, à son arrivée, qui a fait construire ce dispositif précieux à plus d'un titre, que lui ont enseigné les militaires. Les autres vieux, lorsque s'est effondré le système de fourniture de l'eau, n'avaient comme alternative que de faire bouillir celle du lac. En quelques années le bois survivant à la Catastrophe aurait été épuisé.

L'installation n'a pas été simple : prévu pour dépanner des soldats en campagne dans une région d'eau saumâtre, il devait être adapté aux besoins permanents d'une petite communauté. Il a fallu surélever les murs pour aménager plusieurs réservoirs, qui ont été recouverts de vastes bâches transparentes. Chacune est lestée d'une pierre en son centre, et tendue sur tous ses bords par d'autres pierres, afin de former, à l'intérieur des citernes, un vaste cône renversé, une sorte de puits en plastique. Dans l'intervalle séparant le toit du bâtiment et la bâche de plastique, la chaleur est intense, comme dans une serre, grâce aux rayons du soleil qui la traversent et s'y accumulent. Par un système de canalisations et de norias disposées tout autour du bâtiment, les enfants, dès qu'ils ont été en âge de prendre la relève, ont apporté chaque matin l'eau du lac, qui s'évapore durant le jour, se condense sur la surface intérieure de la bâche et glisse lentement vers le centre, lesté de la pierre sur la surface extérieure. Goutte à goutte, l'eau purifiée tombe alors dans un vaste baquet disposé au centre et relié par un siphon à un réservoir intérieur.

Ce système s'est non seulement révélé efficace pour subvenir aux besoins en eau, mais aussi pour bien des usages. La serre chauffe le toit, équipé de cellules thermovoltaïques qui fournissent une bonne partie de l'électricité. Les premières années, la surface extérieure de la bâche retenait les insectes et de petits serpents, qui ne parvenaient pas à grimper sur le plastique où ils étaient tombés, et fournissaient un apport de protéine supplémentaire. Les jours de pluie, elle fait office de citerne et permet d'épargner pour quelque temps l'eau du lac. L'inconvénient du dispositif, c'est qu'il doit être nettoyé régulièrement, les sels résultant de l'évaporation s'accumulant sur le toit. Leur concentration en soufre les rend dangereux, mais ils fournissent la matière première pour confectionner des allumettes. C'est à détacher la croûte minérale qu'était occupé Sacha lorsque Laura a été assassinée. Jamais il n'a autant béni une corvée !

Mais parmi les vieux, qui mènent l'enquête, personne ne semble partager les rumeurs nées dans les dortoirs. Le Consistoire cherche plutôt en son sein, ou dans le noyau des anciens, persuadé que le meurtre a un rapport avec des événements antérieurs à la Catastrophe. Les jeunes ne sont pas dupes. Ils ont pressenti que les mains croisées sur la poitrine sont une pratique d'autrefois, oubliée depuis longtemps et qu'ils ne pouvaient pas connaître. Les vieux ont fait semblant de ne pas comprendre, pour s'éviter la peine d'expliquer, mais ils l'ont bien remarquée. Le Consistoire soupçonne une servante, pour ne pas avoir à se soupçonner lui-même, et vice-versa. Le soupçon sème une graine de discorde là où jadis suffisait la lutte des classes.

Entre les deux camps, dépositaire de découvertes connues de lui seul et des confidences arrachées à Wersant, Laurent ne sait plus que penser. Il guette, il assemble les pièces d'un puzzle auquel manquent les visages, il tâche de piéger Wersant à son propre jeu de questions à double sens… Un soir, il a surpris Seuraude, dans le Grand Hall, croiser furtivement les mains en passant devant la grande fresque. Sans doute n'aurait-il pas fait attention au geste si le corps de Laura n'avait pas été retrouvé dans la même attitude. Au réfectoire, il a remarqué, comme tous, l'absence de Maurine ; les filles ont dit qu'elle dort désormais chez Wersant, qu'elle y prend ses repas, qu'elle se cache tout le jour on ne sait où, lorsque Wersant s'absente. Que se trame-t-il entre eux ? Laurent souffre de n'être plus le seul confident de son amie. Et qu'elle n'ait pas eu confiance en lui pour la protéger. De qui, de quoi ? Pas de l'assassin, puisqu'il appartient à la communauté rescapée, et que ses craintes sont de l'autre côté du mur.

Et un soir, Laurent a failli, lui aussi, être la deuxième victime. Il a tout de suite compris que Maurine aurait cherché refuge dans le débarras aux meubles biscornus, il est allé la retrouver dans la boîte à confidences, qui cette fois n'a pas rempli son office. Maurine reste muette, prisonnière d'une panique remontée de son enfance comme un flot d'eau amère qui a tout ravagé sur son passage. Laurent a fait appel en vain aux années de complicité, aux secrets communs, aux espoirs partagés, à cette tendresse entre eux qu'il ne sait pas nommer...

Où es-tu, Maurine, entre quels murs transparents et indestructibles qui t'empêchent de m'entendre. La peur est comme le diamant expansé, elle durcit d'un coup, en une seconde, nous enferme sous une cloche invisible en dehors de laquelle plus rien ne compte, plus rien n'existe. Et je suis comme les cadavres accrochés au mur, la bouche ouverte, et tu ne m'entends pas, et je ne peux, à la surface de ta conscience, qu'augmenter encore ta terreur native. J'ai compris, Maurine. Ce soir, tu n'es pas à moi, parce que je n'existe même pas. Mais demain, un jour, les murs invisibles se fissureront, et je serai là, à t'attendre, de l'autre côté, et je ne serai pas mort. Mon espoir est plus fort que le diamant expansé, le sais-tu bien ?

Un bruit de meuble, dans la salle de classe, a rompu le fil de ses pensées. Il a d'abord cru que Mersant avait oublié des effets personnels après les cours du matin, personne n'a répondu quand il a appelé. La salle était plongée dans le noir. Il a avancé avec prudence, sur ses gardes, mais a réagi trop tard lorsqu'il a perçu un bruit d'étoffe, comme une tunique dans laquelle on se prend les pieds. Il s'est tourné juste à temps pour parer le coup de bâton qui allait l'atteindre à la nuque. Il s'est débattu, et la silhouette a disparu dans le Grand Hall.

Affolé, étourdi, le bras dont il s'était protégé traversé de douloureux élancements, il a tenté de poursuivre son agresseur. Dans le Grand Hall, bien entendu, plus personne. Il a crié. Du monde est venu, tout de suite, tous ensemble. Impossible de savoir qui est venu trop tôt, trop tard. Les vieux ont pris l'incident au sérieux. Le bruit d'étoffe est un indice trop vague. Une tunique de vieux, sans doute, sauf pour Orsant, fidèle au pantalon, mais il est si facile de s'en procurer une à la buanderie. Norsant tente d'interroger chacun tandis que Seurolga emmène la jeune victime à l'infirmerie.

— Le bras n'est pas cassé, conclut-elle après l'avoir palpé à en pleurer. Tu as de la chance.

Elle le masse longuement avec la pommade à tout faire dont l'efficacité doit tenir dans le temps de massage, car depuis longtemps, il n'y a plus de principe actif dans ses préparations. Les rares herbes séchées qui lui restent, qui se confondent toutes dans la même odeur de poussière, et les rarissimes médicaments datant d'avant la Grande Catastrophe sont réservés aux cas les plus graves. Encore n'est-on pas sûr qu'ils aient la moindre efficacité. On a intérêt à être solide. Mais les mains de Seurolga font des miracles. Des battoirs habitués à masser les hommes.

Mains de femmes, gestes désormais coupables. Elles s'attardent trop longuement sur moi, je rougis, la chaleur me reprend, non, il faut que je haïsse. Mains trop douces et trop brutales. Mains de plaisir et de meurtre. Je les imagine soudain serrées autour d'un bâton. Autour de mes épaules, autour de ma taille. Je me raidis. Il faut que je chasse ces idées de ma tête. Elle abandonne tout à coup le massage, noue autour de mon cou un grand linge plié en triangle, qui maintient mon bras à l'horizontale.

En sortant de l'infirmerie, Wersant est venu aux nouvelles.

— Suis-moi, dit-il simplement au blessé.

Dans son bureau, il redevient d'un coup aussi désemparé que ses meubles sans angles. Maurine est là, dans le même refuge de silence. Wersant parle doucement, comme s'il craignait de l'ébrécher. Il est inquiet. Une fois encore, il conjure les jeunes gens de lui dire ce qu'ils ont vu. Bouffée de joie que Laurent ne parvient pas à contrôler : Maurine ne lui a donc rien dit. Ils sont encore unis par leurs secrets. Tous les trois détiennent une part différente de la vérité, plaide Wersant, ils doivent la mettre en commun. Mais Maurine est plus fermée que jamais : dans le réduit où plus personne ne met les pieds, elle se croyait en sécurité. Elle n'en sortait que pour aller dormir chez Wersant. Et voilà que l'assassin, quel qu'il soit, a pénétré jusque-là. Le mur de silence est-il à l'épreuve des bâtons ?

— Laurent, tout tient à toi. Dis-nous ce que tu as vu auprès du mur.

Comment parler sans trahir le secret de Maurine ? Oui, il parlerait volontiers à Wersant de l'homme qui vient inscrire des vers de l'autre côté du mur, quitte à lui révéler qu'il sait encore les déchiffrer. Il comprendrait, lui, il expliquerait, peut-être, les mots dont le sens s'est perdu. Mais peut-être Maurine ne lui a-t-elle pas dit qu'elle avait un père, et qu'elle redoutait son retour ?

— Excusez-moi, maître Wersant, mais tout ne m'appartient pas dans cette histoire. Et je pense que vous savez des choses que nous ignorons et qui pourraient nous guider.

— Sans doute, mais ces choses non plus ne m'appartiennent pas. Maurine, il n'y a que toi qui peux nous délier de nos secrets, n'est-ce pas ?

Elle devrait répondre, oui, ou non, ou quelque chose, mais elle est terrée, désormais, dans sa peur et dans les inextricables nœuds de ce qu'il faut dire, de ce qu'il faut taire. Entre les trois, quelque chose, peut-être, est en train de se dénouer, ou de se nouer davantage, mais la tension est si palpable que Wersant n'y tient plus. Il hoche la tête et soupire.

— Peut-être est-il trop tôt, peut-être est-ce encore trop douloureux pour vous. Je vous laisse le temps d'y réfléchir. Mais il faudra faire vite, il y a du danger. Cette nuit, vous resterez ici.

Laurent a un instant d'hésitation. Après tout, rien ne dit que Wersant ne soit pas l'assassin, et avec un seul bras, il ne pourra pas se défendre. Mais la présence de Maurine le rassure. Quelque chose la lie au vieil homme, quelque chose de fort et de vital qu'il ne connaît pas. Wersant a perçu son hésitation. Il sourit. Il ira dormir ailleurs : le Grand Consistoire doit se réunir pour discuter des événements. Il partagera la chambre d'un des membres.

— La confiance reviendra. Prenez le temps, et fermez à clé derrière moi.

Laurent pensait que sa suspicion lui ferait de la peine. Pourquoi sourit-il en refermant la porte derrière lui ?

*   *
*

Une nuit avec Maurine, enfermés dans la même chambre. Est-ce un piège de Wersant ? Est-ce de cela qu'ils parlaient entre eux, le soir, quand elle venait le retrouver ? Je ne sais pas, je ne peux pas le croire. Si la mécanique de la reproduction de l'espèce était aussi simple que dans les cours de Mersant, nous aurions réglé l'affaire comme une corvée. Je ne mépriserais pas Seurolga de vouloir m'apprendre ce que seule Maurine a le droit de me donner. Mais il y a autre chose qui nous arrête, qui fait que nous ne pouvons pas même en parler entre nous, et que nous ne pouvons pas en parler à Wersant. Quelque chose qui n'existe plus la nuit. J'entends sa respiration à l'autre bout de la pièce. Elle est rapide. Elle ne dort pas. Ou est-ce ainsi que dorment les filles, à petits traits précipités ? Dans le dortoir des garçons, les respirations s'allongent, au contraire, comme si le temps du sommeil se mesurait autrement que celui de la veille. J'ai conscience aussi de respirer trop vite. Mon bras me fait mal, l'ecchymose bat comme un cœur sur mon muscle fléchisseur. Un autre cœur bat entre mes jambes, qui me fait mal, aussi, tendu vers Maurine. Sans le vouloir, je laisse échapper un léger gémissement.

— Tu ne dors pas, Laurent ? Tu as mal ?

Il ne répond pas. Elle se lève. La respiration se rapproche, presque haletante. Elle pose d'instinct la main à l'endroit de la douleur. Une main de femme, qui apaise. Puis elle se lève, éclate en sanglots, pourquoi ?

— Maurine !

— Ce n'est rien, Laurent, un souvenir. Cela doit passer. Il faut que cela passe. Sinon, je suis morte.

Elle se rassied, à la même place, prend le visage de son ami entre ses deux mains de femme. Une main d'homme se lève vers elle, caresse gauchement sa joue. La respiration de l'une s'apaise, de l'autre se précipite. *Ce n'est rien, ça va passer, ne t'en fais pas. Je ne sais pas ce que c'est, mais je suis plus fort que cela, même avec une seule main.*

— Parle-moi, Laurent, dis n'importe quoi, mais parle, que je sache bien que c'est toi, à côté de moi, et tout ira bien, mais parle, parle.

Il parle, et tout s'apaise. Leurs mains parlent pour eux, *voilà, Maurine, n'aie plus peur, je suis là, c'est moi, c'est nous, comment faire encore la différence ?* Mais pourquoi cette petite contraction du muscle de la mâchoire ? Cette contraction que Laurent connaît bien, qui trahit une tension interne. C'est le geste du secret de Maurine. Il masse la petite bosse du bout des doigts, jusqu'à ce qu'elle se détende. Maurine sourit. Elle l'enjambe.

Mersant avait tort. Ce n'est pas de la mécanique. La mécanique demande l'intervention de la volonté, elle ne se met pas en route toute seule, malgré eux. La mécanique se réfléchit, elle n'emporte pas l'esprit dans un tourbillon de sensations où il n'y a plus de place pour une pensée. Elle n'emballe pas les cœurs, ne met pas en émoi tous les fluides du corps, ne va pas chercher au fond des bouches ce que l'on trouve au fond des sexes, elle est logique, la mécanique, elle ne tire pas les cheveux pour que l'on pénètre plus fort, elle ne donne pas aux bras contusionnés la force de serrer une taille à la broyer, elle est triste et froide, la mécanique, comment pourrait-elle donner autant de plaisir ?

Maurine retombe aux côtés de Laurent. A-t-elle senti la même chose que lui ? Quand il a rouvert les yeux, la petite contracture de la mâchoire était à nouveau perceptible, et ses yeux étaient humectés. Mais ceux du garçon aussi.

— Maintenant, je saurai si tu m'aimes, Laurent. Parce que pour moi, il n'y aura que toi. Tu as défait ce qui était noué. Si demain, tu penses encore à moi, c'est que tu m'aimes comme on doit aimer.

Il serre très fort son bras de sa main valide. Il pense toujours à elle, très fort. Il n'avait jamais jusque-là accolé le mot « amour » à Maurine. Pourtant, il lui va si bien. Mieux que le mot « mécanique ». On ne pense plus à une mécanique quand on n'a pas besoin de l'utiliser. La main de Seurolga était de la mécanique, qui songerait à lui accoler le mot « amour » ? Il se tourne vers Maurine, masse encore la petite boule à hauteur de son oreille, mais elle secoue la tête et retourne à son lit. Il l'écoute sans rien dire. Sa respiration n'est pas plus paisible. Comment pourrait-il désormais ne plus penser à elle ?

Le lendemain matin, il pense toujours à elle. Mais dans la lumière du jour, ils ne peuvent plus parler de ce qui s'est produit dans le noir. Ils évoquent l'étrange conversation à trois, la veille, tout ce qu'il aurait fallu dire, tout ce qui s'est brisé sur la paroi de silence. Une paroi si dure, si compacte, et qu'une nuit a suffi à fêler. Il faudra du temps encore pour la détruire, mais s'il a réussi à entamer un mur invisible, Laurent sait qu'un jour, il détruira le diamant expansé. La nuit lui a donné une assurance qu'il ne se connaissait pas.

Wersant a raison sur un point : seule la réunion des trois sources d'information peut permettre de résoudre l'énigme. Laurent ne lui fait pas encore entièrement confiance, mais il se sent une énergie à protéger Maurine de tous les assassins de l'orphelinat ! Il propose de partager quelques informations pour susciter ses confidences. Il est trop tôt pour lui parler de tout cela, proteste Maurine, elle doit être sûre, d'abord, qu'il s'agit bien de son père. Mais le principal a été dit, cette nuit : son père, quel qu'il soit et même s'il parvenait à franchir le mur, ne pourra plus lui nuire.

— Laurent, si toi, tu en avais le courage… S'il s'agit bien de mon père, il continuera ses messages, jusqu'à ce que je comprenne, jusqu'à ce que je lui réponde. Peut-être attend-il mon pardon… ou… cherche-t-il à achever ce qu'il avait commencé… Comment être sûre ?

Cela ne pose aucun problème. Maurine redoute plus que tout au monde, si elle se rend au mur, de se trouver confrontée à un homme en train d'écrire, un homme qu'elle ne veut pas voir, même à travers le diamant. Sa seule évocation a ravivé des douleurs insupportables. Laurent ira à sa place, cherchera le corbeau blanc qui le guide vers les textes, sera le messager de l'inconnu. À l'inverse de Maurine, il se sent plus en sécurité à l'extérieur. L'assassin préfère opérer dans la bâtisse, où il peut disparaître facilement.

Et puis, plus il y a de monde, plus il sera difficile de le repérer. Il décide d'aller explorer la partie orientale du domaine, plus difficile d'accès. Il y a des pans entiers où personne ne s'est jamais rendu.

Il avait pourtant pris ses précautions pour ne pas être repéré. Attraper un corbeau, d'abord, pour ne pas rentrer bredouille. Mais un seul, pour justifier qu'il s'écarte de la petite bande chassant de concert du côté du pic du Vieil Homme. « Ne m'attendez pas », leur a-t-il crié, et comme la plupart avaient déjà rempli leur gibecière, ils avaient hâte de rentrer à l'orphelinat. Après avoir vérifié qu'ils prenaient de l'avance, il a poussé jusqu'au mur, protégé à cet endroit par d'épais fourrés dont les épines serrées sont plus denses qu'un véritable feuillage. À la section trop nette de certaines branches, aux buissons écrasés par endroits, il comprend cependant que quelqu'un est passé par ici dernièrement, et cela seul l'aurait convaincu d'aller y voir de plus près.

Et soudain, un éblouissement de couleurs lui saute au visage. Il ne s'y attendait pas du tout ; ce n'est pas cela qu'il était venu chercher pour Maurine. Le mur entier est rempli de peintures. Des couleurs un peu délavées, par endroits, mais aucun doute sur la main qui a tracé le dessin, ni sur sa destination. Au moment de passer du carnet de croquis à la fresque du Grand Hall, Laura a ressenti le besoin de s'exercer sur une surface plus importante, et a peint sur le mur d'enceinte des esquisses grandeur nature des scènes à représenter et des personnages à y faire figurer. Il reconnaît la bonne bouille immuable de Wersant, qui compte les enfants en file vers l'orphelinat. Ce sont eux, là-bas, petits mioches de dix ou douze ans, qui se réfugient dans la haute bâtisse dont les fenêtres, déjà, font apparaître quelques visages apeurés, et Orsant est là, près de la porte, de dos, bien reconnaissable aux longs cheveux qu'il laissait alors retomber en boucles sur ses épaules.

Sur la scène suivante, les enfants ont grandi, et le Consistoire est réuni avec les vieux pour leur adresser un discours. Mais… Laurent se fige sur place. Que fait-il là, au milieu des vieux ? Impossible de ne pas se reconnaître, avec son menton trop carré, ses cheveux châtains tirant sur le roux, peignés en arrière. Pourquoi Laura l'a-t-elle représenté au milieu des vieux, et non parmi les enfants de son âge ? Et pourquoi s'est-elle représentée à côté de lui, exsangue, la tête inclinée vers la droite, et un filet de sang, à gauche, s'échappant de sa nuque ? Bien sûr, elle illustre une scène célèbre du Texte, l'exécution de Uta-Marvina, lapidée pour adultère, avec les juges qui l'ont condamnée, mais on jurerait que c'est la scène de la semaine précédente qui est figurée sur le mur, dix ans avant les événements ! Pourquoi avoir donné aux personnages les visages des deux enfants et, surtout, leur visage d'adulte qu'elle ne pouvait deviner à l'époque ! Étrange prémonition que cette figure de la légendaire Uta-Marvina, frappée à la nuque, comme Laura, dix ans plus tard, avec les mêmes traits.

Et si la peinture est à ce point prophétique, pour Laurent, c'est une terrible menace qu'elle annonce, car Uto-Marfilo, l'amant coupable dans le Texte, ne tardera pas à subir le même sort. Sa propre agression prend un autre sens. Et les vers que Maurine a chantés la veille ont une autre résonance — « Si tu veux t'en échapper, tu peux te rompre la nuque ». De quoi voulait-elle l'avertir, ou plutôt, de quoi voulait l'avertir l'étrange personnage qui rôde à l'extérieur de l'enceinte ?

Il n'a pas le temps de s'interroger davantage. Un bruit dans les buissons le fait sursauter ; il s'enfuit sans attendre son reste. De loin, il voit Sacha s'approcher du mur, le considérer avec le même étonnement. Pourquoi a-t-il suivi Laurent ? Le soupçonnait-il de courir après un corbeau imaginaire, ou comptait-il l'agresser à l'écart ? Peut-être a-t-il fini par comprendre que ce n'est pas Laura qui a volé son corbeau, l'autre jour. Le compte des oiseaux ramenés de la chasse n'est pas bien difficile à faire. Si Sacha a suivi le même raisonnement que Wersant, il voudra tirer vengeance. Belle occasion de coincer son ennemi affaibli par sa blessure au bras, dans un endroit isolé où personne ne vient jamais. Laurent comprend que les deux ans d'écart ne lui donneront pas la supériorité. Il s'éclipse le plus silencieusement possible, sans demander son reste.

C'est alors que le corbeau blanc est apparu, comme s'il avait, lui aussi, attendu son heure. S'il a pu, un moment, être ressenti comme une menace, il est devenu un allié. Il avertit du danger par le biais des messages liés à son apparition. Peut-être n'y a-t-il personne derrière le mur ? Qui pourrait y survivre, marcher dans la mer d'acide ? On l'aurait vu, s'il existait ? Alors, peut-être est-ce le corbeau, sait-on comment, qui fait apparaître ces inscriptions, ou qui dirige les enfants vers elles, si elles ont été peintes voici longtemps ? Les corbeaux sont gardiens des mots, dit le Texte. Certains les répètent, pourquoi d'autres ne les reproduiraient-ils pas lettre à lettre, sans les comprendre ? Pourquoi ne seraient-ils pas attirés, tout simplement, par ces dépôts de bâtons alignés comme des tombes dans le cimetière des mots ? En tout cas, Laurent le suit sans hésiter vers un pan de mur bien dissimulé. Ce n'est pas facile, les buissons sont épineux, et il ne peut les écarter que d'une main. Sa tunique de vieux s'accroche partout, il sera difficile de nier d'où il vient. Il s'en moque. Car à nouveau, à l'envers, sur la face extérieure, les bâtons et les ronds, qu'il a appris à déchiffrer en les retournant, lui délivrent un message incompréhensible.

Sous la couronne de ma bien-aimée, du sang ;

Dans tout ce que j'offre, souffrance ;

Dans mes présents...

Et ma guirlande...

Cette fois encore, quelques mots ont été effacés par une vague, preuve sans doute qu'ils ont été tracés depuis peu de temps. Il ne s'inquiète pas : Maurine reconstituera le message. Car c'est à lui qu'il s'adresse, comment en douter ? Le sang qui jaillit sous la couronne fait trop nettement référence au coup sur la nuque de Uta-Marvina — de Laura.

Et soudain tout s'éclaire. Ce n'est pas lui qui est menacé, il est celui qui offre, et celle qui souffre, c'est Maurine. Maurine, accusée à sa place, soupçonnée du meurtre de Laura ; Maurine, qui peut-être était visée hier, car l'assassin attendait sans doute dans la salle de cours que Laurent ait quitté le réduit où elle se cachait ; Maurine qu'il cherche à faire entrer de force dans ses rêves d'évasion, comme si c'étaient nécessairement les siens. De quel droit lui offrir ainsi une liberté dont elle n'a que faire ? Une liberté qui n'est pour elle qu'un cadeau de malheur ?

Dans tout ce que j'offre, souffrance...

Pardon, Maurine.

*   *

*

Mais celui qui la menace, ce n'est pas lui ! Évidence, soudain : elle est en danger. Comment a-t-il pu la laisser seule ? Sans souci de lacérer davantage sa tunique, il court vers l'orphelinat. Il a cherché longtemps Maurine. Elle s'était trop bien cachée. C'est elle qui a senti sa présence. Elle lui propose d'aller plutôt dans les buissons pourpres, elle non plus n'est plus rassurée dans le bâtiment. Elle n'est plus la même, depuis cette nuit. Le mot « amour » lui va toujours si bien. Il leur faut parler longtemps de n'importe quoi, et échanger un peu de salive, avant de parler des nouvelles inscriptions.

Laurent ne s'était pas trompé, la dernière reprend bien un extrait des chants du roi Erik, que travaillait jadis la mère de Maurine sur un air d'un certain Rangström. Dès qu'il lui a rapporté le premier vers, elle a récité avec lui, complétant au passage ceux que l'acide avait tronqués.

« Dans mes présents, blessure, et ma guirlande n'est qu'épines. »

Pardon, Maurine. Je marche comme un balourd dans le terrain délicat de tes souvenirs, sans me soucier de ce que j'écrase, de ce que je brise. Je crois te couronner de tout l'amour que je découvre en moi, et ne fais qu'aviver des blessures que j'ignore.

Mais Maurine est plus effrayée que jamais, et ce n'est pas Laurent qui lui fait du mal. « Il est revenu », pleure-t-elle, et il a du mal à lui faire préciser ses frayeurs. Qui est revenu ? Et d'ailleurs, qui était parti ? Son père ?

— Mon père, confirme-t-elle enfin. Il faut que tu saches, Laurent, je ne suis pas une orpheline, comme vous, je n'ai pas été abandonnée, c'est moi qui me suis enfuie jusqu'ici, quand j'avais quatre ans.

— Oui, je me doutais bien que tu n'étais pas arrivée ici comme nous… mais… fuir, à quatre ans ! Comment as-tu fait ? Et que fuyais-tu ? Ou qui fuyais-tu ? Ton père ? Pourquoi ?

— Oui, mon père. Il était… Il était devenu fou, après la mort de ma mère. Il se reprochait cette mort, il disait qu'il l'avait tuée, mais qu'il n'avait pu faire autrement.

— Comment cela ? Cela ne veut rien dire !

— Je ne sais pas, Laurent, je n'avais pas quatre ans quand maman est morte. Il n'a jamais rien dit, et il y avait des lieux, dans la maison, où je n'avais pas le droit d'entrer. Je crois que c'est là que… ça s'est passé. Mais je peux te jurer qu'il l'aimait, à la folie, et qu'il est vraiment devenu fou à sa mort.

— Quel genre de folie ?

— C'est venu petit à petit. Il n'avait plus que moi, il me passait tous mes caprices, il m'idolâtrait. Et peu à peu, je me suis rendu compte qu'il me vêtait comme ma mère, qu'il me coiffait comme elle, et parfois, il m'appelait par son prénom. Il me demandait de chanter les *lieder* de Rangström, s'énervait parce que je ne les connaissais pas, ou que je n'y parvenais pas, la musique est difficile. Il me prenait pour elle, de plus en plus souvent, de plus en plus… violemment. Je… j'ai peur, Laurent, vraiment peur… Ces poèmes qui réapparaissent, je sais que c'est lui… Et… je sais que j'atteins l'âge où ils se sont rencontrés… Et si…

— Calme-toi, Maurine, tu divagues ! Comment pourrait-il venir jusqu'à nous sans être rongé par la mer acide ? Et puis, ces *lieder*, d'autres ont pu les connaître, et les écrire !

— Non, Laurent. Ma mère n'aimait pas les traductions qui circulent. Elle avait elle-même retraduit les poèmes du suédois, et ce sont les mots de ma mère qui sont inscrits sur le mur.

— Peut-être… Mais elle les a chantés, ils ont été entendus, retenus lors d'un de ses concerts, qui peut savoir ?

— Si tu pouvais avoir raison ! Mais ce qu'ils disent, c'est un message qui me vient directement de lui. *Si tu peux t'échapper…* Il est venu me chercher ! *Le roi est le fou…* Il est conscient de n'avoir pas retrouvé la raison, il me prend toujours pour ma mère…

— Ne pleure pas, Maurine, tu te fais des idées. Moi aussi, j'ai cru que ces vers m'étaient personnellement adressés. Et le dernier…

— C'est le pire ! *Dans mes présents, blessure.* Il me veut du mal, et il m'aime.

— Que veux-tu dire ?

— Tu ne peux pas me comprendre à mi-mot ? Que m'obliges-tu à dire, Laurent ? Il m'aimait, comme sa femme, mais j'avais quatre ans, quatre ans ! Et il m'a fait du mal, comme à sa fille.

Maurine se tait, elle pleure, elle éclate en sanglots et tombe dans les bras de Laurent, puis s'arrache à lui avec un cri d'horreur, s'enfuit. Il reste pétrifié. Il comprend soudain ce qu'elle a vécu, ce qu'elle a fui ici — mais pourquoi ici ? — ce qu'elle craint de revivre si son père est venu la chercher — ce qu'elle craint de revivre avec un homme, n'importe quel homme, avec Laurent — ce qu'elle ne voudra jamais revivre, car l'homme est fait, dans son esprit, pour faire du mal à ce qu'il aime, pour détruire tout ce qu'il aime, comme la couronne d'épines déchire celle qu'elle doit célébrer.

Non, Maurine, je ne suis pas comme cela, et je ne suis pas ton père ! Je ne te ferai pas de mal, je ne t'ai pas fait mal, cette nuit, n'est-ce pas ? Tu m'as bien dit, ce matin, qu'il ne pouvait plus te nuire, tu pensais à cela, n'est-ce pas ? Tu pensais que ce que nous avons vécu pouvait effacer ce que tu avais subi. « Tu as défait ce qui était noué », tu me l'as bien dit ? Il le faut, Maurine, il le faut. Je sais que ce n'est pas si simple, que cela ne se fait pas en une fois, mais je serai patient. Nous ne nous le sommes jamais dit, mais je t'aime, et t'aimer, ce n'est pas te faire mal. Je t'apprendrai la douceur que tu n'as pas connue, je prendrai ton visage dans mes deux mains, j'effacerai les vers à l'envers du mur, je tuerai le corbeau blanc et celui qui te harcèle de mots que tu ne veux pas entendre, je tuerai la musique et les lieder de Rangström, je tuerai le monde entier, s'il le faut, pour que nous ne soyons que nous deux, toi et moi, à nous aimer dans un enclos de diamant. Je tuerai, je tuerai.

Mais il reste là, un temps infini, à ne tuer personne. Il reste là, à l'attendre, et elle ne revient pas. Il reste là, comme un imbécile, et le soleil continue à briller, à redescendre, à se coucher à l'horizon. Et elle n'est pas là, *où es-tu, Mau-*

rine, que fais-tu loin de moi ? Une agitation subite le ramène au monde. Il court vers ceux qui courent, il la cherche, il veut la protéger, et il ne sait pas de quoi. Un bras le saisit, l'arrête. C'est Wersant. Il a le visage fermé. Qu'est-il arrivé ?

— Un autre meurtre, Laurent.

Il crie, se dégage, il sait que c'est elle.

— C'est Sacha. Un coup à la nuque, lui aussi.

Laurent respire, ce n'est pas elle. Pas elle qui gît, la nuque ensanglantée. Mais où était-elle, et pourquoi le soupçon, l'horrible soupçon qui court à travers le dortoir des garçons, vient-il de s'emparer de lui ?

Chapitre VI

Un père

Un rêve, un autre. Ma peau était de verre, un verre souple qui me laissait toute liberté de mouvement. Et quelque chose en moi était prisonnier de moi-même. Pas vraiment une âme, ni un alien, quelque chose comme un œil qui me fixait, muet reproche, qui me regardait agir, qui m'écoutait parler et qui jugeait mes actes, mes paroles. Ce n'était pas ce que Wersant appelle « conscience », car j'ignorais ses verdicts, et ceux-ci concernaient aussi bien les actions soi-disant louables que les prétendus péchés. Comme si le seul fait d'agir et de parler était en soi coupable. Œil sans paupière ni repos, que je ne pouvais ignorer. Mais certains gestes, et je ne savais pas lesquels, semblaient recouvrir de peinture ma peau de verre. De temps en temps, l'œil disparaissait derrière ces obstacles superficiels, et je retrouvais un peu de calme. Petit à petit, toute ma peau s'est recouverte de cette peinture salvatrice, qui me dessinait un corps avec ses muscles et ses tendons, ses poils aux aisselles et sur le ventre, des ridules et des cicatrices, des traits sur le visage. L'œil affolé se jetait en vain contre les parois, comme le prisonnier dans le poème inscrit sur le mur. « Si tu veux t'en échapper, tu peux te rompre la nuque. » Et je m'entendais répondre : « Alors, qu'attends-tu ? » et il arrêtait de se cogner contre moi-même. J'en arrivais à l'oublier, lorsque je me rendis compte que sur mon visage étaient peints les traits de mon père.

* *
*

Après la mort de Sacha, et en l'absence d'alibi de Maurine, les vieux ont bien dû la considérer comme suspecte et la maintenir à l'écart du groupe, même si, manifestement, ils ne croient pas un instant à son implication dans les événements récents. Les jeunes ont du mal à les comprendre, parce qu'ils refusent de leur donner les éléments sur lesquels reposent leurs certitudes, comme s'il s'agissait de secrets dangereux, mais pour qui ? Les meurtres ne sont pas, comme le laisserait supposer le discours prophétique d'Orsant, le seuil d'une nouvelle ère, mais les derniers sursauts du passé, des résurgences nauséabondes de crimes anciens ou de pratiques révolues. Manifestement, les dirigeants souhaitent régler cela entre eux. Ils ont tort. Ils ne devraient pas mener l'enquête de leur côté, ça ne fait qu'augmenter les soupçons et les peurs.

La réclusion de Maurine aurait dû calmer les esprits : pour beaucoup, elle a été interprétée comme une preuve de complicité de la part des vieux. Est-elle emprisonnée parce qu'elle est coupable, recluse parce qu'elle a découvert une vérité gênante ou la protègent-ils parce qu'elle est menacée ?

Les spéculations vont bon train. Les jeunes sont peut-être chétifs faute d'avoir été bien nourris, mais les esprits sont vifs et les imaginations d'autant plus fécondes qu'elles ont été confinées pendant quinze ans dans cet îlot survivant. *Méfiez-vous de nous, le pouvoir ne réside pas que dans la force.*

Tant du côté des filles que du côté des garçons, en tout cas, on tient désormais Maurine pour coupable et, sans pour autant redouter qu'elle s'en prenne à une troisième victime, sans doute aurait-elle subi un mauvais sort si elle était tout bonnement retournée dans le dortoir collectif. Sa détention la met à l'abri d'une justice expéditive, bien plus qu'elle ne la punit. Pour Maurine, manifestement, c'est un soulagement. À voir son visage apaisé, le jour où les vieux l'ont enfermée, on se dit qu'elle ne doit pas se sentir en prison. Depuis que les inscriptions sont apparues sur l'enceinte, elle semble chercher la protection de murs de plus en plus épais. Ce n'est pas une cellule qu'on lui a donnée, c'est un refuge contre elle-même.

Comment les vieux ont-ils interprété cette résignation passive, s'ils ne la croient pas coupable ? Laurent seul connaît ses hantises récentes : la peur que son père soit venu la rechercher ici. Une peur irrationnelle, que personne ne pourra raisonner et que son amour même n'a pas réussi à guérir : elle sait pourtant bien que personne ne peut franchir la muraille de diamant, ni dans un sens, ni dans un autre, ce n'est pas faute d'avoir essayé de s'enfuir ! Et elle sait que tous ceux qui n'ont pas été protégés par elle ont dû se dissoudre dans l'acide. Non seulement son père ne peut pas les rejoindre, mais il est certainement mort depuis quinze ans !

Les peurs ancrées dans l'enfance échappent à la raison. À croire qu'elle a bien assassiné Sacha, rien que pour être emprisonnée à l'abri de son père ! *Mais où fuiras-tu encore, Maurine ? Tu es venue t'enfermer ici voici seize ans pour lui échapper, te voilà en prison à l'intérieur de la prison, crois-tu que des murailles, toujours, te protégeront contre tes hantises ? N'as-tu pas compris qu'elles te suivront, toujours, que la peur est comme une vieille amie qui nous accompagne, insidieuse, et s'assoit, silencieuse, dans le coin de la chambre où nous avons cherché refuge. Dès que nous regardons derrière nous, elle est là, fidèle, à nous attendre. Elle est assise dans ta prison, Maurine, et la seule façon d'y échapper est de suivre le conseil du roi fou : te rompre le cou. S'il te plaît, ne pense pas à cela.*

L'idée saugrenue d'un meurtre perpétré pour mériter la prison n'a bien sûr aucun sens. Les meurtres sont liés, et toujours exécutés de la même manière. Il aurait fallu en conclure que c'était elle, l'avant-veille, qui avait agressé Laurent dans la salle de cours. Et même si, dans l'absolu, la chose était faisable, ce n'est pas pour autant qu'elle soit possible ! Certains garçons le pensent vraiment : après tout, Maurine était proche de Laurent quand un inconnu a tenté de le tuer. Et sa fuite par le Grand Hall repose sur le seul témoignage de la victime, dont tout le monde a deviné les sentiments. On plaint sa folie, on ressort de vieux clichés de l'amour aveugle. *Bande de jaloux, que connaissez-vous à l'amour ? Moi seul sais désormais de quoi il s'agit !*

Et Laurent ? Les idées se bousculent dans sa tête, malgré lui. Il sait, pour y avoir goûté, que Maurine ne peut lui faire que du bien. Ce n'est quand même pas pour dissiper ses soupçons qu'elle est venue le retrouver dans le canapé de

Wersant ! Pourquoi une pensée aussi stupide lui vient-elle malgré tout à l'esprit ? C'est absurde : si elle avait voulu se débarrasser de lui, elle en aurait eu tout loisir, cette nuit-là ! Il est vrai qu'elle aurait immédiatement été tenue pour coupable, puisqu'ils étaient enfermés. *Assez ! Comment chasse-t-on les doutes qui affluent comme une nausée ? Dès qu'une idée me vient à l'esprit, l'argument qui l'infirme se précipite, leur heurt est physiquement douloureux. Comment puis-je encore croire à ce que je pense ? Est-ce penser, que se laisser massacrer par des idées ? Je ne suis plus que le spectateur atterré de ma vie. Assez !*

Parmi les orphelins, en tout cas, lui seul croit encore à l'innocence de Maurine. Il a failli en venir aux mains pour défendre son honneur, mais, outre le fait qu'il ne sait pas se battre, son bras en écharpe l'en aurait empêché. Les railleurs prétendent qu'il en profite pour menacer de raclées qu'il serait bien en peine d'administrer avec deux bras valides. Il fait semblant de ne pas entendre. Les plus hypocrites feignent la compassion : à les croire, c'est lui qui était visé par l'attentat, et Sacha, prétendent-ils, ne l'avait suivi que pour le protéger. C'était sa mission de chef de veiller à la sécurité de chaque membre de son groupe, il avait été le seul à s'inquiéter du retard de Laurent et à partir à sa recherche. S'il n'avait pas été agressé la veille, sans doute celui-ci aurait-il lui-même été suspect ! Que Sacha l'ait suivi par inquiétude et non pour le surveiller le surprend, mais le touche. Il ne peut en tout cas mettre en doute la bonne foi des garçons qui lui ont rapporté cette sollicitude.

Mais ce qu'ils ne peuvent savoir, ce que personne, même les vieux, ne peut savoir, c'est que la mort de Sacha n'est pas un hasard, elle est liée à ce qu'il a vu sur le mur, comme celle de Laura est liée à la fresque du Grand Hall. Le lien n'est pas encore évident, mais il existe. Il y a dans les dessins de Laura une information capitale, que quelqu'un n'a pas intérêt à voir apparaître au grand jour. Pour Sacha, cela peut expliquer qu'on l'ait réduit au silence, mais pour Laura ? Que peut-elle avoir découvert, puisqu'elle a peint elle-même la fresque ? Elle ne peut avoir caché un message aussi important qu'elle aurait ensuite oublié ! Ou alors…

C'est soudain une évidence. La fresque est ancienne, Laura était jeune. Elle a pu découvrir avec le temps des éléments qu'elle avait représentés sans les comprendre. Quelque chose a-t-il été changé, une modification apportée à son insu ? Ou plutôt, les années ont-elles révélé ce qui était alors invisible ? Laura a-t-elle été frappée, en passant dans le Grand Hall, ou en consultant ses vieux croquis, par un détail qui lui avait échappé jadis ?

Laurent a peur de comprendre. Le sang se retire d'un coup de son corps, il se met à trembler comme une feuille. Bien sûr ! Il s'est étonné d'être représenté sur le mur à l'âge de vingt ans, quand il en avait dix ou douze, tout au plus, au moment de sa réalisation. Aucun don prémonitoire de la part de Laura : elle ne pouvait qu'avoir peint le père du garçon, dont les traits devaient ressembler aux siens au même âge ! Cela expliquait que Laurent se retrouve sur le mur parmi les vieux. Et la femme à la nuque brisée, à côté de lui, ne pouvait pas être Laura, mais sa mère, à l'âge que Laura avait à présent atteint !

Mais alors, songe-t-il, le cœur battant, il suffirait d'identifier, parmi les vieux, celui qui ne figure pas sur le mur pour savoir qui parmi eux est son père. Il en a bien une idée, mais elle est si incroyable qu'il faut vérifier immédiatement.

Le trajet vers les ébauches peintes sur le mur de diamant restera le plus long de sa vie. Pour quelqu'un qui, pendant vingt ans, s'est cru orphelin, comprendre qu'il a passé toute sa jeune vie aux côtés de son père est difficilement soutenable : c'est se sentir rejeté en permanence, non pas sur un coup de tête. On peut admettre qu'un garçon surpris par la paternité à un moment inopportun ait eu le réflexe, la force, l'inconscience de fuir les responsabilités, mais peut-on concevoir que ce geste irréfléchi se prolonge des années durant, lorsqu'on a atteint une maturité sentimentale et une situation sociale qui permettraient de les accepter plus facilement ? Comment accepter qu'à chaque jour de sa vie, à chaque seconde, à chaque regard que son père a pu porter sur lui, il ait persisté dans le déni ? Est-ce le gamin qui, à chaque jour de sa vie, à chaque seconde, à chaque regard que son père a porté sur lui, l'a horrifié à ce point ? Il en a les larmes aux yeux, ce doit être la colère, les buissons d'arbres morts en savent quelque chose, il les balaie à grands moulinets, à puissantes enjambées, sans se préoccuper des épines qui déchirent sa tunique et de son bras dont la douleur se réveille à chaque branche qu'il heurte. Car si ses soupçons se confirment… *Qu'ai-je fait, que t'ai-je fait, si c'est toi qui parles dans ma tête, pour que tu me méprises à ce point ? De quoi suis-je coupable de nature ? Ou sinon, quel monstre es-tu, qui t'es installé en moi pour mieux disparaître à mes côtés ? Va-t'en !* Il passe tour à tour de la colère au désespoir, de la hâte de savoir à la rage de tout envoyer paître, à la peur de confirmer ce qui, peu à peu, se mue en certitude.

Puis vient l'apaisement, qui prend la forme d'une insondable indifférence. Quand il arrive à proximité du mur, quand les couleurs vives apparaissent à travers les buissons, il s'arrête pour reprendre son souffle et resserrer le bandeau de son bras. Ce n'est pas la peur de confirmer ce qu'il sait déjà. Une curiosité intellectuelle, tout au plus, qui ne va pas au-delà d'une question de détective qui ne serait pas concerné par la situation : a-t-il effectué les bonnes déductions pour identifier son père ? Aucune émotion derrière ce mot nouveau pour lui. Après tout, ceux qui ont grandi entre orphelins, parmi des vieux sans enfants, n'ont pas appris à considérer la paternité comme un lien naturel. Tout au plus comme un chapitre du cours de biologie : comment fait-on les enfants ? Il faut un père et une mère. On leur aurait parlé de deux éprouvettes que cela aurait suscité chez eux le même intérêt poli. Père et mère n'ont pour eux pas plus de charge émotionnelle que l'hydrogène et l'oxygène nécessaires à la molécule d'eau. Il écarte les dernières branches ; la fresque apparaît au grand jour.

Au premier coup d'œil, il sait qu'il a raison. Parmi le groupe des vieux réunis autour de la femme adultère, une absence évidente : Orsant. Mais au cou du personnage qui ressemble à Laurent, une chaîne d'or soutient un talisman qui ne quitte pas Orsant : une sorte de montre constituée de quatre petits cadrans qui symbolisent, nous a-t-il expliqué, les quatre points cardinaux qui dirigent le Consistoire, Orsant, Wersant, Norsant et Mersant, sous une même autorité, la sienne. Et puis le pantalon tombé sur les hanches, à l'ancienne mode. Oui, c'est Orsant qui est représenté sous les traits de son fils. Comment l'évidence ne lui a-t-elle pas sauté aux yeux quand il a vu la composition ? Voulait-il s'aveugler à ce point ? Ou est-ce parce qu'Orsant apparaît à un autre endroit de la fresque, au moment où les enfants entrent dans l'arche — mais de dos ! — qu'il ne l'a pas cherché dans l'épisode suivant ? Voilà pourquoi Orsant s'est laissé pousser la barbe : il s'est rendu compte, lorsque l'adolescence a fixé les traits d'adulte de son fils, que la ressemblance ne pourrait plus passer inaperçue. La barbe adoucissait la mâchoire carrée qui leur est commune, et la mèche de cheveux qu'il ramène sur son front change la forme du visage. Sur la fresque, il porte encore les cheveux tirés en arrière, et cela donne l'impression, par devant, qu'il porte comme Laurent les cheveux courts. Au fait, est-ce pour éviter que la ressemblance des chevelures ne se remarque qu'il a décrété, voici trois ans, que les garçons devaient se coiffer en brosse ? Tout devient suspect dans son comportement, à présent qu'on peut en imaginer les motivations cachées… Pourtant, si le dessin du mur d'enceinte n'est qu'une esquisse destinée à préparer la fresque du Grand Hall, l'identité des personnages devrait poser le même problème là-bas ? Et même si plus personne ne regarde avec la même intensité la fresque devant laquelle on passe tous les jours, quelqu'un aurait bien fini par se rendre compte que le personnage d'Outa-Napishtim ressemblait de moins en moins à Orsant, et de plus en plus à Laurent ! Voilà peut-être un mobile... Il faut le vérifier sans tarder.

Le chemin du retour est aussi long que l'aller, mais pas pour les mêmes raisons. Être le fils d'Orsant Ier, du guide suprême qui fascine et terrifie son entourage, est à la fois source d'orgueil et de crainte. Si les enfants n'ont pas vu, au cours des ans, leur condisciple prendre les traits de son père, il n'est pas possible que les vieux n'aient rien remarqué. Leur silence était complicité — mais de quel crime? — ou crainte de représailles. Car à présent, on peut être certain que Sacha est mort pour avoir reconnu Orsant dans la scène du mur d'enceinte, et pour avoir compris son lien avec Laurent. Laura, de son côté, a dû se rendre compte, en regardant ses dessins, qu'ils ressemblaient de moins en moins à Orsant, et de plus en plus à son ami. Pas besoin d'aller chercher le carnet de croquis pour deviner quelles pages ont été arrachées… Quant à sa mort et au transport du cadavre devant la fresque du Grand Hall, elle s'explique dès qu'on examine celle-ci de plus près : elle a été retouchée. Une main maladroite a ajouté une barbe et une mèche de cheveux au jeune Orsant. Il ne pouvait se permettre de laisser ainsi, aux yeux de tous, un portrait qui l'accusait. A-t-il surpris Laura lorsqu'elle est venue vérifier, ou a-t-elle été le trouver dans son bureau pour lui en parler? Cela expliquerait le déplacement du cadavre. Quelle imprudence, si c'est le cas! Il est vrai que l'idée même de tuer son prochain n'était pas apparue à l'orphelinat.

Laurent ne sait plus que faire devant l'énormité de sa découverte. Retrouver un père, et le savoir coupable de deux assassinats. Impossible de garder tout cela pour lui et de laisser accuser Maurine plus longtemps. Pour elle, pour lui, pour tous. Un assassin dirige la communauté depuis quinze ans, et il vient de frapper deux fois… ou deux fois de plus, peut-être. Comment douter qu'il ait aussi, voici plusieurs années — mais quand ? — frappé également la mère de Laura ? C'est cela qu'elle a voulu signifier en la représentant, perdant son sang, à ses côtés. Avait-elle conscience de ce qu'elle faisait en donnant les traits de sa mère à la femme adultère ? Avait-elle conscience qu'elle accuserait ainsi, aux yeux de tous, le guide suprême ? Sans doute, puisqu'elle a finalement renoncé à utiliser cet épisode pour les fresques du Grand Hall : si Orsant avait alors découvert le dessin qui l'accusait, Laura n'aurait pas eu le temps d'achever la fresque ! Elle a dû comprendre le danger. Mais comment, alors, a-t-elle pu se taire aussi longtemps ? Il y a là quelque chose qui ne colle pas, une incohérence que Laurent ne parvient pas à résoudre. Il doit éviter de tirer des conclusions trop hâtives avant de maîtriser tous les éléments. Mais c'est difficile, avec toutes ces pensées qui se bousculent dans sa tête. Comment fait-on pour les chasser ?

De retour dans le bâtiment, il demande à parler à Wersant, persuadé qu'il le recevra. Tout le dortoir jase sur la préférence dont il jouirait auprès du préfet de discipline. Le regard dédaigneux de Seuranne, quand il la prie d'obtenir une audience, est particulièrement éloquent. La petite souris sèche se nourrit de perfidie et se délecte des petites calomnies qui courent les couloirs. Il s'en moque. Il doit voir Wersant. Tandis qu'elle transmet la requête, il tremble devant un refus. Mais dès que Seuranne reparaît, il comprend à son sourire en coin qu'il est le bienvenu. D'un coup de menton plus dédaigneux qu'autoritaire, et sans un mot, comme si la réponse était évidente, elle le fait monter dans le bureau. Il attaque frontalement, avant même de s'asseoir à vingt centimètres. Au ton de sa question, Wersant a compris que c'était grave.

— Maître Wersant, vous ne pouvez pas détenir Maurine plus longtemps. Je sais qui a tué Sacha et Laura. Ce n'est pas elle. Il faut nous protéger contre lui, pas contre elle !

Il en reste d'abord sans voix. Il détourne la tête, comme pris au piège, roule des yeux affolés comme si on l'avait accusé en réunion publique d'avoir violé son visiteur ! Mais il reprend rapidement ses esprits, le fixe d'un regard inquisiteur, en serrant au maximum les deux boudins qui lui servent de paupières, comme on comprime un tuyau pour en faire jaillir l'eau plus violemment. Laurent ne se trouble pas. Il s'assied où on le lui propose, c'est d'emblée un entretien à dix centimètres, mais avec une gravité qui écarte toute suspicion déplacée. Wersant parle à voix basse, comme si les murs pouvaient les espionner : un vieux truc pour mettre ses interlocuteurs en confiance. Il donne l'impression de faire une confidence précieuse, à laquelle on prête foi plus aisément. On l'imagine bien en aumônier, jadis, donnant du pain avec componction comme s'il s'agissait d'un privilège quand cela faisait tout simplement partie de sa fonction. Laurent reste sur ses gardes. Une vérité bien assénée vaut mieux qu'un mensonge susurré.

— Encore tes idées… Es-tu décidé à m'en parler franchement, à présent ? Dans l'intérêt de tous, nous devons partager ce que nous savons, Laurent. Si tu es venu me voir, c'est que tu ne me soupçonnes plus, n'est-ce pas ? Alors dis-moi tout ce que tu sais. Je ne suis pas convaincu non plus de la culpabilité de Maurine, tu t'en doutes bien, mais fais-moi confiance : les choses sont complexes, et pour l'instant, il vaut mieux qu'elle soit tenue à l'écart. Pour son bien.

— Je sais qu'elle craint le retour de son père, elle m'en a parlé. Mais c'est idiot, il ne peut venir jusqu'ici, si tant est qu'il vive encore…

— Tu ne sais pas tout, Laurent.

— Et quand bien même il serait vivant, quand bien même il pourrait percer l'enceinte de diamant que personne n'a réussi jusqu'ici à ébrécher, s'il pouvait pénétrer dans l'orphelinat, nous sommes tous là pour la protéger, si un danger la menace, et nous ne pouvons pas la priver de liberté, laisser tout le monde penser…

— Tais-toi ! Tu ne sais pas tout, te dis-je, et si même je voulais… ce ne serait pas en mon pouvoir. C'est un secret qui ne m'appartient pas.

— Vous m'aviez pourtant dit que nous devions nous parler en confiance, maître Wersant. Ce n'est manifestement pas le cas. Alors, faut-il… que je demande… à mon père ?

Nouveau regard terrifié dans ce visage mou. Et à nouveau il cherche à se rassurer en fixant on ne sait quoi par-dessus l'épaule de Laurent. Le garçon a marqué un point, avec un interlocuteur dont il connaît la fragilité, ce n'est pas difficile. Mais le vieux est coriace. Il se ressaisit à nouveau, recule son fauteuil, risque un sourire dédaigneux qui tente en vain de désarçonner son vis-à-vis, et va lentement s'asseoir derrière son bureau. Fin de la tactique confidence sur canapé. Il joue en virtuose, mais son public connaît les vieilles ficelles. Il prend le temps de ranger quelques papiers, comme si la bataille n'était pas engagée entre eux, puis regarde à nouveau son visiteur, narquois.

— Eh bien soit, va demander à ton père, petit imbécile. Tu risques d'être bien reçu. Après tout, que sais-tu de lui ?

Laurent se lève d'un bond, traverse la pièce à son tour et le défie du regard. Il continue à ranger ses dossiers, imperturbable, comme si l'entretien était clos. Il n'en est rien. Il attend que le jeune homme parle pour ancrer ses raisonnements dans ses discours, comme les lichens plantent leurs racines dans les failles du mur. Laurent s'assied sur la chaise sans le quitter des yeux. Wersant a raison. Sinon son nom, le fils ne sait rien de son père. Juste qu'il n'a pas voulu le reconnaître et qu'il a été capable, pendant vingt ans, de le regarder tous les jours sans le prendre dans ses bras, sans se trahir d'un regard, sans lui accorder la moindre faveur. Qu'est-ce qui lui fait croire qu'aujourd'hui, il accéderait à sa demande… surtout si d'entrée de jeu, il vient l'accuser d'assassinat ! Parler de lui était un coup de bluff, et il a perdu. Mais il a joué sa carte, il faut la suivre. Et il a encore un atout. Peut-être. Comment en être sûr ? Il pensait avoir surpris Wersant en lui disant qu'il connaissait son père. Non seulement il a tout de suite compris de qui il était question, mais il a réagi comme si tout cela était naturel, comme s'il n'y avait aucun inconvénient à ce que ce secret bien gardé depuis vingt ans soit soudain révélé. Il faut jouer plus serré, l'attaquer plus personnellement. Laurent pose sa main sur les dossiers pour l'obliger à lever les yeux vers lui et le fixe comme s'il lançait un boomerang.

— Je sais que vous l'aimez.

Touché. Il se fige, comme si l'arme l'avait atteint entre les sourcils. Son regard fuit, une fois encore, par-dessus l'épaule gauche de son vis-à-vis, puis à travers la pièce, comme s'il cherchait une sortie pour s'enfuir, un trou de souris pour se cacher. Mais non, il lui faudra affronter sa honte, et le regard de son accusateur. Celui-ci en est certain, désormais. S'il a joui, ces dernières années, de la faveur de Wersant, c'est parce qu'il s'est mis à ressembler à celui qu'il avait aimé, quinze ans plus tôt, celui qui ne pouvait lui rendre cet amour, celui à qui il ne pouvait le déclarer, mais qui le savait, et qui en usait pour asseoir sa tyrannie, pour assurer son autorité sur un secret honteux. C'est ainsi qu'Orsant, malgré son jeune âge, a acquis petit à petit un ascendant sur tous les vieux de l'orphelinat, et la première place au sein du Consistoire : à coup de secrets glauques, de menaces informulées, de dossiers fumeux. Pour Wersant, cet amour insensé, qu'il avait reporté sur Laurent pour lui laisser, à défaut d'une chance d'aboutir, un espoir de petites victoires. Une complicité de corridor, une courte pression sur l'épaule, subrepticement, ou une caresse furtive sur la joue, comme par jeu : cela lui suffisait pour ne pas étouffer dans cet amour sans issue. Tout le monde s'en moquait, les jeunes commençaient à le pressentir, et à présent, c'est une certitude.

Wersant hoche la tête, il a perdu sa superbe, mais il n'est pas abattu pour autant, et il ne se rendra pas si facilement. Il se renverse sur sa chaise, passe la main sur son front comme pour en chasser la trace du coup qu'il vient de recevoir, et renvoie sans pitié le boomerang.

— Et après ? Oui, Laurent, tu as raison. J'ai aimé ton père, et c'est parce que tu lui ressembles que je suis bien auprès de toi. Mais crois-tu que cela te confère le moindre pouvoir sur moi ? Détrompe-toi. Ce qui te semble un secret honteux est connu de tout le monde, chez les adultes, en tout cas, et si Orsant joue de cette erreur de jeunesse, ce n'est pas pour en laisser profiter qui que ce soit d'autre, fût-ce son fils. Mets-toi bien cela dans la tête, mon garçon : tu n'as pas plus à attendre de lui aujourd'hui qu'hier. Dis-moi à présent ce que tu as à me dire et finissons-en sans menaces. Crois-moi, nous n'avons pas besoin de cela entre nous. N'oublie jamais que nous avons un but commun : protéger Maurine, et un adversaire commun : celui qui a déjà tué deux d'entre vous. Je te le jure, Laurent, nous le retrouverons et il paiera. Je te jure aussi qu'un jour, très vite, tu sauras tout. Mais pour l'instant, j'ai besoin de tes informations.

Alors, Laurent capitule, lui raconte tout. Les carnets de croquis, le mur de diamant, les fresques du Grand Hall. Les déductions qu'en ont tirées Laura, puis Sacha. Wersant ne dit rien, mais on le voit réfléchir, il sait que tout cela est vrai, il ne connaissait pas l'existence de ces dessins où subsistait le visage jeune d'Orsant. Petit à petit, Laurent lui parle des craintes de Maurine, il connaissait manifestement l'histoire du viol, la fuite, le refuge à l'orphelinat. Comment aurait-il pu en être autrement, il y était déjà, sans doute, quand elle est arrivée. Il n'a rien dit tandis que Laurent parlait, mais de temps à autre, il regardait à nouveau par-dessus son épaule, comme s'il craignait qu'on les écoute. Oui, c'est cela, le garçon n'ose pas se retourner, mais il est convaincu qu'il y a une fenêtre, un judas, quelque chose par où quelqu'un pourrait les espionner, et il a peur, soudain, il ne peut s'agir que d'Orsant. Il se tait. Il n'a heureusement rien dit des inscriptions. Personne ne doit savoir qu'il sait lire, pas même Wersant. Lui n'a encore rien dit de ce que Laurent devrait savoir. Il est bon que celui-ci conserve une monnaie d'échange… Il s'arrête. Wersant soupire.

— Qu'avez-vous tous avec vos pères ? Oui, je sais, vous êtes orphelins. Oui, nous avons tous envie de nous raccrocher à quelque chose, à un passé, à un visage. Mais si vous saviez comme vous avez de la chance de ne rien connaître… Vous êtes transparents comme le mur de diamant, et c'est vous qui pourrez construire le monde, quand nous aurons disparu. Pourquoi croyez-vous que nous n'avons rien su construire, avec toutes nos connaissances et nos capacités d'adultes ? C'est parce que nous vivons dans nos souvenirs, et que ce que nous élèverions ressemblerait trop à ce que nous avons connu. Vous seuls pourrez bâtir un lieu qui vous ressemble. C'est pour cela que nous n'avons rien voulu vous apprendre, et surtout pas le monde ancien.

— Maître Wersant, vous vous trompez…

— Tais-toi ! Tu vas dire des choses qui ne doivent pas être dites. Qu'elles restent informulées dans ta pensée, jusqu'à ce que tu oublies. Pauvre Laurent, si tu connaissais le monde ancien, tu n'aurais pas envie de le rejoindre, ou de le reconstituer autour de toi ! Les hommes étaient devenus fous, chacun cherchait à dépasser son voisin, c'était une compétition permanente, dans les sports, dans la vie professionnelle, et même dans la vie familiale, dans la vie sexuelle. Jusqu'à ce que la matière elle-même soit de la partie. Si nous n'avions pas eu en nous cette fuite en avant vers une croissance que nous croyions infinie, vers des records à battre à tout prix, nous n'aurions pas cherché l'énergie inépuisable, la multiplication monstrueuse de la matière. Crois-moi, la course à l'infini a causé notre perte, elle s'est traduite dans nos corps par la prolifération anarchique des cellules et, autour de nous, par le grand cancer de la matière dans l'emballement du monde.

— La matière ? Vous semblez dire… l'eau amère ?

Wersant se calme d'un coup, marmonne qu'il en a trop dit. Si nous voulons mettre un terme aux folies de l'ancien temps, mieux vaut ne pas les connaître. Dans son exaltation, il a parlé à tort et à travers, marchant en long et en large, jusqu'à oublier le judas où, peut-être quelqu'un les observe. Et soudain, il s'en est rendu compte, il jette un œil inquiet vers un pan de mur, et ce qu'il y surprend doit l'effrayer suffisamment pour qu'il mette fin à l'entretien.

— Tout cela, c'est le trait de génie d'Orsant de l'avoir compris. C'est pour cela que nous l'avons tous suivi quand il nous a énoncé ses projets. Nous étions la génération coupable, celle qui, toujours, regarderait vers son passé. Il nous fallait élever une génération innocente, et pour cela, il n'y avait que l'orphelinat. Une chance : les abandons d'enfant étaient de plus en plus nombreux, au bord de l'autoroute, à l'époque des vacances, et les refuges refusaient du monde. Une centaine d'âmes vierges qui n'auraient aucun souvenir du passé, c'était le lieu idéal pour mettre en pratique ses théories. Alors saisissez votre chance, mes enfants, ne posez pas de questions inutiles, et surtout pas sur vos parents.

Tout doucement, il me pousse vers la porte. Sa voix sonne faux désormais. Je n'ai plus à attendre de lui qu'un discours officiel. Surtout lorsqu'il conclut, en posant sa main sur mon épaule d'un geste qu'il voudrait amical, mais un peu trop insistant.

— Tu comprends pourquoi Orsant n'a pas tué Laura, ni Sacha. Pourquoi il n'a pas pu, et ne pourra jamais tuer qui que ce soit. Ce ne serait pas seulement un crime, ce serait la négation même de tout ce qu'il a édifié, de tout ce qu'il a voulu. Rappelle-toi son discours après le meurtre de Laura. Ce n'était pas celui d'un assassin, mais d'un Créateur qui découvre la perversion de sa créature. Fais-lui confiance, sa décision sera la bonne. Y compris pour Maurine.

Derrière les paroles de Wersant, j'entends la peur. Ce n'est pas à moi qu'il parle, mais à celui qui nous écoute et qui a enfin déserté ma tête. Oui, je sais que tu es là, Orsant, mon père, derrière un pan de mur où tu nous épies. Et mes pensées sont à nouveau à moi. Tu ne me fais plus peur.

Dans la voix de Wersant, je sens qu'il parle pour toi. Il a peur. Je dois comprendre l'inverse de ce qu'il me dit. Je suis le fils d'un assassin. Et tu veux du mal à Maurine. Voilà la vérité qui me revient, transposée, du discours de Wersant. J'ai suivi son œil sur le panneau de gauche. J'ai vu que la gravure représentant une colombe tenant dans son bec un rameau d'olivier s'était légèrement déplacée, avancée, plutôt, de deux ou trois centimètres, pour laisser le son pénétrer dans une pièce voisine. Or voilà : depuis vingt ans, je me suis fait une idée claire de l'orphelinat, y compris de l'espace occupé par les pièces interdites. Et de ce côté, j'en suis sûr, il n'y en a aucune.

Chapitre VII

Une petite aigrette

La mort de Sacha a laissé un vide dans l'organisation de la jeune communauté masculine. Il ne tardera pas à être comblé. Laurent ne veut pas de cette place, que pouvait lui garantir son âge : trois ans, quatre ans, presque cinq, pour ceux qui avaient été abandonnés à leur naissance, cela compte, à l'adolescence, et le prestige de la tunique adulte aurait fait le reste. À quoi bon ? Mais ce n'est pas à l'âge que l'on doit gagner l'autorité de gamins turbulents. Surtout quand ils sont gouvernés par des vieux, et qu'ils n'ont gardé de leurs parents que le souvenir d'avoir été abandonnés le long d'une autoroute. Cela rue dans les brancards. Sacha avait assis la sienne sur sa réputation de chasseur, sur sa haute taille, presqu'un mètre soixante-dix, et sur une musculature impressionnante. Revendiquer sa succession exigerait de soutenir la comparaison, et il se serait attiré des sarcasmes ou des remarques désagréables, sur ses mauvaises prises à la chasse, ou sur sa peur du noir qui fait ricaner, la nuit, dans les dortoirs. Ce n'est pas pour autant qu'il renonce à jouer un rôle parmi les jeunes, mais la demande doit venir d'eux.

Et puis, il doit mettre de l'ordre dans sa tête avant d'en mettre autour de lui. En finir avec cette voix qui lui dicte sa vie, qui se déchaîne dans ses rêves, qui commente ses gestes les plus banals comme s'il s'agissait d'actes fondateurs. L'autorité est un autre théâtre qu'il ne se sent pas la force d'assumer. Avec Maurine, parfois, il parvient à la faire taire, et il se dit que c'est peut-être cela, l'amour, un acte si pur qu'il ne se pense pas, si évident qu'il ne se commente pas. Mais est-il amoureux ? Comment en être sûr, sans avoir jamais vécu rien de tel ? Dès que Maurine n'est plus là, la question revient, insidieuse, et anéantit tous ses efforts. Il pouvait croire, avant, que c'était la voix d'un père qu'il n'avait jamais connu et qui lui demandait des comptes, le soir, comme on examine un bulletin scolaire. Désormais, ce n'est plus possible. Son père a pris un autre visage, tout aussi impénétrable, tout aussi détesté, mais ce n'est pas celui de la voix.

En es-tu sûr ? On ne se débarrasse pas de moi si facilement, Laurent. Je suis aussi la voix que tu refuses, la plume qui t'écrit, le destin qui te guide. Accepte-le, accepte-moi, saisis la chance comme je l'ai fait moi-même, voici quinze ans : aucune communauté ne peut survivre sans chef, et nous sommes de la race de ceux qui décident. Prends la tête des jeunes comme j'ai pris le commandement des vieux. Ensemble, nous serons invincibles.

Non. La décision, cette fois, sera la mienne. Si je suis invincible, c'est d'abord en montrant que tu n'as pas réussi à me vaincre. Si je suis condamné à vivre dans un roman, j'en serai le narrateur. Et c'est moi qui l'écrirai, que crois-tu ? Je maîtrise déjà les bâtons et les cercles. Le corbeau blanc m'apprendra à lire et à écrire la vie que tu crois me dicter.

Il est si facile de ne pas être le chef. Il suffit de se taire. La Nature a horreur du vide, et l'homme du silence. Il y a toujours quelqu'un pour parler. Sans trop de surprise, Mathieu, l'équipier de Sacha, se détache le premier sur la liste des prétendants, quoique son jeune âge — il n'a pas atteint les seize ans — et sa petite taille — la malnutrition ne favorise guère la croissance, mais l'amitié de Sacha, pour lui, s'était monnayée en tributs sur sa ration quotidienne — ne le prédisposent pas à ce rôle. En revanche, Mathieu a développé une puissance musculaire peu commune : il partageait tous les entraînements de Sacha et l'accompagnait dans toutes les expéditions. Personne n'aurait songé à le défier sur ce terrain. Ce sac de nerfs et de muscles cherchait le moindre motif de bagarre pour rappeler à tous sa supériorité physique. Sacha l'avait sans doute choisi pour lieutenant pour ne pas avoir à l'affronter.

Laura, bien informée sur beaucoup de choses, prétendait que Mathieu disposait de puissantes protections parmi les vieux et qu'il serait devenu le chef s'il n'avait pas été le cadet. Les orphelins étaient encore jeunes lorsqu'on a organisé les dortoirs. À huit ou neuf ans, cela compte, l'approbation des vieux, et Sacha avait été obligé de le prendre comme lieutenant pour que son autorité soit reconnue par eux. Rien n'en a jamais paru. Mais lorsque Mathieu s'est mis sur les rangs pour succéder à Sacha, chacun a constaté qu'il avait été éduqué pour assumer un jour le commandement. En revanche, pour prendre la place restée vacante, il lui fallait un acte. Le pouvoir se prend, il ne se ramasse pas sur le corps du chef.

La question n'a pas été posée. Elle est suffisamment présente dans les esprits. Entre deux cours de Mersant, durant la récréation qui réunit les élèves dans le terrain de jeux, à l'arrière de l'orphelinat, pour une fois, personne n'a le cœur à pousser un ballon du bout du pied. La cour de récré occupe la partie la mieux protégée de l'ancienne forêt qui couvrait les flancs de la montagne. Les vieux y emmenaient volontiers les classes, car elle était à l'abri des vents et des pluies acides, les premières années. Petit à petit, les arbres se sont desséchés, comme les autres, à tel point qu'on a fini par y dégager un espace suffisamment grand pour y aménager un terrain de foot. L'espace, plus plat, s'y prête mieux, il a suffi d'arracher les racines, en laissant deux troncs secs de part et d'autre pour délimiter les goals. C'est devenu la réserve des gamins, le lieu où l'on discute des grandes questions et où l'on vide les querelles entre deux parties. Tous attendaient le moment de s'y retrouver.

Et c'est Laurent que Mathieu a choisi pour marquer le début de son règne. Défier le plus âgé, le plus grand, et pour autant le moins querelleur de ses camarades a dû lui sembler un acte à la fois symbolique et sans grand risque, d'autant que le bras en écharpe lui ôtait une grande partie de ses forces. Les mauvaises raisons ne manquaient pas pour lui chercher querelle. La faveur singulière de Wersant était un bon départ. Elle permet les plaisanteries faciles, les allusions insidieuses qu'il se gardait bien de relever. S'indigner, c'était reconnaître qu'elles auraient pu avoir le moindre fondement. Les ignorer d'un sourire ou d'un haussement d'épaule, c'était leur conserver leur statut de plaisanteries de dortoir, de fictions gamines. De telles subtilités échappaient à Mathieu, qui ne voit dans ses silences qu'une faiblesse invitant à pousser l'avantage.

Alors le nom de Maurine a été prononcé, au détour d'une boutade, comme pour le dédouaner de toute idée suspecte concernant Wersant, mais avec plus de perfidie encore. À la suite de Mathieu, tout le groupe s'y est mis. Les insinuations les plus sournoises se nourrissaient de jalousies longuement rentrées. En quelques instants, ce fut un déluge de sarcasmes. N'avait-il de goût que pour les hommes et pour les criminelles, pour tout ce qui se place en rupture de l'ordre établi ? À quoi était-il prêt pour que Wersant fasse libérer celle qu'il aimait ? Allait-il échanger sa tranquillité contre des faveurs contre-nature, des caresses qui dépasseraient l'effleurement d'une joue ou l'insistance d'une main sur les épaules ? Ou alors, c'est qu'il était complice des deux meurtres que l'on attribuait toujours à son amie ? Son obstination à la défendre était bien la preuve qu'il n'avait pas la conscience tranquille. D'ailleurs, il tâchait toujours de préparer sa fuite ! Ses escapades vers le mur de diamant ne sont pas passées inaperçues. N'est-ce pas pour savoir comment le briser qu'il s'est rapproché de Maurine ? Son espoir de partir, au risque de rompre le rempart qui protège l'orphelinat de l'extérieur, de le laisser se noyer dans l'acide, est par essence même criminel. Dorian, qui émet l'hypothèse dans le concert des lazzis, n'y croit sans doute pas un instant, mais parmi ses camarades plus crédules, la peur de voir le flot submerger le refuge trouve un écho inquiétant. Voilà soudain la culpabilité rêvée !

— C'est criminel, piaille Dorian. Maurine, au moins, n'a que deux cadavres sur la conscience !

Une connerie parmi d'autres, plus stupide que toutes les autres, mais la connerie de trop. Laurent ne peut plus supporter ces insinuations grotesques, qui s'en prennent à ce qu'il a de plus cher au monde : Maurine et son désir d'évasion. Derrière cette hargne à laquelle personne ne pouvait s'attendre, il y a trop de peurs réfrénées, de lassitude devant cette vie cloîtrée à jamais, absurdement, sans autre horizon qu'une muraille indestructible ni d'autre espoir que celui de survivre de champignons et de corbeaux. Il y a trop de doutes, apparus peu à peu et restés informulés, au fur et à mesure qu'Orsant s'enfermait dans ses rêves de monde vierge à reconstruire avec des rescapés qui n'avaient pas la mémoire d'avant. Trop de questions restées sans réponse, parce qu'il n'y a personne à qui les poser et que le Texte, venu on ne sait d'où, est censé fournir les réponses convenues à toutes les angoisses. Tout cela éclate soudain, parce qu'à travers Laurent, des adolescents morts de trouille peuvent s'en prendre à un quasi adulte, mais sans aller jusqu'à défier le puissant Consistoire ni le mythique cercle des vieux. Tout cela est lamentable et lui donne la nausée. De son bras valide, il écarte la grappe humaine qui s'est agglutinée autour de lui et se dresse d'un jet, comme si les mots qu'il retenait le gonflaient d'un coup d'une énergie sauvage. Et tout cela explose.

— Parce que vous, votre résignation n'est pas plus criminelle encore ? Parce que vous y croyez vraiment, au paradis que vous allez construire pour des enfants que vous élèverez dans un enclos, à aller tous les dimanches regarder les morts derrière les murs ? Bande de minables ! C'est à cela que s'arrêteront vos espoirs ? C'est à cela que se limitent vos rêves, prolonger ce semblant de vie dans une prison de diamant ? Vous n'avez aucune autre ambition que de transmettre à des enfants que vous n'avez pas encore engendrés une famine pire que la nôtre, un avenir plus emmuré que l'orphelinat ? Eh bien moi, je vous le dis, il y a aussi de la vie derrière le mur. Je ne sais pas si la mer acide a descendu, si des terres ont à nouveau émergé, ou si d'autres îlots ont été préservés. Je ne sais pas si quelqu'un, là-bas, a enfin trouvé l'antidote, ou si la puissance de l'acide s'est atténuée avec le temps, mais je sais qu'il y a de la vie, et qu'elle s'organisera sans nous si nous n'allons pas la rejoindre. Il y a de l'espoir, du désir, tout ce qui vous manque, tout ce que les vieux ont réussi à étouffer.

— Écoutez-le, voilà qu'il se prend pour Orsant II !

— Et alors ? Parler comme Orsant ne veut pas dire penser comme Orsant ! N'est-ce pas lui qui nous a interdit d'aller jusqu'au mur, comme s'il craignait que nous y découvrions quelque chose ? N'est-ce pas lui, avant, qui organisait les promenades dominicales vers les morts, ce qui nous a toujours dissuadés d'aller explorer ailleurs ? Vous trouvez normal, qu'après quinze ans passés dans un monde clos, nous n'ayons pas encore songé à faire le tour de l'enceinte ? Qui nous a dit qu'il n'y avait pas de porte ?

— Le Texte !

— Et d'où nous vient-il, le Texte, sinon de la bouche d'Orsant ? Eh bien moi, je vous le dis, si nous sommes entrés ici, nous pouvons en sortir, et au-delà, personne n'est allé voir si l'eau amère continuait à ronger la vie ou si ce n'est pas une invention d'Orsant pour nous maintenir en son pouvoir.

— Orsant a le Texte, mais toi tu n'as que des mots.

La raillerie fait mouche. Oui, il n'a que des mots. Oui, il se met à parler… comme son père. Mais c'est parce qu'il a la même force en lui, qui lui vient de lui et qui aura toujours raison des muscles compacts et des pensées épaisses, c'est parce qu'il a vingt ans, et que quelque chose gonfle son cœur, gonfle sa voix. La preuve, c'est que la voix se tait dans sa tête, elle est dans sa gorge, dans ses poumons, elle l'envahit tout entier, et il parle, et ils écoutent, comme ils écoutent Orsant qu'ils respectent et qu'ils craignent, qu'ils aiment et qu'ils détestent, parce que derrière leur peur et leur résignation, il y a toujours un petit grain d'espoir. *L'espoir. Le mot vous dit-il quelque chose? Celui que nous avons tous dans le cœur à quinze ans, avant que les vieux ne l'écrasent et le pilent pour en extraire la bonne farine de l'obéissance. Je suis celui-là qui fera germer l'espoir avant que la meule ne se mette en route. Je suis celui-là qui vous mènera hors de l'orphelinat comme Orsant est celui qui vous y a fait entrer. Notre vie est un roman, et désormais, c'est moi qui l'écris. Écoutez-moi! Je suis le nouveau maître des mots.*

Ils hésitent, se regardent. Mathieu voit le vent tourner — ils sont si jeunes — il doit redresser la situation — il a tort, car il ne peut plus que briser les espoirs. Il ne peut plus qu'être la voix d'Orsant, la main de la meule, et non la voix de Sacha, en qui chacun voulait se reconnaître. Et surtout, Mathieu n'a pas les mots, il n'est pas le fils d'Orsant. Cela se sent dans sa voix.

— Des désirs, des espoirs, parce que tu t'imagines que tu es le seul à avoir des désirs, parce que tu as vingt ans et que tu nous méprises ?

Sa voix n'est pas assurée, elle s'étrangle à chaque mot, il doit l'aider de ses mains pour qu'elle soit crédible. Il pousse Laurent à travers le terrain, infiniment, vers les deux troncs qui servent de goal. À chaque mot, une bourrade qui le fait reculer d'un pas. Ses mains frappent violemment les épaules, la douleur devient si intense dans le bras blessé qu'elle s'annihile, comme si, passé un certain point, elle ne pouvait plus exister. Toute l'énergie de Laurent se concentre dans son regard. *Je ne veux pas me battre, ce n'est pas par les muscles que l'on garde le pouvoir, quand bien même a-t-on réussi à le prendre, tu faiblis, Mathieu, non, tu es faible, tu as toujours été faible parce que tu ne sais qu'aligner les mots, tu ne sais pas les faire rouler sous la langue pour qu'ils s'entrechoquent, créent des étincelles, embrasent les cerveaux. Je ne veux pas me battre, parce que tu es déjà vaincu, mais tu es trop bête pour le comprendre, ma placidité stimule ton pauvre petit courage, t'enhardit, te monte à la tête, ta pauvre petite tête, sans idées, et sans mots. Tu es perdu, parce que même si tu me bats, tout le monde dira que tu as profité de ma blessure. Tu as perdu, Mathieu, tu ne contrôles plus tes paroles, et de moins en moins tes gestes. Tu as perdu, Mathieu, parce que je n'ai pas même besoin de parler pour que mes mots s'inscrivent dans toutes les têtes. Sauf dans la tienne, idiot, parce que tu confonds toujours le silence et la défaite.*

— Tu nous méprises, oui, et puis, tu sais quoi ? Tu nous fais chier, Laurent, avec ta gueule enfarinée et tes vingt ans à la con. C'est pas pour rien que tu parles comme Orsant, merde, t'es sa gueule toute chiée. Ah ! le Sauveur, oui, lui il nous a emmenés ici et toi tu veux nous en délivrer. Mais on n'a rien à foutre, nous, de tes désirs et de tes grandes idées. Lâchez-nous la grappe, et vous verrez si on est capable de vivre sans vous !

Rien à foutre, vraiment ? Tu ne les vois pas, derrière toi, Mathieu, ils ne savent plus qui écouter, et tes mots vulgaires s'écrasent comme des merdes sur leurs espoirs comme les miens les font rêver. Je parle comme Orsant ? Et toi, tu les étouffes comme Orsant. Tu es la voie droite qui fera peut-être un jour la peau à Orsant, mais qui ne mènera jamais qu'au mur, qu'à la prochaine génération qui vivra dans son mur en rongeant les os des corbeaux, jusqu'à la génération suivante qui n'aura même plus d'os à sucer, mais qui aura toujours le mur, le mur qui est dans tes yeux, dans ta voix, dans ton cœur, plus fort, plus indestructible encore que celui de diamant. Voilà ce que tu es, Mathieu, et les yeux, derrière toi, le disent, et tu ne le vois pas, et je le vois, et tant pis si je tombe, j'ai gagné.

À force de reculer, de parler et de se taire, ils sont arrivés aux limites du terrain et Laurent trébuche sur la racine d'un des deux troncs qui le délimitent. Il s'étale de tout son long, à la renverse. Le vent, dont les protégeait le mur de l'orphelinat, l'a giflé plus violemment que les bourrades, c'est comme s'il avait été le ballon lancé dans les buts. Selon des règles informulées, la chute devrait clore la bagarre. Du moins, c'est toujours ainsi que ça s'est passé. Mais Laurent n'a jamais pris part à ces jeux de mains et de gamins où l'on tente de prouver sa détermination, bien plus que sa force, en faisant tomber l'adversaire. Et il ne supporte pas, lui, de se retrouver à terre au milieu du groupe soudain hilare. Il ne se sent pas humilié, non, car il ne s'est jamais battu et n'a rien à démontrer. Il ne se sent pas, tout court. Il ne sent plus son bras meurtri, ni son bras valide. Une bouffée de chaleur l'envahit, attisée par le vent, un voile rouge lui dérobe un instant le monde, et une énergie qu'il ne se connaissait pas le propulse d'un coup sur ses deux pieds, sur Mathieu qui savourait déjà son triomphe. Lui qui ne s'est jamais battu, il fond sur son adversaire comme s'il voulait le tuer, mais il ne sait pas se battre, il ne lui assène ni bourrade, ni claque, ni coup de poing. Sans réfléchir, il le saisit à deux bras. Un instant la douleur revient, fulgurante, mais elle ne desserre pas son étreinte, elle le tétanise, il serait incapable de relâcher sa prise ; et il serre, serre à l'étouffer, soulève le petit corps râblé qui ne parvient pas à dénouer l'étreinte — qui y parviendrait ? Laurent lui-même serait incapable de desserrer les deux bras, qui ne lui obéissent plus, qui sont les bras de la Mort, il ne réfléchit plus, il serre, elle serre, c'est son énergie qui l'habite, il n'entend même pas les autres crier qu'il étouffe Mathieu, qu'il le broie, ce n'est pas lui, qu'il va tomber mort dans ses bras, et que cette fois, il n'y aura pas à chercher loin l'assassin, il serre, elle serre, il serre et n'entend pas, ne se sent pas, il n'est que cette étreinte et cette haine, quand soudain…

— Regardez !

… quand soudain, un mot lui échappe. Quand soudain, une minuscule poussière a passé devant ses yeux, qui a rompu le charme, vaincu la Mort, desserré l'étau de ses bras. Tout s'est figé en un instant, la tension s'effondre d'un bloc, disloque son énergie, dénoue ses bras qui retombent comme des manches vides le long de son corps. La douleur le ressaisit d'un coup, il mord ses lèvres sur le cri qui a failli lui échapper, personne ne le remarque. Mathieu glisse sur lui et s'affale sans un mot. Personne ne s'en soucie. Tout le monde regarde, bouche bée, cette petite poussière qui a brisé l'enceinte de la colère et qui se balance, narquoise, entre deux airs. Il la désigne de la main gauche, bras tendu, les yeux le suivent, et il en profite pour glisser discrètement le bras droit dans son écharpe salvatrice.

— Qu'est-ce que c'est?

Qu'est-ce que c'est, Dorian? Une petite aigrette emportée par le vent, qui plane, ironique, capricieuse, au gré du vent. Ce n'est rien, moins qu'un lichen, moins qu'une épine de buisson mort, ce n'est pas plus épais qu'un cheveu, mais c'est la vie. Et derrière elle, un monde, un nouveau monde. Il le sait, lui seul le sait, il le dit.

— C'est une aigrette. Une aigrette de pissenlit, qui cherche une terre pour se poser et engendrer un autre pissenlit.

Le mot les fait rire, ils se poussent du coude, cela n'évoque pour eux que des frayeurs d'enfant, des humiliations publiques, des fessées pour les uns et des crises de fou-rire pour les autres. Ce n'est pas le mot sous lequel il aurait envie de désigner un nouveau monde, mais il est là, tout cru, évident, ce n'est qu'une aigrette de pissenlit et c'est la vie devant eux, leur vie, leur espoir.

— Pourquoi… pourquoi n'en avons-nous jamais vu?

— Précisément parce qu'il n'y a pas de pissenlit à l'intérieur du mur.

Pas besoin d'en dire davantage, tous ont compris. Tous ont oublié le ridicule du mot et ont vu la minuscule poussière se gonfler d'un espoir inouï. Ils restent figés, ébahis, à plisser des yeux pour ne pas la perdre de vue, parce que le vent la confisque, souffle, souffle plus fort, la remporte comme il l'a amenée, en la faisant tourbillonner vers le ciel. Mais le vent n'est pas leur ennemi. En emportant l'éclaireur, il amène l'avant-garde, puis toute l'armée ! C'est tout un vol d'aigrettes qui se répand autour d'eux comme un nuage de poudre magique ! Cela ne s'est jamais vu, c'est une danse aérienne et fluide, une écharpe qui se replie et se déplie sous leurs yeux, dont le soleil s'empare pour la transformer en poussière d'or. Ils restent là, bouche bée, à suivre des yeux ses pas capricieux.

— Mais alors ?

C'est tout ce que parvient à murmurer Mathieu, que l'on avait oublié. Il se relève, les yeux grands ouverts ; saisit au vol un de ces minuscules fruits cherchant une terre où s'enraciner. Mathieu regarde Laurent, regarde l'aigrette, secoue la tête, rit, regarde Laurent… Chacun retient son souffle. Personne ne veut rompre la magie de l'instant en rallumant la querelle. Mais on n'a jamais vu Mathieu rayonner de la sorte. Ni aucun d'entre les orphelins, d'ailleurs. Les visages sont fermés, ici, ou quelquefois sourient, mais aujourd'hui, ils irradient.

— Mais alors, Laurent, c'est toi qui as raison ! S'il ne vient pas de notre enceinte, il ne peut venir que de l'autre côté du mur ? Il y a de la vie, là-bas, une autre vie que la nôtre ! Tu as raison, Laurent, nous ne sommes pas seuls au monde !

Je me tais, tout entier à cette double découverte : oui, il y a une autre vie ailleurs, de cela j'en étais sûr ; mais surtout, cette vie, cette aigrette, cet espoir, a aussitôt germé en chacun de nous, c'est une boule de désir brut et impérieux qui explose en chacun de nous, comme si elle n'attendait que cela pour faire battre nos cœurs. Même Mathieu, en qui je voyais le comble de la résignation, prête à se battre pour ne pas réveiller en elle le moindre espoir, même Mathieu est fasciné par cette graine minuscule porteuse d'une aussi forte nouvelle. Fasciné, au point de reconnaître l'impensable : j'ai raison. La chanson de Maurine me revient en tête : Dieu m'a donné sa grâce, et cet espoir. Peut-être est-ce cela, Dieu : une aigrette de pissenlit ? Si peu de chose qu'on a fini par l'oublier, mais qui revient un jour, narquois, danser sous les yeux rien que pour savoir s'ils sont encore capables de le distinguer.

— À moins qu'elles ne viennent d'un endroit que nous n'avons pas encore exploré, murmure un gars qui refuse de croire à la vie.

— Il n'y a qu'à aller voir.

Le cri ici encore a jailli de la petite troupe, qui d'un même pas et sans prendre la peine de se mettre d'accord, suit l'envol des aigrettes, remonte le flux pour en trouver la source. Laurent suit, à l'intérieur du groupe, cette fois, comme les autres. Et cela lui donne chaud au cœur. Car derrière l'aigrette, il revoit le pissenlit, cette petite boule duveteuse dressée sur sa tige pour mieux s'offrir au vent, et derrière elle, un visage de femme, qui souffle d'un air malicieux — *Regarde!* — toutes les aigrettes vers le sien, et sur ce visage, un sourire — il le reconnaît, le visage, le sourire, comme il a aussitôt reconnu l'aigrette. Il y a du sang sur la nuque. C'est le visage de la femme adultère, sur le mur, la mère de Laura. Que vient-elle faire dans sa mémoire ?

Quand ils arrivent près du mur, il n'y a plus le moindre doute. Tout un fleuve d'aigrettes de pissenlits franchit la frontière de diamant, malicieux, s'étirant jusqu'à l'horizon, pour leur délivrer l'incroyable nouvelle : la vie ! Mais le mur, hélas, est toujours là, impassible et invisible, que l'on ne peut démolir ni même ébrécher, et quelques aigrettes se sont déjà écrasées sur lui, comme les morts grimaçants.

C'est alors que me revient en mémoire une des accusations fantaisistes qui pleuvaient sur moi, tout à l'heure : n'était-ce pas pour apprendre comment briser le mur que je me suis rapproché de Maurine ? Sur le moment, l'absurdité de la proposition m'avait empêché de prendre conscience de sa portée. Mais tout à coup, devant le mur où nous sommes si souvent allés, les paroles de mon amie me reviennent en mémoire : « Il est venu me chercher. » Le père de Maurine — du moins elle l'en croit capable — saurait donc comment briser le mur pour venir rechercher sa fille ? Comment cela est-il possible, sauf si… Je repère le garçon qui m'avait lancé cette allusion venimeuse, tout à l'heure. Il semble étonné de ma question.

— Vraiment, Laurent, tu dois être le seul à l'ignorer ! Le père de Maurine, c'est lui qui a inventé le diamant expansé. Il doit bien savoir comment le briser…

Il rejoint bien vite les autres, accrochés au mur, vers l'intérieur, comme un hideux miroir des morts accrochés, dans tous les états de décomposition, sur la face extérieure. Et tous guettent, au loin, au-delà de l'horizon, ce qu'annoncent les petites graines : un autre îlot, avec ses pissenlits, ses prairies de pissenlits, et des hommes, d'autres hommes, qui soufflent dessus pour envoyer au large ce nuage d'aigrettes, comme on lance une bouteille à la mer.

Et pour Laurent, tous ces hommes ont le même visage de femme, un autre visage qu'il ne peut mettre, à nouveau derrière ce mot dont il cherche toujours la signification : Dieu.

* *
*

Le visage de femme est réapparu dans la nuit, entre veille et rêve. Et les paroles qu'elle murmurait, le jour des aigrettes. « Tu penseras aux pissenlits chaque fois que tu chercheras ce que cela veut dire, le bonheur. » Et le bonheur avait son visage, le visage rayonnant que nous avions tous, tout à l'heure, lorsque l'aigrette est revenue. La satisfaction est une sérénité, le plaisir un sourire, la joie est un rire, mais le bonheur est cette irradiation de l'individu tout entier qui nous a saisis aujourd'hui. « Tu penseras aux pissenlits… » Je me souviens d'avoir répété cette phrase, durant des jours et des jours, dans le noir — où étais-je enfermé, et pourquoi ? — en hurlant « ce n'est pas vrai, tu as menti » — mais qui avait menti ? Je ne voyais plus les aigrettes, je ne voyais plus rien, il faisait trop noir, mais le pire est que le visage avait menti. Mentir, c'est pire que disparaître. Puis la phrase a perdu ses couleurs, sa vérité, je l'avais trop hurlée, piétinée, ou il faisait trop noir. De toute façon, après la Grande Catastrophe, le bonheur est devenu un mot sage que nous confondions avec les petits plaisirs qui succédaient aux grandes peurs. La terre qui ne tremblait plus suffisait à notre bonheur.

Mais aujourd'hui, je le sais, une aigrette de pissenlit est plus importante que la fin d'un tremblement de terre. Si la terre s'ouvrait là, sous mon lit, et que ma vie s'arrêtait ici, elle serait tout entière justifiée dans cet instant où une petite fée poussière a dansé sous mes yeux et arrêté le combat.

La femme, derrière le pissenlit, n'a plus d'importance. C'est elle qui m'a trahi. Voilà pourquoi Laura l'a représentée en femme adultère. N'est-ce pas cela, une femme adultère ? Celle qui trahit, qui brise le petit cocon de bonheur dans lequel chacun croit s'être endormi ? Son visage est devenu gris, comme les autres, seule la petite tache de sang, sur la nuque, a pu lui rendre un semblant de couleur. Derrière elle, il y a des hommes, je ne les reconnais pas. S'il n'y en avait qu'un, ce serait mon père, mais là, ce sont trois ombres, grises, je sens du malheur. Le gris est un prélude au noir. Je me suis dressé sur mon lit, j'ai regardé très fort. Il fait sombre dans le dortoir, il y a des rideaux aux fenêtres, mais j'ai appris à distinguer toutes les nuances du sombre qui ne sont pas du noir. L'anthracite, le gris-fer, l'ardoise, le noir de fumée, tout ce qui me permet de croire que le noir n'est pas absolu. Je devine les formes des lits endormis, et quand je passe mon bras devant mes yeux, je perçois encore son mouvement dans le chiffonnement de l'air. Tout cela m'aide à lutter contre les vieux, contre moi-même. À dormir, parfois.

Aujourd'hui, je sais que je n'aurai plus besoin d'inventer des subterfuges. Il me suffira de penser aux aigrettes de pissenlit.

Chapitre VIII

Le visiteur

Les aigrettes de pissenlit ont donné à Laurent un ascendant soudain sur la communauté masculine du Mont-Dore. Non seulement il a eu raison contre toute attente, mais il a attisé en eux cette petite flamme qui couvait sous la cendre : l'espoir. L'espoir est comme le bonheur : un mot si banal, devenu si commun qu'on le confond volontiers avec le simple désir d'être encore là demain, dans le même petit tas d'os et de chair, à pousser sa vie comme un déambulateur un peu plus loin. On en oublie qu'il suffit de souffler sur les braises pour rallumer au fond des yeux une flamme qui n'est jamais éteinte, même après la Grande Catastrophe qui a ravagé la terre. Et la petite flamme de l'espoir se met à danser, comme une aigrette, de regard en regard, elle est contagieuse comme le bonheur, car comme le bonheur, elle est la substance même de la vie. Quelquefois, il suffit de frotter les mots de tous les jours pour les faire briller dans les yeux.

Bien sûr, si la petite aigrette n'était pas passée dans la lumière, il serait mort, ou Mathieu serait mort, et le survivant n'aurait pas été un chef, tout au plus un tyran plus fort que son rival. Il ne l'oublie pas. Mais eux n'oublient pas qu'il a fallu y croire, qu'il a fallu quelqu'un pour désigner du doigt le minuscule filament qui peut passer pour un corps flottant traversant le champ oculaire. Il n'a été que cela, mais il l'a été : le doigt qui montre l'espoir, quand la résignation leur a été inoculée à la naissance. Un espoir encore sans consistance, léger comme ces aigrettes qui arrivent soudain et s'envolent aussitôt, mais le premier, le seul depuis qu'ils ont été enfermés dans l'enceinte de diamant. Mais comment nourrir cet espoir, qui repose sur si peu de chose, un souffle venu d'on ne sait où ? Lui-même a de la peine à l'entretenir.

Pourtant, dans l'énergie sombre qui l'a poussé à se battre et l'énergie folle qui les a tous halés vers le mur, il a découvert un phénomène surprenant : il ne ressentait plus la douleur de son bras. Non qu'elle ait disparu : l'énorme ecchymose qui le traverse comme l'empreinte du bâton en témoigne. Elle a viré au violet et commence, sur les bords, à passer par toutes les couleurs de l'arc-en-ciel. Mais en se concentrant sur la douleur, il parvient à la condenser en une zone de plus en plus étroite, puis en un point qu'il efface mentalement. Il a ôté l'écharpe qui le maintenait en douleur. Ce n'est pas la guérison, mais son espoir, et ce geste bravache a suffi à attiser en chacun des orphelins cette étincelle nouvelle et encore si fragile.

D'autant que, le lendemain même du jour où les aigrettes ont retourné le monde, un événement inattendu vient rejeter l'inquiétude dans les esprits. Ils étaient encore dans les dortoirs quand la terre s'est mise à trembler. Légèrement, sans doute. Rien à voir avec les séismes qui ont remodelé jadis le paysage de la terre. Mais cela faisait dix ans qu'il n'y avait plus eu de phénomène semblable sur le Mont-Dore. La plupart d'entre les gamins étaient trop jeunes pour avoir conservé les réflexes. C'est Laurent qui a dû leur crier « Les oreillers sur la tête ! » et ils lui en ont été redevables. Chez les filles, qui n'avaient pas eu le réflexe, certaines furent légèrement blessées par des objets tombés des étagères ou, si elles avaient voulu se glisser sous leur lit, par des bris de verre courant sur le plancher. Les garçons étaient fiers de leur nouveau chef, mais lui était inquiet et ne pouvait pas le montrer : que pouvait signifier la reprise de l'activité sismique ? La dernière île était-elle en train de disparaître ?

Le même jour, comme pour mieux tuer en lui le germe de l'espoir, celui qui l'incarnait en portant les messages du dehors a disparu. C'est Mathieu, le nouveau grand chasseur devant l'Éternel depuis la mort de Sacha, qui en a eu raison. Parmi ses proies de la journée, Laurent a reconnu le corbeau blanc, le col taché de rouge. Il a dû pâlir aussi fort que le petit corps blessé, car tous s'en sont rendu compte. Mathieu, qui s'attendait à des compliments pour cette prise insolite, a été un moment décontenancé. Il a compris qu'il avait, sans le savoir, brisé un de ces signes impalpables sur lequel repose l'espoir. Aux questions pressantes, agressives, de Laurent, il a balbutié quelques indications sur l'endroit où il a abattu l'oiseau. Près du mur de diamant, on s'en doutait, et il y a fort à parier qu'un nouveau message y a été délivré à l'intention de Maurine. Pas la peine d'interroger le gamin : il ne sait pas lire. Sait-il seulement ce que sont les mots ?

Sans attendre le partage du repas, Laurent a confisqué la petite victime et s'est précipité vers l'endroit désigné par Mathieu. Quelques-uns ont voulu le suivre, mais les plus âgés les ont arrêtés, comprenant d'instinct qu'il avait besoin d'être seul. Il a suivi la piste de Mathieu à travers les épineux, puis les buissons brûlés. Au moment où la foulée de ses pas a disparu, le mur est apparu entre les branches. De loin, il a reconnu les signes. Ils formaient un message d'adieu, désespéré :

NE ME JUGE PAS, NE ME JUGE PAS,
MAIS BAIGNE-MOI DE TES LARMES.
NE ME JUGE PAS — JE SUIS DEVENU FOU

Le père de Maurine, s'il s'agit bien de lui, n'aura plus rien à leur apprendre. Laurent s'est assis devant le mur, et a posé sous l'inscription le petit corps blanc maculé de rouge, comme une offrande, ou une demande de pardon. Et il a attendu. Quand le soleil s'est posé sur l'horizon, enfin, une barque a glissé sur les eaux. Une barque étrange, et « glissé » n'est peut-être pas le mot approprié, car elle se tient au-dessus des flots, à une très légère distance, comme si elle reposait sur un fin matelas d'air. Un aéroglisseur comme ceux des rescapés qui, jadis, venaient mourir accrochés au mur. Depuis des années, il n'y a plus d'essence pour les nourrir, ni de terres émergées pour les reposer. Laurent pensait que les derniers s'étaient dissous dans l'acide. En tout cas, cela explique que l'inconnu ait pu venir jusqu'à eux. Mais cela signifie bien qu'il vient d'une autre terre émergée, et qu'il a pu y stocker du carburant. Le fait seul est significatif : il lui a fallu une force de caractère incroyable pour ne pas être tenté de s'enfuir, durant quinze ans, et un événement considérable a dû se produire pour qu'il coure le risque d'épuiser la précieuse réserve en venant, tous les jours, jusqu'ici, tracer des messages incompréhensibles que personne ne pouvait lire. L'inconnu qui se tient au-dessus des flots est leur sauveur, ou un fou. Ou peut-être les deux.

Un vieux, vêtu comme avant la Catastrophe d'un pantalon bleu de grosse toile, aux coutures apparentes, et d'une chemise en T. Malgré ses cheveux blancs et sa barbe fournie, il paraît de l'âge d'Orsant, plus que de l'âge de Norsant. Il regarde Laurent sans ciller, ou, plutôt, il voit à travers lui de ses yeux vides. Non, ce n'est pas un sauveur. Laurent se lève, s'approche du mur et se plaque de tout son corps à la paroi transparente, comme une offrande, au-dessus du corbeau blanc. L'autre approche, hésitant, mais déterminé. À travers le mur, il pose ses mains sur celles de Laurent. Qui ferme les yeux sous le regard de l'autre. Il ne peut supporter ces grands lacs vides où tout l'espoir du monde pourrait se déverser sans les remplir.

Je ne sais alors ce qui s'est passé, car rien n'a bougé autour de moi, et pourtant, rien n'est plus pareil. J'ai senti quelque chose s'échapper du petit oiseau mort, comme une énergie indécelable, quelque chose qui m'a traversé et qui a remonté le long de la paroi, haut, très haut, pour redescendre vers l'homme debout dans sa barque. Et ce que je pensais impossible s'est produit : ses yeux, à nouveau, se sont allumés, ses yeux m'ont vu, m'ont regardé. L'âme du corbeau blanc a regagné son havre.

De sa poche, l'homme tire sans un mot un fin cylindre qui lui permet d'écrire sur le mur de diamant. Mais au lieu de former des mots, il trace une longue ligne, juste à la surface de l'eau amère. Il se redresse, regarde Laurent, sourcils levés comme en une interrogation muette. Laurent fronce les siens : il n'a rien compris. Alors, juste au-dessus, le visiteur ajoute un trait vertical, surmonté d'un rectangle allongé. Puis, voyant que le garçon ne comprend toujours pas, il a un grand geste navré, un moulinet de la main autour de son oreille comme pour l'inviter à y réfléchir, et se rassied dans son embarcation. D'une rame qui ne touche pas l'eau amère, il est reparti vers le large, vers sa folie à peine interrompue par un répit inutile, ou vers l'horizon, là où il doit bien y avoir une île, un enclos de diamant qui n'est pas le Refuge, pour qu'il puisse y survivre, et souffler vers l'horizon les semences de pissenlit. À quelques mètres du mur, il s'arrête et crie, d'une voix déchirante, « Maurine ! Maurine ! » Le doute n'est plus permis, il s'agit bien de son père. Laurent ne sait pas s'il elle a bien fait de se laisser enfermer, mais il sait qu'elle ne veut plus le voir.

Je m'assieds au pied du mur, le petit corps froid et sanglant entre mes jambes pliées. Je lui dresse de mes deux mains en dôme un mausolée navré. L'énergie, lentement, quitte mon corps, les muscles se relâchent. Ma tête, mes épaules, mes bras tombent comme des poids morts. Les idées flottent doucement dans mes pensées comme des cadavres sur la mer, quand la tempête s'est apaisée. Les mots se détachent des phrases comme des vergues brisées et errent à travers ma mémoire, comme des images simples que je tente d'accrocher aux mystérieux signes tracés sur le mur. Un trait vertical surmonté d'un rectangle allongé. Un chemin vers une maison ? Un panneau sur un pied ? L'écran gris dans la chambre de Wersant ? Un marteau ? Une hache ? Rien. Les images à leur tour s'effacent dans un miroitement d'eau frisée par le vent et le soleil. Ce n'est pas grave. Le signe restera dans ma tête jusqu'à ce qu'il prenne sens. Pour l'instant, il faut trouver le mot qui naît du silence, le geste issu de la sérénité. Le petit corps mort n'a plus rien à me dire ; l'inconnu a délivré son message. À moi de prendre tout cela et d'en nourrir nos espoirs. Je me lève doucement.

Je sais ce que j'ai à faire.

Il fait nuit noire lorsqu'il rejoint l'orphelinat. On ne l'a pas attendu pour dîner, ni pour regagner le dortoir, mais personne n'a dit aux vieux où il s'était rendu. Le fait en soi n'aurait guère eu d'importance, mais il signifie beaucoup pour Laurent : personne ne l'a trahi. Pourtant, son absence n'a pas dû passer inaperçue, et sans doute les vieux ont-ils dû s'en inquiéter, interroger ses camarades. Personne n'a parlé du corbeau blanc, ni du mur auprès duquel Mathieu l'a abattu. À cela, Laurent reconnaît la place qu'il a acquise dans le groupe. Il se dirige le plus silencieusement qu'il peut vers le dortoir, contournant les points de lumière et les angles de vue par où les vieux auraient pu le surprendre.

Peine perdue. À peine est-il entré dans le dortoir que tous les visages se tournent vers lui. Dans la pénombre, il devine des regards inquiets, mais surtout, dans la tension perceptible à travers toute la pièce, cette sensation nouvelle, inconnue jusqu'alors dans l'orphelinat : l'espoir. Et son terrible corrélat : la confiance aveugle, qu'il ne peut décevoir. Dans le lit le plus proche de la porte, une voix a signalé son arrivée.

— Laurent, Laurent, j'ai un message pour toi !

— La ferme, Dorian, il y a plus urgent.

La réplique est venue du fond de la pièce, du lit de Mathieu. Il a retrouvé tout naturellement sa place de lieutenant, celui de Laurent, à présent que Sacha est mort et que, de l'avis unanime, il a repris le commandement. C'est à Mathieu de décider de l'ordre dans lequel parviendront à son chef les informations de la soirée. Sur sa droite, une autre voix s'élève.

— C'est moi qui l'ai eu, Laurent, c'est à moi qu'elle a parlé.

— Clara, précise Mathieu. C'est son amie. Ils se disent des trucs.

— C'est pas des trucs, c'est important. Clara occupe le lit à côté de Laura, chez les filles. Et en cherchant un mouchoir qui avait glissé derrière le lit…

— Laisse tomber les détails, Nathan, dis-lui l'essentiel.

— C'est important, Mathieu, fais pas chier ! Parce que c'est derrière le lit, justement, qu'elle a trouvé un dessin de Laura, avant qu'elle soit tuée. Gravé dans le bois du dossier. Comme un code. On ne sait pas ce que ça veut dire. Il y a d'abord un long trait vertical, puis un rectangle allongé.

Laurent se fige. Le signe tracé par le père de Maurine sur le mur de diamant ! Comment cela est-il possible ? Quel rapport avec Laura ? Il faut absolument comprendre ce que cela signifie : les deux affaires qui les occupent depuis quelques jours sont liées, et par ce signe !

— Et puis, trois points, continue Nathan. Ou trois cercles. Un blanc, un noir, un blanc, à la file. Et des barres, en petits paquets, trois barres, quatre barres, sept barres. C'est un code. On a cherché toute la soirée, mais on n'y a rien compris.

— Alors, on s'est dit que toi, tu saurais sûrement, conclut Mathieu.

Ben voyons ! Le faux jeton ! Le coup de la confiance absolue, pour mieux te dénigrer, et après, quand on a compris que tu n'avais pas la réponse à toutes les questions… Mathieu sait comment déstabiliser ses adversaires pour retrouver son pouvoir. Il faut dire qu'avec Sacha, il était à bonne école. Laurent doit trouver quelque chose à dire, très vite. Son autorité est à ce prix. Rien ne vient à son esprit, concentré sur la menace, la trahison, ce coup bas qu'il n'attendait pas et qui risque de remettre en cause sa position.

Calme-toi, Laurent. C'est la peur qui te guide et qui s'interpose comme un écran entre l'information de Nathan et l'évidence qu'elle doit contenir. Pourquoi soupçonner d'emblée Mathieu de trahison parce qu'il te fait confiance ? C'est absurde ! Qu'aurais-tu dit s'il t'avait attaqué de front ? Ta peur n'est pas née de la remarque de Mathieu, mais de ta propre ignorance d'une réponse à leur donner. Voilà la vérité. Alors, pour ne pas avouer ton ignorance, tu préfères accuser les autres. Oublie Mathieu. Fais-leur confiance. Et tes mots seront justes.

— Le dessin, je ne sais pas ce qu'il signifie, mais je le connais. Je sais où il se trouve. Je vous le montrerai demain. Sur le mur. Nous chercherons ensemble sa signification. Quant aux cercles et aux traits, ce sont sûrement des lettres, des signes qui permettaient aux hommes, autrefois, de tracer des mots et d'en garder mémoire. Mais ce que tu décris n'a aucun sens, Nathan. C'est normal. Clara ne sait pas lire, elle a décrit grossièrement ce qu'elle a vu. Et Laura savait dessiner, mais pas écrire. Elle a dû recopier sans trop savoir ce qu'elle avait vu ailleurs, sans doute sur le mur, elle aussi.

Cela aussi, il nous faudra le comprendre. Peut-être est-ce un code.

— Pour aller où ?

— Dehors ! Comment en irait-il autrement ? Puisque c'est dessiné sur le mur !

À vrai dire, il n'a pas beaucoup d'espoir de ce côté. Si Laura avait détenu une information aussi importante, elle en aurait parlé, ou l'aurait utilisée, mais à quoi bon dessiner sur le dossier de son lit ? C'est plutôt un pense-bête que l'on inscrit là-bas, pour retrouver un endroit où l'on se rend de temps en temps, mais où on n'a pas l'intention d'emmener les autres. Laurent n'a aucune idée de ce que cela peut signifier, mais il sent qu'il faut entretenir l'espoir coûte que coûte. Il sent aussi qu'il peut leur faire confiance. Ils ne l'ont pas trahi ce soir.

— Et le dessin, je sais qui l'a tracé. C'est le père de Maurine. Lui seul peut nous sortir d'ici. Mais nous devons interpréter ses signes. Ce n'est pas évident. J'en parlerai à Maurine. Elle en sait plus qu'elle ne m'en a dit. Peut-être connaît-elle ce signe.

Il les sent un peu déçus, mais pas hostiles. Leur chef n'est pas celui qui connaît tout et qui va les guider vers la lumière par un pouvoir surnaturel, mais ils peuvent lui faire confiance : il ne les trompera pas en inventant ce qu'il ne comprend pas.

— À toi, à présent, Dorian, enchaîne Mathieu.

— Laurent, Laurent, j'ai un message pour toi, reprend le petit, avec les mêmes intonations que quand le chef est entré dans la pièce. C'est Orsant Ier, il veut te voir. Il a dit, tout de suite, dès qu'il sera rentré, à toute heure du jour ou de la nuit.

— Il a tout de suite remarqué ta disparition, Laurent, il était furieux. Je crois que Wersant a dû en entendre.

— Chez lui, il a dit, à n'importe quelle heure du jour ou de la nuit. Et dans le plus grand secret ! J'ai ordre de n'en parler à personne qu'à toi ! Tu te rends compte ?

Oui, il se rend compte, au silence qui entoure cette information pourtant déjà connue de tous. Un silence qui guette sa réaction. Personne n'a dû mettre les pieds chez Orsant depuis la Catastrophe. Il se replie sur Wersant pour la discipline, sur Norsant pour la gestion du quotidien et sur Mersant pour le minimum d'instruction qu'il faut dispenser. Lui se réserve les sermons, et le silence. Sa parole est d'autant plus précieuse qu'elle est rare, et profuse lorsqu'il daigne la faire entendre. Quant à sa chambre, à peine en connaît-on l'emplacement, à l'orée elle aussi de la cave interdite, mais à l'opposé de celle de Wersant. Y être convié est une première, qui dit assez la gravité de la situation. Laurent ne se démonte pas. Orsant ne peut lui vouloir du mal : il est son père. S'il a tué, c'est pour le protéger, pour ne pas que leur filiation soit connue de tous. Et Laurent a sur lui une arme imparable : Orsant ne sait pas qu'il a découvert son secret. Après tout, il est temps, sans doute, qu'ils aient une véritable conversation.

À n'importe quelle heure du jour ou de la nuit… Tant pis s'il le réveille, il l'aura voulu ! En retraversant le dortoir, une image surprenante lui traverse la tête. Le long couloir entre les lits, un trait. Le mur en face de lui, un rectangle. C'est idiot, le père de Maurine, s'il s'agit bien de lui, n'a pas voulu dessiner le plan du dortoir ! Mais l'idée lui plaît, parce qu'elle montre que le mystérieux signe n'est pas sorti de sa tête et qu'il le projettera, désormais, sur tout ce qui évoquera cette forme, jusqu'à ce qu'il trouve le véritable sens. Mais il comprend aussi qu'un signe aussi rudimentaire peut signifier n'importe quoi. Les arbres taillés dans l'allée menant à l'orphelinat, jadis, ressemblaient à un rectangle posé sur un trait, avant de ressembler à des potences.

Sans un mot, il ressort du dortoir.

Chapitre IX

Le secret d'Orsant

Le visiteur serait en droit d'attendre un bureau immense et luxueux, en rapport avec le rang d'Orsant Ier dans la hiérarchie de la communauté. Ou confortable, au moins, aux fauteuils profonds et au lit douillet, que l'on devine dans la seconde pièce de Wersant. Il occupe en fait une pièce austère et bas de plafond, à peine meublée d'une table qui lui tient lieu de bureau, d'un lit de fer semblable à ceux des orphelins, et de quelques chaises dures. Un pan du mur est entièrement recouvert de rayonnages sur lesquels Laurent identifie ces objets disparus qu'on appelait « livres ». Les autres murs sont couverts d'images, de toutes les tailles, de toutes les couleurs, encadrées ou en lambeaux. Cela donne une impression de naufrage, comme si l'on avait voulu arrêter le temps avant la Catastrophe, en laissant les murs témoigner d'une époque révolue et sans juger utile d'adapter les meubles au maigre confort qui a pu se réinventer depuis. On ne peut même pas accuser l'austérité de sa chambre de coquetterie : il ne laisse personne y entrer. Les vieux eux-mêmes y sont-ils admis ?

Cela met le garçon mal à l'aise, comme s'il eût été plus facile de lui tenir tête dans un lieu où il aurait pu le mépriser. Il rassemble ses derniers lambeaux de haine tandis qu'Orsant se rajuste sommairement. Laurent l'a surpris dans son sommeil, après tout, pourquoi avoir fait dire de venir ici à n'importe quelle heure du jour ou de la nuit ? Mais il a l'art de retourner les culpabilités — Laurent n'aurait-il pas dû attendre la première heure, ou le faire avertir, pour qu'il ait le temps de s'habiller ? Orsant prend son temps ; la gêne s'installe ; il en joue, Laurent le devine, mais ne peut lutter. Sa haine part en charpie. Il convoque l'image de ses amis, de ses troupes, à présent, pour le soutenir. Il s'accroche à l'idée qu'il est sans doute face au meurtrier de Laura et de Sacha, il essaie de mobiliser toute la rancœur qu'éveille en lui le mot « père ».

Mais tous ces mots sont vides de sens pour les orphelins. Le mot « père » reste creux, pour des enfants abandonnés en bas âge. Et la mort est une image sans consistance quand on a grandi dans un îlot préservé où pas un meurtre, pas une maladie grave n'ont été enregistrés en quinze ans. Les appeler à la rescousse de la haine est illusoire ; il faut du vécu, pour nourrir la haine, et que peuvent-ils avoir vécu ? Il pense à l'espoir, au bonheur, qui se sont embrasés d'un coup dans son cœur. Pourquoi n'y a-t-il pas au fond de lui ce petit ferment de haine sur lequel il suffirait de souffler ? Impossible de ressentir autre chose qu'une grande curiosité, pas même d'animosité envers celui qui l'a abandonné, voici vingt ans, ni de colère contre celui qui les a privés de deux camarades. Quant à la crainte… Ce n'est finalement que cela, Orsant, un vieux comme un autre. Combien d'entre les jeunes ont rêvé à ce moment, pénétrer dans le saint des saints de la bâtisse, savoir enfin qui est vraiment celui qui les gouverne ? Et ce n'est que cela, Orsant, Orsant Ier. Que cela, un père.

Orsant est prêt. Il se retourne. Entre les mains, il tient un boomerang. Laurent serre les dents. *Je n'ai pas peur. Ce n'est que cela un assassin : quelqu'un qui a besoin d'un instrument pour se battre. Moi, c'est de mes mains que j'ai failli étouffer Mathieu. Je soutiens son regard. Voilà, ma haine rassemble ses fils, se reforme au fond de moi. Elle ne se coupera pas à son sourire. Il baisse les yeux le premier, hoche la tête, dans un petit hennissement qui tient du rire autant que du soupir. Il dépose le boomerang sur la table de travail, comme on dépose une canne avant de s'asseoir. Une arme est comme une canne pour la peur.*

« C'est bien. Tu ne me crains pas. Nous pourrons parler. »

Non, je ne te crains pas, mon père : depuis que j'ai réussi à te chasser de ma tête, tu n'as plus aucun pouvoir. Tu n'es qu'un pantin dont je peux tirer les ficelles. Je jurerais que désormais, c'est moi qui parle dans ta tête, n'est-ce pas ? Mais je ne te perds pas de vue tandis que tu contournes la table, que tu t'assieds devant le sous-main de cuir défraîchi, que tu m'invites à prendre une chaise.

Tu n'es plus armé, et je suis le plus fort. Mais je dois rester sur mes gardes ; je ne perds pas de vue l'arme posée entre nous. Je me tais en faisant l'inventaire des objets placés sur le bureau. Un vrai musée des âges révolus, feuilles blanches, petits cylindres pour écrire, crayons pour dessiner, et un boomerang… De petites boîtes rangées par ordre de grandeur et que je devine pleines d'antiquités inutiles. Et un cadre constitué de deux verres, que j'ai d'abord cru vide. Quand j'ai vu ce qu'il contenait, j'ai failli me lever et partir. C'étaient des aigrettes de pissenlit. Puis je me suis rappelé que tu étais mon père, et que la tête qui soufflait sur le pissenlit ne pouvait être que ma mère. Toi aussi, évoques-tu les pissenlits quand tu oublies le sens du mot « bonheur » ? Je comprends que tu aies eu besoin de mettre les aigrettes sous verre : tu ne dois plus être familier du mot. Moi, j'en ai vu s'envoler un plein champ sous mes yeux. C'est cela, ma victoire. Alors dépêche-toi. Parle !

Il parle. *Je le savais.*

« Sans doute te demandes-tu pourquoi je t'ai fait mander sans délai, sans attendre le jour ? Rien d'urgent à t'apprendre ou à attendre de toi, rassure-toi. Mais il est essentiel que nous ayons cette conversation avant que tu puisses parler à quiconque. J'ai pensé à guetter ton retour dans le Grand Hall, mais cela aurait attiré l'attention. »

Quelle solennité ! Il tergiverse. Que craint-il des « autres » ? Et quels « autres » ? Pas les garçons, sinon il ne leur aurait pas demandé de me convoquer. C'est peut-être cela le plus surprenant. En principe, un tel ordre aurait dû passer par Wersant. Est-ce à lui, et aux autres vieux qu'il ne veut pas que je parle ? Dans le plus grand secret, disait Dorian… Il savait pertinemment que le gamin en parlerait dans la chambrée, mais il savait aussi que nous gardons bien les secrets. L'ascendant que j'ai pris sur le groupe n'est pas passé inaperçu. S'il voulait me voir sans attirer l'attention du Consistoire, le meilleur moyen était sans aucun doute de passer par les garçons. Mais pourquoi ? L'idée me traverse l'esprit qu'il veut me régler mon sort sans témoins. Je l'écarte aussitôt : si c'était le cas, tout le monde sau-

rait, demain, que j'ai été convoqué chez lui, et il ne pourrait nier le meurtre. S'il avait voulu me tuer, il m'aurait attendu sans rien dire à personne. Mais alors, pourquoi cette arme, ostensible, sur la table ? Veut-il, à l'inverse, me faire savoir qu'il sait se défendre ? Craint-il que ce ne soit moi qui l'assaille ? Me croit-il coupable des meurtres de Sacha et de Laura ? Bien sûr que non, il sait pertinemment qui les a commis ! Ou alors, il devine que je l'ai percé à jour, il croit que je veux les venger. Mais dans ce cas, pourquoi me convoquer ?

Toutes les hypothèses affluent d'un coup dans sa tête, c'est sa force et sa faiblesse, d'imaginer tout de suite toutes les solutions possibles à un problème et de ne pas réussir à trouver la bonne. Maurine prétend que c'est un manque de bon sens, que les filles réfléchissent moins et ont plus souvent raison. Si seulement il réfléchissait… Mais toutes ces hypothèses se dressent devant lui sans qu'il ait besoin de les chercher et il se heurte vite à un mur d'absurdités qui défient sa logique. Il se retrouve face à un puzzle dont aucune pièce ne peut s'assembler. Il ne parvient pas à détacher son regard de l'arme placée entre eux. Il se tait. Orsant se tait. Pour la première fois, il semble à court de mots.

C'est alors qu'il a un geste surprenant. Sans quitter sa chaise, il se retourne pour fouiller dans des dossiers placés derrière lui, sur un rayonnage. Il ne déplace pas les objets sur son bureau. Il offre sa nuque. C'est la seule image qui vient à l'esprit de Laurent, *il m'offre sa nuque*, et tout son corps s'est tendu, il n'a qu'à tendre la main, saisir le boomerang, qu'est-ce qui le retient ? Les fils de sa haine se sont-ils à nouveau distendus ? Non, ce n'est pas son père qui se tient devant lui, nuque offerte à ses coups, le mot n'existe pas dans un orphelinat ; c'est un assassin dont il sera peut-être la prochaine victime, c'est Orsant Ier, premier dictateur de l'Histoire depuis l'an I. *Obéis-moi, ma main !* Mais cette nuque éveille à son tour d'autres images. Deux mains posées sur elle, deux mains de femme, qui referment une fine chaîne d'or sur le cou, le cou de son père. La femme est de dos, mais il la reconnaît. Elle est dans la prairie aux pissenlits, c'est elle qui vient de souffler les aigrettes sur son visage, en disant, dans un sourire : « Chacune est une année qui file, tu vois, il y en a beaucoup, et elles sont toutes pour toi. » Puis elle cueille une autre fleur et recommence le même rituel pour une petite fille à ses côtés, *je sais que c'est ma sœur, mais qui est ma sœur ? J'ai longtemps cru que c'était Maurine, mais ce n'est pas mon père que j'ai vu hier sur la mer d'amertume. La petite fille rit, elle cligne des yeux pour se protéger du soleil, et les cheveux de maman volent dans le vent avec les aigrettes, ils brillent dans le soleil, mais je ne cligne pas des yeux, je regarde, je regarde.* Les aigrettes séchées entre deux verres sortent tout droit de ce jour où s'est gravée au fond de Laurent la notion de bonheur. Et puis, la chaîne d'or. La chaîne nouée autour du cou de l'homme, son père, Orsant, qui lui ressemble comme deux gouttes d'eau. « Les années passeront pour toi aussi, Orsant. Elles nous sépareront, mais cette chaîne te fera penser à tout jamais aux jours heureux. » *Les mains nouent la chaîne sur la nuque, comment pourrais-je y lancer un boomerang ? Il me semblerait écraser les mains de ma mère.*

Orsant se retourne. Il tient dans ses mains une petite image défraîchie. Il s'attarde un moment à la contempler avant de la poser sur la table.

— Voilà. Je sais que tu es au courant, mais il est temps que tu saches tout, Laurent. Tout ce que je sais, en tout cas, tout ce que tu peux savoir… Rien n'était simple, avant.

À nouveau, le petit hennissement qui ressemble à un rire amer autant qu'à un soupir. Laurent n'est pas surpris de se voir sur le petit bout d'image, enfin, de voir son père à peu près à l'âge qu'il a atteint aujourd'hui. Mais à ses côtés, rayonnante, c'est Laura qu'il voit, enfin, la mère de Laura, celle qui a posé pour la femme adultère sur la fresque du mur, c'est elle, la femme aux pissenlits de ses visions. Et les deux enfants, dans leur bras, cela ne peut être que…

— Elle s'appelait Laurène. Oui, tu as remarqué la ressemblance, n'est-ce pas ? C'est moi qui ai voulu que vos prénoms soient l'écho du sien. Car Laura est… était ta sœur. C'est pour cela qu'elle est morte, et c'est pour cela que tu es en danger. On croyait les vieux secrets enfouis avec le monde d'avant, mais la Nature nous joue des tours, parfois. Et le passé n'est jamais aussi mort qu'on le croit. Qui nous inventera l'eau amère qui efface les souvenirs ? Tu es en danger, mon petit.

Le soupir est franc, cette fois. Orsant tend la main pour reprendre l'image, et quand il se penche, la chaîne d'or brille dans l'encolure de sa chemise, avec l'étrange talisman aux quatre petits cadrans. Les deux mains apparaissent à nouveau, fugitives, derrière sa nuque. « Cette chaîne te fera penser à tout jamais aux jours heureux. » Il n'a pas oublié. *Et moi… S'il n'y avait pas eu l'aigrette de pissenlit… Aurais-je retrouvé le visage de ma mère ?*

Pas d'attendrissement. Ce ne sont pas ses parents. Ce sont des vieux, mais qui ont eu son âge, et qu'ont-ils fait, alors ? Elle n'était pas morte, sa mère, et Orsant non plus. Pourquoi l'ont-ils gardé auprès d'eux comme un étranger, comme un orphelin parmi les orphelins ? Pourquoi n'y a-t-il pas eu de petites aigrettes de bonheur soufflées à son visage tout le long de l'année ? Celui qui a été capable de vivre vingt ans sans rien dire auprès de ses enfants est tout aussi capable de les tuer, si un secret que l'on croit oublié refait surface. Après tout, pour qui constitue-t-elle un danger, la ressemblance des fils avec leurs parents ? Pour celui qui voudrait la cacher, précisément, pour Orsant Ier, pas pour Laurent ! Il ne lui suffisait plus de vouloir changer d'apparence pour retarder la découverte : leur existence même, à Laura et à Laurent, et à Laurène, peut-être, était une menace permanente de voir ressurgir le passé. *Allons, Laurent, il ne faut pas baisser ta garde. Je serre les dents. Celui qui me fait face n'est pas mon père. C'est un assassin.*

— Tu es en danger, Laurent, reprend-il après un moment. Nous savons qui est le meurtrier de Laura et de Sacha. Mais il est introuvable, et il nous manque des preuves. Et peut-être a-t-il des complices, je dois me méfier de tout le monde. Mais ce dont je suis sûr, c'est que s'il t'avait croisé ce soir, tu étais le prochain sur sa liste.

Pas question d'entrer dans son jeu. Le meurtrier, moi aussi, je le connais. Je le lui dis.

— Le meurtrier… Moi aussi, je le connais.

— Mais non. Sinon, tu ne serais pas ici. Je sais que tu me soupçonnes, que crois-tu ? Mais c'est une idée à laquelle tu n'arrives pas à croire toi-même. Une déduction qui ne mobilise que ta logique, pas ta conviction. Je me trompe ? C'est pour cela que je t'ai testé avec le boomerang : non,

Laurent, si tu m'avais cru coupable, au fond de toi, tu aurais cillé, tu aurais tressailli. Si tu m'avais cru coupable, tu serais venu armé au rendez-vous. Tu m'aurais brisé la nuque quand je me suis retourné pour chercher la photo. Je t'ai laissé suffisamment de temps, non ? J'aurais pu la préparer sur la table, mais je devais savoir si je pouvais te faire confiance. Sinon, je n'avais plus de raison de vivre. Tu comprends ? Mais rien de tout cela n'est arrivé. Tu es venu sagement, en cherchant au fond de toi de quoi nourrir une haine que tu n'es pas même capable de ressentir. Tu n'as pas craint de mourir, et tu n'as pas voulu tuer. Tu luttes contre toi-même, parce que tout m'accuse, mais tu es intègre. Je me trompe ?

Il ne se trompe pas, mais je mourrais plutôt que de lui dire. Une fois encore, il a écrit les mots dans ma tête avant même de les prononcer. Quel est son secret ? Ce n'est pas à moi de parler, j'aurais trop peur de prononcer ses mots. Il est temps que je sache tout, a-t-il dit. Il est temps que tu parles par toi-même, mon père, par ta bouche, et pas dans ma tête.

* *
*

Orsant était de la grande famille de ceux qui n'en ont pas. Il a été trouvé au bord d'une autoroute, un 31 juillet, et il a grandi à l'orphelinat. Un des nombreux refuges ouverts par la Société Protectrice des Bébés lorsque les abandons d'enfants sont devenus monnaie courante. Il y en avait trop, la plupart ne trouvaient pas preneur, et après deux ou trois ans, les chances de se faire adopter tombaient rapidement. À l'inverse de bien des asiles moins scrupuleux, la SPB répugnait à l'euthanasie, et préférait, pour couvrir ses frais de fonctionnement, louer pour quelques mois des enfants de compagnie, voire, à la soirée, des *escort-babies*, pour un bal costumé ou une *poopooning party*. C'était devenu très chic de s'afficher avec un bébé quand la routine était à l'abandon saisonnier. On pouvait aussi souscrire à un abonnement qui garantissait la constance de la marchandise. Cela donnait presque l'illusion d'une famille, sans les inconvénients. Pas de réveils nocturnes, pas de réunions parents-professeurs, pas de crise d'adolescence. On ressortait son enfant pour une soirée entre amis ou un vernissage mondain, comme un bijou. Puis on le renvoyait au refuge. En cas de maladie, on vous prêtait un modèle équivalent en vertu des critères définis dans le contrat. Pas besoin, surtout, de diviser un amour qu'on ne se devait plus qu'entre conjoints.

Cela marchait, parfois. Des couples qui avaient cru se divertir un soir à jouer à papa-maman, qui avaient loué une famille nombreuse pour demander un logement social, ou quelques gamins turbulents pour déloger les voisins du dessous, se prenaient d'affection pour un orphelin et décidaient de le garder en leasing. Mais le plus souvent, ils le rendaient au terme du contrat, en plus ou moins bon état, et la fiche de location était soigneusement classée. Ainsi chaque enfant semblait-il plus qualifié pour telle ou telle location : Orsant avait longtemps servi de « caution bourgeoise » à des homosexuels qui invitaient leur directeur à dîner, et avait fini par être loué un week-end sur deux, durant sept ou huit années d'affilée, à un couple stérile qui ne voulait pas chagriner ses parents, mais qui n'alla jamais jusqu'à l'adoption permanente. À la mort du dernier grand-père dominical, on n'avait plus fait appel à lui. Cela vous forge un caractère, et une idée tout à fait particulière de la vie de famille, qui expliquait sans doute qu'il ait pu, durant vingt ans, vivre à côté de son fils en faisant semblant de ne pas le connaître.

Norsant dirigeait déjà le refuge, qu'il avait fièrement rebaptisé « orphelinat ». Ici, il n'était pas question de jouer à l'hypocrite : on savait pertinemment que les gamins laissés au bord de l'autoroute ne reverraient jamais leurs parents. Pas question de recourir aux euphémismes dont l'époque était friande, de parler d'enfants « en déshérence parentale », « en attente de parents » ou « temporairement confiés à un refuge ». Ils étaient aussi orphelins que si père et mère étaient morts. Norsant s'occupait du mieux qu'il pouvait et sans plus tarder de leur reclassement par adoption ou location, mais, à la différence d'autres refuges d'apparence plus raffinée mais en fin de compte moins scrupuleux, il n'avait jamais rejeté à la rue les enfants non recyclables. Certains avaient dix ou quinze ans, cela n'effrayait pas le personnel, et parfois, il devait leur faire gentiment comprendre qu'il était temps, devenus adultes, qu'ils quittent le refuge. « Vous qui entrez ici, perdez toute espérance » était sa devise, bien avant que la Grande Catastrophe ne la justifie pleinement. Cela expliquait aussi qu'il n'ait jamais entretenu, depuis, l'illusion d'un salut et d'une résorption des eaux amères. Il était là, depuis toujours, pour gérer les catastrophes et prendre soin des rescapés.

C'est dans ce cadre ingrat qu'Orsant et Laurène avaient grandi ensemble et s'étaient aimés. Elle était la fille de Norsant, mais à cet âge-là, est-ce que cela compte ? Laurène avait toujours vécu avec les orphelins. Elle n'imaginait pas qu'il puisse y avoir une différence entre elle et eux. Quand Norsant avait découvert cet amour, il était trop tard. Rien ne pouvait plus les séparer. Mais le directeur avait d'autres ambitions pour sa fille unique, et crut jouer adroitement. Orsant avait vingt ans, il l'envoya étudier dans une grande université américaine, lui promettant de le prendre à son retour comme gendre et successeur. Il se disait sans doute qu'en cinq ans, les tourtereaux auraient le temps d'oublier jusqu'à leur existence, et il s'employa, de son côté, à y aider Laurène. Peine perdue. Il s'emporta, menaça, puis sembla se résigner.

Orsant et Laurène, en tout cas, avaient cru de bonne foi à sa parole. Lorsque le jeune diplômé de Princeton rentra en France, sa fiancée l'attendait, et il seconda un moment Norsant dans la gestion de l'orphelinat. Ce furent deux années de bonheur, marquées par la naissance de Laurent, puis de Laura. Les jeunes gens ne comprenaient pas pourquoi Norsant repoussait sans cesse leur mariage, mais s'en accommodaient : après tout, la cérémonie n'était plus à la mode, sinon pour offrir aux amis une fête dont, personnellement, ils se passaient très bien. Ils admirent aussi que les deux bébés fussent élevés « à la mode de chez nous », confondus avec les autres enfants de la communauté, comme s'ils avaient été abandonnés à la naissance. L'idée était généreuse, et la petite communauté partageait cet idéal égalitaire. Bien sûr, ils refusaient de les donner en location, mais eux-mêmes, qui ne les voyaient vraiment que le week-end, n'étaient-ils pas semblables aux parents dominicaux qu'avait connus Orsant vingt ans plus tôt ?

— Et puis, un jour, tout s'est arrêté. J'étais en stage à la capitale, et lors d'un retour à l'orphelinat, sans un mot d'explication, Laurène refusa de me parler. Je n'ai jamais su pourquoi. Quelqu'un m'avait sans doute calomnié, et de façon suffisamment grave pour que la rupture soit immédiate et définitive, mais elle ne m'a jamais permis de me justifier. Je m'en suis ouvert à son père, qui m'a aussitôt rétorqué qu'il n'en savait pas davantage, mais qu'il ne pouvait rien faire pour moi. Bien mieux : étant donné l'aversion que j'inspirais désormais à sa fille, je devais comprendre qu'il lui devenait impossible de me garder comme adjoint, et que je ne pouvais plus rester à l'orphelinat. Bien entendu, les enfants continueraient à être élevés dans la communauté, personne ne se souciait de leurs parents, et surtout pas eux. J'étais abasourdi, anéanti. L'amour de Laurène, et nos deux enfants, me semblaient la chose la plus solide de ma vie. La voie m'était tracée pour prendre la succession de Norsant, et je n'avais jamais connu d'autre monde que l'orphelinat, ou le campus d'une université américaine, qui est une sorte d'orphelinat de classe. Je me suis alors rendu compte que, dans mon ignorance de la vie et dans ma confiance pour celui qui m'avait élevé, je n'avais pas d'embauche officielle, pas de bail pour la chambre que j'occupais. Lorsque mon stage fut achevé, je me suis retrouvé sans travail, sans logement, sans amour, sans enfants. Et, surtout, sans la moindre explication sur l'origine de ma disgrâce.

— Et parmi les autres pensionnaires de l'orphelinat, parmi le personnel, personne n'a pu vous dire…

— Personne. Tout le monde était aussi stupéfait que moi. Même à mon retour ici, quatre ans plus tard, après la Grande Catastrophe, je n'ai reçu aucune explication. La seule qui aurait pu m'en donner était Laurène elle-même, mais s'il était impossible, désormais, de me faire chasser de l'orphelinat, elle m'évitait, il y avait dans ses yeux un mélange de terreur et de passion qui me rendait fou. Elle évitait de me voir en privé. Elle est morte accidentellement, un an plus tard.

Le calcul était vite fait. Laurent avait un an lorsque son père était parti à Paris, et sa sœur venait de naître. Au retour de son stage, il était congédié comme un domestique.

— Et vous êtes parti sans vous battre, sans chercher à nous emmener, ou à nous revoir ?

— Oh, j'ai essayé tout ce que j'ai pu, crois-moi, y compris de vous louer sous un faux nom, mais Norsant était méfiant : jamais il ne vous a donnés en location, à qui que ce soit. Et officiellement, je n'avais aucun droit, ni sur Laurène, ni sur vous, pas de contrat de travail, pas d'acte de mariage, pas même de bail pour vous voir une fois par mois. À l'époque, sans papier, on n'existait pas. Heureusement, j'en avais un en poche, un diplôme de Princeton, qui valait de l'or.

Son diplôme comme seule arme dans la vie, avec plus de stupéfaction que de rancune en tête, Orsant était revenu à la capitale, Paris, celle que le Texte appelle la Grande Prostituée. Naguère, Norsant avait financé son stage ; cette fois, il se retrouvait sans un sou. Il avait heureusement renoué contact avec un ancien condisciple de Princeton, un chimiste de génie qui avait trouvé immédiatement du boulot dans les laboratoires de recherche de la Défense nationale. Il alla frapper à sa porte. L'amitié soudée dans les campus n'est pas un vain mot. Orsant fut hébergé jusqu'à ce qu'il gagne suffisamment pour s'acheter un logement — un orphelin n'aurait jamais trouvé à louer ne fût-ce qu'une chambre de bonnes sans caution parentale. Il fut recommandé à tous les amis du couple qui l'accueillait, et c'est ainsi que le jeune homme devint en quelques mois secrétaire particulier du ministre de la Défense.

Ce fut la période la plus brillante de sa carrière. Durant quatre ans, il est resté au centre de toutes les campagnes militaires, alors nombreuses. Il a connu les derniers soubresauts des rivalités interethniques entre les deux rives du Rhin, qui s'éternisaient depuis cinq ans et qui ne s'étaient achevées que pour entreprendre l'épuration politique de Nice, laquelle n'était pas terminée quand ont éclaté les conflits frontaliers de l'Aa… Il avait été au fait de toutes les stratégies, de tous les réseaux d'espionnage, des recherches de pointe en matière de technologie militaire. Le monde qui avait passé des siècles à se construire semblait prêt à tout détruire en quelques années — ce qui, par ailleurs, arriva, mais c'est une autre histoire.

Jeune et brillant, il était vite devenu indispensable au ministère. Il avait même réussi, par amis d'amis, à faire adopter une loi sur les orphelins non placés, qui les oblige à quitter à trois ans le refuge primaire pour être éduqués dans une institution d'État. La maison de Norsant fut vidée de ses pensionnaires les plus âgés. Laura et Laurent auraient dû être dans le lot. Sauf qu'ils n'étaient pas orphelins. Ils étaient les petits-enfants du directeur.

Alors, comprenant qu'il n'avait plus de recours officiel pour les récupérer, il s'était tué au travail, acceptant toutes les missions, surtout les plus proches du Mont-Dore. Il n'avait pas peur de se rendre sur le terrain. Lui seul, parce qu'il avait la confiance du ministre, pouvait mener à bien des tournées d'inspection dans tous les domaines, car il était au fait de tous les dossiers, dans un monde où le cloisonnement est de rigueur. Il pouvait entrer dans un arsenal d'artillerie lourde et y repérer l'endroit idéal pour expérimenter telle technologie révolutionnaire. Il apprenait avec les physiciens l'art de construire des boomerangs infaillibles et avec les adjudants-chefs l'art de trouver de l'eau potable et de s'orienter sans boussole. Lui seul savait à la fois comment survivre en milieu hostile, et pourquoi se serait bientôt nécessaire. Et cette leçon-là, la plus précieuse, lui était venue du camarade de Princeton qui l'avait recueilli à Paris. Un certain Étienne. Étienne Corman. Le père de Maurine.

Chapitre X

L'invention de l'eau amère

Malgré son jeune âge, Corman était un des quatre ou cinq spécialistes mondiaux de la contamination macromoléculaire dans les processus de duplicaténation exponentielle. Le grand public ne connaissait de ces techniques révolutionnaires que les applications pratiques les plus spectaculaires, et surtout les mieux maîtrisées : la photocopie autogénératrice en trois dimensions, le moteur à une goutte d'essence perpétuelle, ou le diamant expansif, qui avait définitivement ruiné le commerce de la joaillerie. La possibilité de multiplier à l'infini n'importe quelle matière par transmutation d'une autre était un vieux rêve de l'humanité depuis les alchimistes. Il permettait de résoudre non seulement le problème de la distribution des richesses, de la faim dans le monde, mais aussi celui de l'épuisement des ressources énergétiques, ainsi que l'encombrant problème du copyright, qui ne résista pas longtemps à la multiplication incontrôlée des œuvres originales.

Tout cela aurait senti bon le paradis perdu, s'il n'y avait pas eu danger de prolifération anarchique de la matière, au-delà même des limites spatiales que pouvait supporter la planète ! L'ère multivirtuelle, qui avait précédé l'ère multimatérielle, avait rencontré les mêmes problèmes, mais dans le monde numérique qui semblait ne pas connaître de limites. En fait, la transition entre les deux âges se produisit tout naturellement lorsque les centres de stockage des données informatiques durent se multiplier à une échelle exponentielle. La matière de base pour fabriquer des hyperserveurs de stockage en réseau (*Network Attached Hyperstockage*, ou *NAH*) venant à manquer, on travailla sur l'autoreproduction de la matière par contamination macromoléculaire. Au bout d'une décennie, la place occupée par ces hyperserveurs dépassait l'habitat humain ; au bout de la deuxième, les satellites artificiels réservés au stockage des *data* menaçaient de modifier en profondeur l'équilibre climatique. Chaque année, une cinquantaine d'entre eux, mal conçus ou trop anciens, s'écrasaient sur la planète, et pas toujours dans des déserts ou des océans. La nanotechnologie ayant atteint ses limites, l'extension infinie du virtuel s'échoua sur un récif bien matériel.

Mais déjà les hommes s'étaient lassés du virtuel. La multiplication de la matière leur semblait bien supérieure à la virtualisation du monde. À quoi bon écouter de la musique en ligne quand on pouvait dupliquer chez soi le CD du voisin ? À quoi bon regarder un Picasso sur écran quand on pouvait en faire pousser un authentique dans son salon ? Le problème de l'habitat fut résolu de la façon la plus simple : on n'accrochait pas plus de tableaux que les murs pouvaient en contenir, et l'on brûlait dans les dépotoirs les Rembrandt et les Van Gogh surnuméraires.

Surtout, la législation et la réflexion scientifique commençaient à mieux maîtriser la problématique de la prolifération. Il s'agissait d'appliquer au monde virtuel comme à la matière inerte les protocoles qui avaient permis d'éradiquer le cancer. La multiplication de la matière n'était en effet possible que par adjonction d'un agent actif. La synthétisation des substances d'amorçage, qui provoquent la réaction en chaîne, a figuré parmi les découvertes révolutionnaires de la Fin des Temps, ainsi qu'on a désigné le siècle précédant la Grande Catastrophe. Prudemment, cependant, les prix Nobel, qui se multipliaient comme les Picasso, refusaient de faire part de leurs découvertes avant d'avoir mis au point un inhibiteur capable d'arrêter le processus, et un rétrocatalyseur, capable de l'inverser. Le protocole international était strict : aucune publication ne serait acceptée sans l'annonce conjointe des trois substances nécessaires à la gestion régulée du processus : l'agent catalyseur qui le déclenche, l'inhibiteur qui l'arrête, le rétrocatalyseur qui le résorbe. Pas question de se laisser envahir par une matière emballée sans savoir comment arrêter son galop incontrôlé. Chacun avait pu mesurer le risque avec les satellites de *big data* qui s'étaient écrasés sur la Terre.

La sonnette d'alarme avait été tirée un siècle auparavant, lorsqu'un savant provocateur avait annoncé la mise au point d'un catalyseur de l'eau, dont une seule goutte aurait été capable, par réactions en chaîne, de polymériser en moins d'une semaine tous les océans de la planète, remontant jusqu'aux sources et jusqu'aux moindres marigots la semaine suivante. En quinze jours il n'y aurait plus eu la moindre goutte d'eau sur terre. Le scandale fut d'autant plus retentissant qu'il y ajoutait l'échec de toutes ses tentatives d'inhiber ou de rétrocatalyser le processus. Quelques jours plus tard, on avait appris qu'il s'agissait d'un canular, mais qu'une telle substance était théoriquement envisageable si l'on se donnait les moyens de la trouver. Les associations de consommateurs s'émurent, les cellules anti-terroristes s'inquiétèrent, les cercles savants s'affolèrent. Pouvait-on imaginer une arme aussi redoutable, capable en deux semaines d'anéantir les réserves d'eau de la planète, condensée en une seul goutte transportable dans la poche d'un terroriste ?

C'est à cette époque que furent votées, un peu dans la précipitation, les grandes lois de chimioéthique qui visaient à mieux encadrer la recherche, interdisant notamment la communication des résultats, et a fortiori l'exploitation industrielle, tant que les moyens d'inhibition et de rétrocatalysation n'étaient pas connus. Ce fut la première loi adoptée le même jour au niveau mondial, dans tous les parlements de la Société des Nations Solidaires (*Solidaire Nation Society*, ou *SNS*), tant le grand public avait réagi contre les conséquences possibles de telles inventions. Une loi mal ficelée, cependant, trop peu mûrie, que de nombreux replâtrages n'ont pas réussi à améliorer. Ainsi, la recherche à des fins militaires ou de défense nationale a toujours été exclue du champ d'application : cela n'avait pas semblé porter à conséquence, puisque depuis la création de la SNS, aucun conflit armé n'avait été recensé en cent vingt ans. On commençait déjà à bâtir le Temple de la Paix éternelle. C'est de cet optimisme prématuré qu'est venue la Grande Catastrophe.

La Paix éternelle, en effet, n'avait jamais eu pour ambition de régler les conflits familiaux ou de voisinage. On ne pouvait interdire en son nom les violences conjugales ou l'abandon d'enfant sur les autoroutes, entrés dans les mœurs. Qui aurait pu raisonnablement déclarer en état de guerre celui qui abattait un cambrioleur ou un voisin trop bruyant ? Mais la notion de conflit de voisinage était floue. On s'aveugla jusqu'à étendre l'expression, de proche en proche, aux querelles de clocher, aux clivages idéologiques, aux incidents frontaliers, aux chocs de civilisation… Les termes de « guerre », de « champs de bataille », de « belligérance », avaient été bannis. Ainsi, quand la Corse envahit l'Italie, on parlait encore de conflit de voisinage. Pourtant, c'est à cette occasion qu'une ville tout entière, Milan, fut diamantifiée en une nuit, bâtiments et habitants, par une bombe contaminatrice élaborée dans le plus grand secret à Propriano. On minimisa l'incident : l'inhibiteur du diamant expansif était connu depuis longtemps, et la réaction en chaîne s'arrêta miraculeusement aux faubourgs de la ville. Mais le rétrocatalyseur restait à découvrir, et jusqu'à la Grande Catastrophe, Milan devint le premier site touristique à l'échelle planétaire. S'il y eut bien quelques braves âmes pour s'émouvoir du sort des habitants, figés dans l'attitude qu'ils avaient adoptée lors de l'explosion, la plupart trouvaient éminemment poétique cette ville tout entière en diamant, grandeur nature, que l'on ne pouvait visiter qu'au crépuscule, tant les risques étaient grands dans l'éclat de midi, mais que l'on découvrait alors dans un silence reposant. Un touriste éméché qui chantait à tue-tête fut aussitôt victime d'un conflit de voisinage.

Les conséquences ne furent pas immédiates, mais spectaculaires. Les sites de Pompéi et d'Herculanum durent fermer leurs portes, faute de visiteurs. Il s'en trouva même pour envier le sort des habitants, changés en œuvres d'art pour l'éternité, et durant quelques années, la mode fut, au lieu de se faire incinérer ou expédier en orbite, de se faire diamantifier après sa mort. Les cimetières devinrent des musées où l'on venait admirer des statues étonnantes de vie, chacun précisant par testament l'attitude dans laquelle il souhaitait être figé pour l'éternité. Un carré interdit aux mineurs regroupait les obsédés sexuels qui s'étaient fait diamantifier dans leur gloire et les guillotinés qui portaient leur tête un peu partout sur leur corps, sauf sur les épaules. L'été, on n'y pénétrait qu'avec des lunettes noires conçues primitivement pour observer les éclipses solaires. La mode dura quelques années, nourrissant une industrie prospère, et s'arrêta lorsqu'on commença à découvrir, le long des autoroutes, des bébés diamantifiés les jours de départ en vacances. Il fut désormais interdit d'utiliser le diamant expansif et la technique même, censurée dans les manuels de chimie, ne fut plus maîtrisée que de quelques scientifiques. Dont Étienne Corman.

— Je te raconte tout cela pour que tu comprennes quelle folie s'était emparée du monde, juste avant la Grande Catastrophe. En fait, on était fier d'avoir éradiqué le cancer, mais c'était un cancer de la matière inerte que nous avions produit.

— Et le rétrocatalyseur du diamant expansif n'a jamais été découvert ?

— Non, Laurent, et ne rêve pas : il n'y a plus aucun laboratoire capable de le chercher.

Mais il y eut pire. La recherche sur l'eau polymérisée avait été interrompue par la première loi des Nations Solidaires, sauf dans les laboratoires militaires, qui avaient vite compris l'intérêt d'une telle arme pour résoudre les conflits de voisinage. Bien sûr, il s'agissait d'abord de trouver l'inhibiteur capable d'arrêter le processus, mais la recherche pure ne faisait de mal à personne, croyait-on, disait-on. Au Ministère de la Défense nationale, Corman était chargé des expériences, dans le plus grand secret, et entouré de toutes les précautions nécessaires, disait-on, croyait-on. Car pour trouver et tester l'inhibiteur, il fallait bien travailler sur l'amorceur, en somme : fabriquer de l'eau contaminatrice pour être sûr de pouvoir en arrêter le processus de propagation aux eaux saines. Corman plaida, multiplia les démarches, invoqua la mission sacrée de la science et le sacro-saint devoir de défendre son voisinage, et obtint les dérogations nécessaires. Il collecta des fonds, multiplia les démarches, invoquant les mêmes sacro-saints devoirs, et commença ses expériences. Il n'y avait aucun danger, disait-on. On le laissa chercher sans contrôle, pour s'en persuader. Il ne trouva pas, croyait-on.

Du moins, il ne trouva pas l'eau polymérisée : en cours d'expérience, c'est lui qui inventa l'eau amère. Une forme d'acide extrêmement puissant, et surtout, extrêmement contaminateur. Capable non seulement de convertir en eau amère tous les océans et les eaux douces en quelques semaines, comme prédit par le vieux canular, mais aussi de s'infiltrer dans les matières organiques et de convertir la moindre parcelle d'eau dans les cellules végétales ou animales — soixante-cinq pour cent pour le corps humain, quatre-vingt-dix-huit pour cent pour les méduses. Même les insectes seraient concernés, puisque dix pour cent de leur minuscule masse desséchée et craquante était constituée d'eau ! On imagine aisément le résultat : se nourrissant non seulement de toute l'eau, mais aussi de toute matière organique sur terre, l'eau amère était susceptible de grossir, grossir indéfiniment jusqu'à transmutation en elle-même de toute la biomasse, immense ogre liquide amené à recouvrir la planète, avant de dissoudre en elle, lentement mais inéluctablement, le monde minéral. La fin du monde était tout entière contenue dans un minuscule flacon de diamant expansif, seule matière que l'eau amère ne pouvait entamer.

— C'est à cette époque que je perdis contact avec Corman. Il travaillait dans le plus grand secret, et le ministre même n'était pas au courant de l'emplacement du laboratoire où il avait été confiné. Un rapport ultraconfidentiel, un an plus tard, m'apprit qu'à la suite d'un incident dont la nature n'était pas précisée, mais que l'on devinait aisément, les recherches étaient officiellement abandonnées. Nous y avons tous cru.

— Un incident… en rapport avec la folie du père de Maurine ?

— Sans aucun doute. Mais cela, je ne l'appris que plus tard, en arrivant ici.

— Et… cet incident ?

— Je n'en sais pas plus, Laurent. J'ai compris qu'il avait causé la mort de Christine, la mère de Maurine. Dans des conditions si atroces que Wersant n'a jamais rien voulu me dire. Oui, cela doit expliquer que Corman soit devenu fou.

— Wersant ? Que vient-il…

— Tu ne le sais pas ? Si Maurine s'est réfugiée à l'orphelinat, c'est parce que son oncle y travaillait, elle savait qu'elle y serait accueillie. Cet oncle, c'est Wersant. Corman a bien dû lui expliquer la mort de sa sœur. Mais ce n'est pas l'essentiel, sinon, bien sûr, pour Maurine…

Pas l'essentiel ? Mais c'est pour moi l'une des clés de ces dernières semaines ! De la confiance incompréhensible à mes yeux que mon amie accordait au préfet de discipline, de la bienveillance dont il a fait preuve à notre égard, surtout quand elle a été suspectée des meurtres. Un grand trou se creuse en moi. Comment ont-ils pu se défier à ce point de moi pour me cacher ce lien de parenté ? Et comment pourrais-je encore leur faire confiance, moi, si je sais qu'ils sont capables de le dissimuler avec une telle aisance ? Que me cachent-ils d'autre ? Pourquoi ne me parlent-ils pas de la mort de Christine ? C'est de cela que nous étouffons tous, à l'intérieur de cette enceinte. Ce n'est pas du confinement perpétuel, c'est de ce mensonge permanent qui pèse sur nos épaules comme un brouillard poisseux. Le mensonge est une eau amère. Il contamine toute vérité et la transforme en lui-même, jusqu'à ce qu'il ne reste plus autour de nous qu'un immense et unique mensonge dans lequel nous nous assoupissons doucement de peur de perdre nos repères. Nous sommes si bien dans ce confortable brouillard, dans cette enceinte rassurante, ils sont si bien : mon désir d'évasion, au risque de l'eau amère, est comme mon impérieux besoin de crever le mensonge, au risque de la vérité. Et tout cela, ce n'est pas l'essentiel ?

L'essentiel, dans l'analyse que peut en faire Orsant quinze ans après la Catastrophe, c'est que les recherches de Corman, officiellement interrompues, n'avaient fait que passer en d'autres mains, de manière plus secrète encore, et derrière le dos du ministre lui-même. Des mains moins fiables. Avec la Paix éternelle, le monde avait cru aussi s'être débarrassé du terrorisme. Il n'en était rien. Au nom de Dieu — ce mot que l'on avait depuis banni et dont le sens échappait toujours à Laurent — certains individus étaient prêts à mettre fin au temps de l'homme, à la terre des hommes, à tout ce qui avait une existence matérielle. Ainsi espéraient-ils accélérer la mise en place d'un grand royaume spirituel. Dieu était-il un héritage de l'ère virtuelle ? La remarque fit sourire Orsant, qui ne jugea pas nécessaire, pour autant, d'expliquer le sens du mot. Plus vite on l'aurait oublié, plus vite, prétendait-il, les hommes prendraient conscience de leur responsabilité dans la gestion de la planète. La preuve, c'est que les groupes terroristes qui l'avaient détruite n'avaient que ce mot à la bouche. La contamination galopante de la matière était pour eux une aubaine. Après avoir beaucoup espéré du diamant expansif, ils s'étaient intéressés à l'eau amère, pour laquelle il n'y avait pas d'inhibiteur connu. L'accident de Corman avait fini par arriver à leurs oreilles.

À l'époque, Orsant avait été envoyé en mission dans différentes régions volcaniques de France, en Lorraine, dans le pays niçois, et surtout dans le massif central. Il s'agissait de recueillir des informations sur la composition des pyroclastites, et manifestement dans le cadre d'une recherche sur les inhibiteurs de l'eau amère, mais ceux qui l'avaient envoyé ici n'en avaient pas dit un mot, et sans doute l'ignoraient-ils eux-mêmes. La vérité était déjà une denrée rare dans les ministères, comme un bon pain nourricier dont les miettes sont disséminées dans tous les services pour être sûr que personne ne pourra la reconstituer tout entière. En l'an zéro, Orsant se trouvait dans les environs du lac Pavin, dont les eaux chargées de gaz rares intriguaient les chercheurs pour leur résistance à la polymérisation.

Il avait accepté avec une joie sombre, où se mêlaient le sentiment de revanche et le bonheur de revoir Laurène, Laurent et Laura, ce retour vers l'orphelinat où il avait passé son enfance. À la manière dont il en avait été chassé, il se doutait qu'il serait mal accueilli. Mais en tant qu'inspecteur ministériel, il jouissait d'un statut privilégié qui garantissait au moins sa sécurité, sinon l'accès aux informations confidentielles sur les motifs de son rejet. Et il pourrait enfin revoir ceux qu'il n'avait pu bannir de sa mémoire.

— Ne doute jamais de cela, Laurent : jamais je ne t'ai oublié. Jamais je ne t'ai abandonné, comme je l'avais été dans mon enfance. Et si, depuis mon retour, j'ai fait semblant de ne pas te connaître, c'était pour assurer ta sécurité. Jusqu'à hier, j'y avais réussi. Mais depuis hier tu es en danger permanent. L'assassinat de ta sœur devrait t'en convaincre.

Mon silence lui dit qu'il en faudra un peu plus pour cela.

L'accueil qu'il reçut fut à la mesure de ses craintes. Laurène refusa de le voir, Norsant ne s'écarta pas d'une parole du strict nécessaire à la mission d'Orsant. Chacun l'évitait dans les couloirs. Quant aux enfants, il ne put qu'entrevoir de loin le groupe parmi lesquels il devinait les siens à leur taille. Laurène avait tout fait pour que son fils et sa fille ne soient ni loués, ni adoptés, tout en échappant au placement d'office en institution d'État. Mais elle avait réussi à cacher leur identité aux nouveaux arrivants, enfants abandonnés et personnel d'encadrement. On pouvait comprendre d'où venait la menace.

L'équipe scientifique fut d'autant plus mal accueillie qu'elle avait interdit une partie des caves, qui descendaient jusqu'au lac. Elle avait fait aménager les souterrains et condamné la porte par un code. Dans les montagnes volcaniques avoisinantes, où il suivait les géologues, Orsant fit une rencontre plus surprenante : Étienne Corman, dont les crises de folie s'étaient apaisées depuis la mort de sa femme, s'était établi dans un ermitage, pour rester tout près de sa fille Maurine, dans laquelle il voyait encore l'image de sa mère. Il savait que la fillette s'était réfugiée ici pour ne plus le voir, et il avait renoncé à l'idée de troubler sa tranquillité. Mais de se savoir près d'elle le rassurait. Plus que tout autre, il connaissait le danger de ses travaux et s'attendait à un accident plus terrible que celui qu'il avait provoqué, ou à une malveillance définitive. Il serait là, alors, pour la protéger. Apprendre qu'Orsant avait lui aussi deux enfants élevés à l'orphelinat le rasséréna. Il savait que son ami ferait tout ce qui était en son pouvoir pour sauver lui aussi son fils et sa fille. Et c'est alors que toutes les radios, toutes les télévisions, annoncèrent la Grande Catastrophe. Orsant dînait chez Corman quand la première information fut lancée, en fin de journal. Ils comprirent immédiatement ce que cela signifiait.

* *
*

Le premier soir, en effet, cela n'avait pas fait les gros titres : la pollution n'avait touché que l'Asie et l'Afrique, et un chanteur à la mode venait de répudier sa deuxième épouse : cela suffisait à remplir les premières pages des journaux et les dix premières minutes du grand jeu informatif de vingt heures. Il y eut bien quelques journalistes pour remarquer qu'elle avait touché les sources des quatre fleuves du paradis, selon la Bible : le Nil, le Gange, le Tigre et l'Euphrate. Depuis longtemps, on était familier des catastrophes affectant le Soudan, l'Inde, l'Iraq et l'arrière-pays méditerranéen. Apprendre que toute vie, en quelques secondes, avait disparu des rives touchées par le fléau n'attirait pas les commentaires. Le gonflement subit des eaux fut un objet de curiosité, comme un tsunami ou une mousson déréglée, et entraîna un effet de curiosité apitoyée, surtout lorsqu'un scientifique suggéra qu'une contamination macromoléculaire pouvait être la cause du phénomène. Vu d'avion, cela donnait de très jolies images.

Deux jours plus tard, les cours du Tigre et de l'Euphrate ne formaient plus qu'une seule et même inondation acide, de leur source à leur embouchure. Le bassin du Gange et du Brahmapoutre n'était plus qu'une extension du golfe de Bengale et l'on ne savait plus s'il fallait rattacher l'Égypte à la mer Rouge ou à la Méditerranée, dont les eaux se mêlaient du Caire à Louxor. La contamination de la Méditerranée inquiéta aussitôt les pays riverains, et les premières images affluèrent sur les écrans des corps rongés par l'acide, qui se décomposaient à une vitesse accélérée jusqu'à ce que chaque cellule gorgée d'eau soit à son tour convertie en acide. Le désert d'Arabie retarda un moment la fusion entre le bassin méditerranéen (y compris la mer Rouge) et le bassin indien (qui s'étendait du Koweït à la Thaïlande), mais bientôt, de Singapour à Gibraltar, il n'y eut plus qu'une immense étendue d'eau qui envahissait peu à peu la France en remontant le Rhône, et le Tibet était une vaste plage au bord de l'océan. Quelques milliardaires réfugiés au sommet de l'Everest commencèrent à comprendre qu'ils n'avaient gagné que quelques jours de survie sur le reste de l'humanité. Partout, rongées par la base, les montagnes s'effondraient. La panique prit le pas sur la compassion. Une semaine à peine s'était écoulée depuis la première annonce.

Une semaine, cela suffit à délier les langues. Très vite, les analystes succédèrent aux commentateurs, et les prophètes aux analystes. Le ministère de la Défense établit un rapport avec l'accident survenu deux ans plus tôt, qu'il n'était plus possible de garder secret. Les théologiens évoquèrent les quatre fleuves du Paradis, et les groupes terroristes de toutes les religions du monde revendiquèrent aussitôt l'attentat, laissant les prophètes appeler à la contrition et annoncer, avec une clairvoyance surprenante, la dernière fin des temps. Car cette fois-ci, ce fut la bonne.

Le seul qui ne fut pas surpris par la Catastrophe fut Corman, qui s'y préparait depuis deux ans. Il n'est pas d'exemple que l'invention d'un homme, si néfaste soit-elle, n'ait jamais été utilisée, et lorsqu'il avait découvert l'eau amère, il avait compris que la fin du monde n'était plus qu'une question d'années. Il avait donc repris ses recherches et s'était établi auprès de sa fille, pour pouvoir la sauver, le moment venu. Le reste de l'humanité, estimait-il, avait fait son temps, plutôt bien mal, d'ailleurs, jusqu'à avoir atteint le summum de l'horreur, et ne méritait pas de survivre. Il n'était pas loin d'approuver l'acte des terroristes, ou du moins leurs motivations, et se réjouissait que sa fille ait choisi de rejoindre les orphelins, car de tous ceux qui allaient survivre avec elle, c'étaient les enfants sans famille qu'il affectionnait le plus. Si la graine de l'humanité devait être replantée quelque part, c'était bien en eux. La paradoxale misanthropie développée par Orsant venait des conversations qu'il avait tenues avec Corman, la dernière semaine du monde.

C'est alors que son camarade de Princeton lui expliqua son projet, et lui laissa le soin de sa réalisation. Depuis deux ans, il avait reconstitué un laboratoire rudimentaire dans son ermitage auvergnat. Il avait commencé à produire du diamant expansif, qui ne demandait qu'à prendre possession des lieux pour les enclore définitivement en les protégeant de l'eau amère. Son coup de génie avait été de modifier la composition de la substance d'amorçage afin que les molécules expansives réagissent à l'eau amère. Ainsi, les eaux elles-mêmes édifieraient l'enceinte, et celle-ci s'élèverait au fur et à mesure de la montée des eaux, restant toujours trois mètres au-dessus du niveau atteint. Cela lui parut une distance suffisante pour protéger les réfugiés contre d'éventuels agresseurs.

Car il n'en doutait pas, des hommes finiraient par refluer vers le lac Pavin, et ne feraient qu'une bouchée des orphelins, gardés par une poignée d'adultes dont la moitié de religieuses. Seuls les plus forts, les plus dépourvus de scrupules, survivraient au monde ancien : si c'était bien l'image qu'il en avait, ce n'était pas celle qu'il voulait aider à conserver. Il entendait préserver l'innocence et la fragilité, non la bestialité de l'espèce humaine. Sous le sol, la muraille s'enfoncerait au fur et à mesure que les eaux amères s'infiltreraient dans la terre, jusqu'à atteindre l'asthénosphère dont, espérait-il, la densité élevée résisterait à la dissolution dans l'acide.

— Sinon?

— Sinon, c'est bien simple: la planète explose. Nous saurons un jour si sa théorie était exacte. Ou, espérons-le, les arrière-petits-enfants de nos arrière-petits-enfants!

Lorsque les informations cessèrent à la télévision, ils comprirent que la mer avait atteint la capitale et qu'elle remonterait bientôt le massif central, les Alpes et les Pyrénées, seules parties émergées de la France. Alors, ils édifièrent patiemment le mur de diamant autour d'un périmètre suffisamment large pour permettre aux habitants de l'orphelinat de survivre en autonomie un certain nombre d'années. De part et d'autre, ils badigeonnèrent le sol d'un inhibiteur à l'expansion du diamant, afin que le mur ne s'édifie qu'à la verticale, les parties les plus récentes repoussant les plus anciennes vers le haut et vers le bas. Ainsi, disait le Texte, qui n'était encore qu'une mythologie vague dans la tête d'Orsant, le paradis fut-il préservé au sommet d'une montagne, avec la source de vie en son centre. Car l'eau restait la source de toute vie, et il n'y en avait pas au sommet d'un volcan.

L'eau du lac Pavin serait leur réserve. Constituée au sein d'un cratère d'explosion bouché depuis des millénaires, la cuvette n'était pas tout à fait indépendante du système hydrographique environnant : elle était alimentée par des sources sous-marines, qu'il faudrait condamner le temps de trouver le rétro-catalyseur. Avec un peu de chance, si la situation ne se prolongeait pas, les réserves seraient suffisantes. En revanche, sans l'afflux des sources, il faudrait mieux oxygéner les couches profondes du lac.

Pour autant, l'eau prisonnière ne serait pas à l'abri des pluies acides, qui risquaient à tout moment de véhiculer de minuscules parcelles d'agents catalyseurs. Tous les jours, il faudrait en vérifier la qualité à l'aide d'un détecteur de maniement assez complexe, et, le cas échéant, rétablir son équilibre à l'aide d'une petite quantité d'eau pure conservée en réserve et d'un agent actif qui en assurerait la propagation rapide dans une parcelle éventuellement souillée. Le dispositif était ingénieux, mais demandait une solide préparation pour être mis en œuvre, et une inspection rigoureuse et régulière de tous les niveaux. Corman avait toute confiance en son ancien condisciple de Princeton : ils avaient suivi les mêmes études, et son expérience d'inspecteur militaire l'avait formé au respect strict des protocoles.

Pour le reste, Corman espérait que les réserves végétales et animales résisteraient longtemps aux infiltrations, qu'il savait inévitables. Il n'avait pas prévu que la réclusion durerait quinze ans, ni a fortiori qu'elle risquait bien de devenir définitive. Il comptait en effet poursuivre ses recherches pour trouver un inhibiteur et un rétrocatalyseur à l'eau amère. Il serait temps, alors, et alors seulement, de libérer les rescapés prisonniers du mur. S'il avait pu prévoir, sans doute aurait-il élargi le périmètre, au risque d'y englober quelques refuges de braconniers aux intentions moins pures. Orsant n'a manifestement eu aucune nouvelle du père de Maurine. Il craint qu'il ait définitivement sombré dans la folie, ou qu'il ait échoué dans la fabrication d'un rétrocatalyseur, ou qu'il soit mort comme les autres, tout seul dans son refuge, plus simplement, plus probablement. Corman est mort, il en est convaincu, et la relégation est désormais définitive. Laurent ne le détrompe pas. Ne dit rien du visiteur de la veille, sur son aéroglisseur. Il n'a pas encore assez confiance. Pourtant, son récit est convaincant. Et pour la première fois, il l'entend parler comme un père, pas comme Sa Majesté Orsant Ier.

Jusqu'au bout, le mari de Christine laissa son copain de fac croire qu'ils seraient deux à maîtriser la situation de l'intérieur. Mais lorsque l'enceinte fut achevée, et tandis que le diamant s'élevait lentement mais inexorablement entre eux, Orsant se rendit compte que depuis le début, son ami était systématiquement demeuré à l'extérieur.

« À quoi joues-tu, Corman ? Dépêche-toi de me rejoindre ! »

« Non, mon ami, ce ne sera pas possible, tu le sais bien. Écoute-moi ! Nous avons peu de temps. Je sais tout le mal que j'ai fait à Maurine. Elle ne pourra jamais supporter ma présence à ses côtés. Imagines-tu l'enfer que ce serait pour elle d'être préservée de la fin du monde en ma compagnie ? Je ne peux lui infliger cela, et moi-même je n'y survivrais pas. J'espère qu'avec l'âge, nous apprendrons à nous retrouver, mais ce n'est encore qu'une gamine terrifiée. Ne t'en fais pas pour moi : je poursuivrai mes recherches dans mon ermitage. Tu vois, il est droit devant toi, dans l'alignement de l'orphelinat. J'aurai toujours un œil sur vous. Lorsque mes recherches auront abouti, je viendrai vous prévenir. Alors, il faudra que tu brises le mur, car il n'existe aucun rétrocatalyseur pour le diamant expansif, et je ne peux prendre le risque qu'il soit brisé de l'extérieur. Fais-moi confiance, et attends-moi. »

Le mur avait atteint leurs yeux tandis que Corman finissait de donner ses instructions. À cette hauteur, il fixa, dans la face interne, deux chevilles engagées à mi-longueur dans la matière en expansion, retardant d'un infinitésimal instant la cristallisation. Il suffirait d'un puissant coup de marteau pour que le diamant se fende en suivant les lignes de faille créées par la cheville. Les plans de coupe convergeraient vers un même point, dégageant une porte triangulaire que l'on pourrait faire sauter comme un bouchon d'un coup d'épaule. Si tout allait bien. Car il pensait toujours à une parenthèse de quelques mois, ou au plus de deux ou trois ans, non à un interminable calvaire de quinze ans : le mur aujourd'hui avait épaissi, et il n'était pas sûr que les chevilles soient assez fortes pour fendre le diamant, ni qu'un coup d'épaule ait la puissance de faire sauter la porte.

Les deux hommes étaient incroyablement calmes tandis que le mur continuait sa progression au-dessus de leur tête. Leurs voix commençaient à se perdre. Ils ne purent plus se serrer la main. Alors ils posèrent leurs quatre mains de part et d'autre du mur, et se dirent du fond des yeux ce qui serait peut-être un adieu.

Laurent revoit le visage de Corman, quand il lui a rendu l'âme du corbeau blanc. Ils étaient dans la même position, de part et d'autre du mur, et peut-être a-t-il cru que c'était Orsant lui-même qui lui faisait face, son vieil ami miraculeusement préservé par le temps au sein du paradis retrouvé. Si cela s'est bien produit ainsi, Laurent comprend la flamme qui s'est alors allumée dans ses yeux. Peut-être a-t-il cru qu'il retrouverait le monde comme avant, sa petite fille intacte, et qu'il pourrait reprendre le cours de la vie comme si la fin du monde n'avait été qu'un mauvais rêve, comme si les années ne s'étaient pas écoulées, n'avaient pas raviné les visages et blanchi les chevelures.

Les révélations d'Orsant contiennent cependant un autre espoir, si grand que Laurent ne veut pas le perdre. Si puissant qu'il lui donne enfin confiance en son père. Une confiance suffisante pour lui dire son secret.

— Mais alors, il y a bien un moyen de casser le mur et de sortir d'ici ?

— Bien sûr, je viens de te le dire. Moi seul le connais. J'irai te le montrer dès que le jour sera levé, car tu as l'âge de connaître cela, et je ne fais pas suffisamment confiance aux adultes. Mais ne te fais pas d'illusion : tant que la mer d'amertume nous encerclera, briser le mur sera notre mort à tous. Notre seul espoir était que Corman trouve un rétro-catalyseur et revienne nous donner le signe.

— Comment pourriez-vous le savoir, vous ne quittez jamais l'orphelinat !

— Pendant plus de dix ans, tu t'en souviens, je vous emmenais tous les dimanches au mur, en prétextant une promenade instructive aux confins du monde. C'était bien plus qu'il n'en fallait pour que les recherches aboutissent. Mais un jour, tous mes espoirs se sont effondrés. Sous nos yeux, un cadavre à demi rongé par l'acide tenait encore en main un feutre indélébile avec lequel il avait commencé à écrire un message sur le mur, un message dont il ne restait qu'un nom : le mien. Corman est mort, Laurent, et nous n'avons plus le moindre espoir de sortir d'ici.

— C'est faux ! Comment avez-vous pu croire si vite qu'un homme défiguré ne pouvait être que lui ? Ce pouvait être n'importe qui, qui connaissait votre nom et votre présence ici ! Un des géologues de l'expédition, le ministre de la défense, que sais-je ! Mais ce n'était pas Corman !

— Tu as l'âge de l'espoir, Laurent, c'est bien que tu le croies, mais c'était lui.

— Non, ce n'est pas un espoir. C'est vrai, parce que j'ai vu le père de Maurine.

Je lui raconte tout, nos expéditions jusqu'au mur, malgré l'interdit qu'il avait édicté quand il avait trouvé les esquisses de la fresque peinte par Laura. Les messages sur le mur, les vers reconstitués par Maurine, les lieder *de Rangström, les aigrettes de pissenlit, le corbeau blanc, et l'apparition sur un étrange bateau qui semblait flotter sur les eaux. Il m'écoute attentivement, les sourcils froncés, les lèvres pincées. Puis réduit à néant mes derniers espoirs.*

— Peut-être as-tu raison, Laurent : peut-être Corman est-il encore vivant. Il y avait un corbeau blanc à l'ermitage. S'il a été sa seule compagnie durant quinze ans, je ne m'étonnerais pas qu'il l'ait apprivoisé. Mais ce que tu me dis ne me rassure pas. Oui, il a pu dresser lui aussi, autour de son ermitage, une enceinte de diamant avec les mêmes précautions pour y ménager une porte de sortie. Mais après ? Comment, et pourquoi, serait-il venu jusqu'ici ? Sans doute utilise-t-il une sorte d'aéroglisseur qui se déplace sur les eaux sans les toucher, nous en avons vu arriver, les premiers temps, avec des cargos d'êtres humains qui cherchaient un refuge et qui ont terminé collés comme des mouches sur les parois. Mais cela signifie bien que les eaux sont toujours corrosives, puisqu'il n'ose pas les toucher.

— Mais il vient à nous ! C'est le signe attendu !

— Tu l'as dit toi-même : il vient voir Maurine. Une dernière fois. Parce qu'il sait qu'il ne nous sauvera pas. Souviens-toi du dernier message que tu viens de me rapporter : « Ne me juge pas, je suis devenu fou. » Les crises l'ont repris, Laurent, comment s'en étonner, quinze ans dans la solitude, à s'échiner sur un projet qui n'avance pas ! Corman est devenu fou, il s'en rend compte dans d'ultimes moments de lucidité et il est venu nous en avertir. C'est un message d'adieu que tu as intercepté, pas celui de notre salut.

— Mais alors, il ne nous reste plus…

— Qu'à organiser définitivement notre vie ici. Poursuivre ce que nous faisons depuis cinq ans : penser aux générations qui remplaceront les nôtres, chercher de nouvelles sources d'eau et de nourriture, mais ne pas compter sur un sauveur venu de l'extérieur. C'est cela, être un homme, Laurent. Et il en faudra un pour continuer à diriger la communauté.

Alors seulement, je comprends pourquoi je suis ici, mais je ne veux pas. Pour Orsant aussi, bientôt, il sera temps de passer la main. Il voudrait que je prenne la suite, et je ne veux pas. Les autres non plus ne le veulent pas, je le sens, j'ignore encore pourquoi, mais il faudra me battre, et je ne le veux pas. Orsant ne m'a rien dit de la manière dont il a été accueilli lorsqu'il est revenu à l'orphelinat, après la Catastrophe, mais elle n'est pas difficile à comprendre. Personne ne voulait de lui. Comment a-t-il réussi à devenir le chef?

Cela non plus n'est pas difficile à comprendre, et c'est le dernier secret qu'Orsant veut révéler cette nuit à son fils. La petite communauté avait suivi les informations jusqu'à ce que les chaînes cessent d'émettre. Elle attendait la montée des eaux avec une angoisse résignée. Wersant était encore l'aumônier de l'orphelinat : son rôle était de rassurer, de préparer les adultes à la mort, car les enfants n'en avaient pas conscience, de préparer le monde à sa fin imminente, et les âmes libérées des corps à comparaître devant Dieu. C'était donc cela, Dieu, le dernier espoir quand il n'y avait plus rien à espérer, la dernière réponse quand les questions se heurtaient à un mur. Cela ou une ampoule de morphine pour dormir jusqu'à l'échéance inéluctable, quelle différence ? Laurent n'en voulait pas, et personne, alors, n'en voulait vraiment.

Alors Orsant est apparu avec l'espoir. Il a parlé, expliqué, montré le détecteur qui permettrait de mesurer la qualité de l'eau du lac, évoqué le retour de Corman lorsque le rétrocatalyseur serait découvert. On l'a écouté avec autant de haine que le jour de son départ, mais il était le seul espoir. Au ministère de la Défense, dans ses tournées d'inspection, au contact des hauts gradés, il avait appris à commander. Il prit la direction des opérations. Sa première décision fut de bannir à tout jamais le mot Dieu. Wersant n'eut pas la force de protester. Peut-être en fut-il soulagé.

Et son premier souci fut de rester en vie. Il n'a pas pu empêcher qu'on lui confisque le petit marteau qui permet d'activer la cheville plantée dans le mur, mais il n'a pas révélé son emplacement. Ainsi, seule la réunion d'Orsant et de Norsant permettra-t-elle de sortir de l'orphelinat. Ainsi chacun garantit-il sa sécurité et se prémunit-il contre la fuite de l'autre, le temps venu. Car jamais l'espoir n'a éteint la haine entre les deux hommes. Elle rôde toujours autour de sa chambre, quinze ans après, et s'il n'était pas le seul à savoir manier le détecteur d'impureté dans l'eau du lac, depuis longtemps, il aurait été assassiné par la communauté, qui aurait attendu sans lui son salut. Alors le détecteur est devenu son talisman. Jour et nuit, il le conserve autour du cou pour rappeler que son pouvoir s'est établi sur une compétence unique et vitale. Il l'a pendu à la chaîne remise par Laurène, le seul bijou qu'il se permette. « C'est moi, ou Dieu », avait-il conclu. Ils avaient choisi.

— Tu comprends pourquoi, aujourd'hui, tu es en danger, mon petit Laurent. Ils savent que je veux t'éduquer pour que tu puisses, un jour, assurer ma succession. Parce que tu es mon fils, et parce que tu en es capable. Mais un autre aussi a un fils dans la place qu'il voudrait voir me succéder. Jusqu'au bout, j'ai tâché de cacher votre identité, à Laura et à toi, mais en grandissant, Laura a de plus en plus ressemblé à sa mère, et tu as pris ma mâchoire carrée. Je savais qu'en laissant pousser ma barbe, je ne faisais que retarder l'échéance. À présent, tout le monde est au courant, et le meurtrier t'attend derrière cette porte. Le plus urgent est d'assurer ta protection. Alors, voilà, dès cet instant, tu es le dépositaire de mon pouvoir.

Non sans solennité, il ôte de son cou la chaîne portant le détecteur et la noue autour du mien.

— Je vais t'apprendre à t'en servir. Avec cela, plus personne n'osera toucher un cheveu de ta tête.

Je le suis docilement jusqu'à la porte de la cave interdite. Il me montre un code, que j'apprends docilement. Ouvre la porte. Et là, le monde s'arrête. Il n'y a qu'un trou noir, un gouffre sans fin ni lumière. La bouche d'un ogre que je reconnais sans pouvoir le nommer. Ma mémoire explose, les images se télescopent, mais toutes portent la même sensation de panique absolue, de douleur insoutenable. Je sais qu'il me sera impossible de descendre.

Chapitre XI

La cave interdite

L'aube est proche lorsque Laurent regagne le dortoir, il est trop excité pour s'endormir. Trop de révélations en même temps, trop d'informations à assimiler, mais pardessus tout, cette découverte : le mur de diamant peut être brisé. Il ne se cache pas les difficultés : retrouver le marteau spécifique confisqué par Norsant, attendre que la mer d'amertume ne soit plus toxique, localiser les chevilles… Mais l'espoir est là. Il a désormais un visage, celui de son père, qui lui montrera le lendemain l'endroit où l'on peut cliver le diamant. Et celui d'Étienne Corman, qui lui ressemble un peu, et qui viendra leur annoncer que la mer d'amertume s'est rétractée. L'espoir a aussi le visage de Maurine, grâce à qui l'avenir se comptera en générations et aura la couleur du bonheur. Tout cela se bouscule dans sa tête et s'appelle d'un mot jusque-là bien théorique : une famille.

Et puis, il y a cet objet qui figure, d'ores et déjà, sa part d'héritage. Une chaîne d'or offerte par sa mère ; un médaillon offert par le père de Maurine, et le tout formant un talisman transmis par son père. La famille, aussi, tout cela. Mais le côté sombre de la famille. Un gage de pouvoir, mais de pouvoir par la peur, le chantage, le contrôle de l'eau et de la vie. Et le symbole de la résignation : l'instrument qui leur permettra d'aménager le quotidien, de disposer d'eau potable au cas où il leur faudrait, à jamais, rester sur les flancs du lac Pavin. Non, il ne peut l'associer au bonheur, mais il le protège. Laurent finit par s'endormir, trop tard, presque à l'heure du réveil, en le serrant dans sa main.

Dès que la chambrée sort de la nuit, dès que le minimum d'ablutions est expédié pour ne pas éveiller les soupçons des garçons, il se hâte vers la chambre d'Orsant pour que celui-ci lui montre l'endroit où a été plantée la cheville, comme il le lui a promis. Au moment de passer à son cou le talisman aux quatre quadrants, il a une hésitation. Il entend déjà les questions, les quolibets, les sous-entendus… S'il pouvait le dissimuler sous sa tunique, ou le cacher dans un coin… Mais il a promis à son père de le porter bien en évidence pour être intouchable. Et après tout, s'il a déjà la confiance du dortoir, s'il est amené à succéder un jour à Orsant, il doit affronter dès à présent la situation. Ce n'est pas sans fierté, il doit bien le reconnaître, qu'il l'attache dans sa nuque, mais avec une vague appréhension.

Une appréhension justifiée, et qui s'accroît devant l'agitation des vieux dans le Grand Hall. Au pied de la fresque, là où l'on a retrouvé le corps de Laura, Orsant à son tour est couché dans son sang, la nuque fracassée d'un coup de boomerang. Laurent se précipite, bouleversé, peut-être parce que c'est son père, peut-être parce qu'avec lui disparaît son dernier espoir, celui de retrouver la cheville qui permettrait de briser l'enceinte. Mais aucun cri ne sort de sa bouche, aucune larme ne coule de ses yeux. Le cercle se fend pour le laisser passer. Parmi les assistants figure peut-être l'assassin. Orsant l'avait bien dit : le talisman le protégeait de la haine accumulée au fil des ans. Dès qu'il a quitté son cou, il a signifié à ceux qui n'attendaient que cela qu'il pouvait être frappé.

La façon dont on le regarde, pourtant… Ce silence lourd comme un crime… Et ces yeux qui le dévisagent… Laurent réalise soudain qu'il a autour de son cou le pendentif d'Orsant. Pour qui ne sait qu'il le lui a donné cette nuit — et qui le saurait ? — c'est un mobile suffisant pour avoir tué le guide. La pensée le glace. Lui, assassin de son père, et dans la foulée, de Sacha et de Laura ! Ce n'est pas possible. Le rêve de la veille s'est transformé en cauchemar. Le premier à réagir est Wersant, qui le regarde d'un air stupéfait, les petites limaces de ses paupières avachies sous son regard ahuri.

— Laurent, qu'as-tu fait ? Je t'avais pourtant bien dit…

— Ce n'est pas moi, maître Wersant, je vous le jure.

Il est pitoyable, un gamin pris en faute, incapable de se disculper, tout juste bon à pleurnicher son innocence. Est-ce là le fils d'Orsant ? Est-ce là le futur chef ? Rien à faire. Il reste anéanti devant le cadavre dont il soutient bêtement la tête.

— Tout ça pour un pendentif, grogne le Taciturne, tout ça pour te pavaner avec un médaillon de chef à ton cou, un cadran dont tu ignores l'usage ! Tu mériterais… Allez, donne-le-moi.

— Le voilà, maître Mersant, le voilà, puisque vous en connaissez l'usage. Tenez, prenez-le, brisez-le si vous le voulez, je n'en ai rien à battre. Mon père est mort.

— Petit morveux ! Tu ne peux plus nier, cette fois. Allez, enfermez-le, et confisquez-lui son joujou.

— Prenez-le, oui, prenez le détecteur, et courez boire votre dernier verre d'eau : ne comptez pas sur moi pour vous apprendre à relever les indices. Vous pourrez tous crever, les cellules éclatées et l'eau amère courant dans vos veines.

Là, je suis le fils d'Orsant. Là, je suis debout, devant eux, et la même haine court entre nous, chaude et dense comme un magma. La haine est plus rapide qu'une duplicaténation exponentielle. Elle fige instantanément l'air entre les adversaires, elle est palpable, d'un coup, s'empare de chaque mot et le transmue en elle-même, jusqu'au plus anodin, jusqu'au plus doux. On peut parler de haine avec des mots d'amour. Oui, Orsant est devant eux, le talisman à la main, et ma main se lève déjà pour le leur envoyer au visage. Mes yeux piquent, je ne sais pas si ce sont des larmes, enfin, ou le refus de les baisser le premier sous le regard meurtrier de Mersant.

— Attendez ! intervient Norsant, qui n'a pas encore parlé. Que sais-tu, petit ?

— Je sais ce qu'il faut savoir. Ce que savait mon père quand il est revenu ici, le jour de la Grande Catastrophe. Ce qu'il m'a dit ce soir, cette nuit, toute la nuit. Je sais ce qu'il m'a montré derrière cette porte, que je sais ouvrir. Croyez-vous que j'aie eu besoin de le tuer pour cela ? Pendant quinze ans, vous avez essayé de lui faire avouer ses secrets. Croyez-vous que je l'y aurais contraint en une nuit, s'il avait voulu les cacher ? Non, je n'ai pas tué mon père. Cherchez plutôt le coupable parmi ceux qui le haïssaient. Mais peut-être aurez-vous trop de suspects ? Demandez-vous pourquoi le talisman le protégeait, et pourquoi, à présent, il me protège. Enfermez-moi, tuez-moi aussi, si vous l'osez.

— Laissez-le, dit Norsant.

— Quand je suis allé les réveiller, précise Seuranne, Laurent était dans le dortoir, et le couloir était vide. Je ne sais quand le meurtre a eu lieu…

— Voici moins d'une heure, ajoute Seuraude, je suis passée par ici aussi.

— Moins d'une demi-heure, dit Wersant, j'ai moi aussi traversé le Grand Hall.

— Et durant tout ce temps, il n'a pas quitté le dortoir, conclut Mathieu. Nous pourrons tous en témoigner.

Norsant le regarde toujours avec une haine millénaire, mais il y a du respect dans son regard. Et de la peur. Il s'approche, pose sa main sur son épaule.

— Laurent, si réellement Orsant t'a donné ce détecteur, tu sais ce qu'il te reste à faire.

Je serre les dents. J'ai compris la raison de son défi, et du minuscule sourire éclos à la commissure de ses lèvres. Il ne gagnera pas. Il sait peut-être ce qu'a été mon passé, et pour cause ; il connaît ma hantise du noir, il est bien placé pour le savoir. Mais il ne sait pas ce qu'a été ma nuit. Je me dirige sans hésiter vers la cave interdite, porté par la haine plus que par l'espoir, ouvre la porte grâce au code qui m'a été confié quelques heures auparavant, comme si je l'avais utilisé toute ma vie, et défie l'ogre noir dont la gueule béante doit à nouveau m'avaler.

Courage, Laurent, cent regards sont braqués sur toi, et tous connaissent ta peur invincible du noir. Invincible ? Non, puisque cette nuit, tu as descendu les marches. Oui, mais cette nuit, tout était noir, je ne faisais que passer d'une obscurité à une autre, je n'avais pas cette barrière à franchir, cet écran de ténèbres à crever. Oui, mais cette nuit, j'avais la main de mon père qui serrait la mienne. Courage, Laurent, rappelle-toi, tu as évoqué l'âme du corbeau blanc passée en toi quand tu t'es retrouvé face à Corman. Et cette nuit, quand tu t'es retrouvé face à la bouche béante, elle t'a revisité ; puisque tu as murmuré, à voix si basse que ton père n'a rien entendu, puisque tu as murmuré ce qui monte à présent à tes lèvres, et que personne ne doit entendre, puisque tu as murmuré...

— Le jour est un monstre albinos. La nuit n'est pas plus effrayante.

Voilà. La nuit n'est plus absence de lumière, c'est le jour qui est une maladie de la nuit. Je n'ai plus peur : j'ai nommé les ténèbres, elles m'appartiennent. J'entre dans la bouche de l'ogre. Personne n'a remarqué l'instant d'hésitation. À tâtons, je m'avance sur le palier que je ne vois pas, mais qui mesure cinq pas, je les ai comptés quand nous avons emprunté tous les deux le chemin dans la nuit. Mes mains voient pour mes yeux, reconnaissent les parois apprivoisées hier. Un sas volontairement sans lumière, ultime protection contre la curiosité de ceux qui auraient réussi à forcer le code. Courage, Laurent, tu connais cette pièce de longue date, et tu sais, depuis hier, où trouver la deuxième porte, et comment elle s'ouvre. Au-delà est la lumière. Tu sais ce qui te reste à faire, et il ne suffira pas d'avoir bravé la gueule d'enfer. Oui, je le sais, et je sais que désormais, tous les matins, jusqu'à ce que je passe le relais à la génération suivante, ou jusqu'à ce que nous sortions de l'enceinte de diamant, il me faudra accomplir les mêmes gestes. Cela s'appelle de noms rebutants, « devoir », « responsabilité », « office », des mots d'adulte. En une nuit, c'est cela, je suis devenu adulte. N'oublie pas : le maître des mots. Je ne sais si Orsant avait à ce point conscience qu'en me confiant sa succession, il se condamnait à une mort brève, mais il m'a fait franchir un seuil.

En refermant la porte derrière lui, il se retourne vers Norsant comme son père, bien des fois, a dû le faire.

— Et vous, vous savez que si vous tentez de me suivre, l'eau que vous buvez aujourd'hui sera la dernière de votre vie.

— Personne ne te suivra, Laurent. Il ne te sera fait aucun mal, mais tu sais qu'avec cette charge, tu as hérité de la haine que nous portions tous à Orsant. Nous aurons à parler ensemble, lorsque tu auras accompli ton devoir. Nous savons que tu n'y failliras pas. Et vous, ajoute-t-il en se tournant vers les vieux, vous savez que cet homme est sacré tant qu'il portera ce talisman.

La porte s'est refermée, Laurent serre les dents, traverse le sas à l'aveuglette, compte cinq pas, tâte la seconde porte, blindée, dont il actionne les rouelles en comptant les tours. Lorsqu'elle tourne sur ses gonds parfaitement huilés, les marches s'éclairent d'elles-mêmes, d'une lueur faible, mais réconfortante. Il est sauvé. Son pied retrouve les pas de son père, sa main droite suit la rampe, la gauche broie le médaillon, et ses yeux, peu à peu, s'adaptent à la pénombre. Il avance, sa mâchoire se relâche doucement, et ses idées se décantent au fil des pas. Est-ce la marche, est-ce le noir ? Le monde semble avoir pris un sens. Les fils de ce qu'il vient de vivre se nouent, se tressent, se tissent comme pour former une image lisible. Il revoit les vieux en cercle autour du corps, il les nomme dans sa tête, ils sont tous là. Il n'en manquait pas un. Sur le moment, cela ne l'a pas frappé, mais il sait ce que cela signifie, et il est sûr du compte. « Nous savons qui est le meurtrier de Laura et de Sacha. Mais il est introuvable », disait Orsant. Ils étaient tous là, autour de son corps, même celui qui se cachait hier. Le meurtrier de son père était devant le corps de sa victime. Lequel d'entre ces visages faussement consternés ? L'assassin introuvable est trouvé. Il n'a pas pour autant été dénoncé. La mort d'Orsant le protège bien mieux que le silence des autres. « Nous savons », a dit Orsant, et non pas « je sais » : les autres aussi, les membres du Consistoire, savent qui est l'assassin. Ils se taisent. « Et peut-être a-t-il des complices, je dois me méfier de tout le monde. » *Et toi aussi, Laurent, désormais.*

Bien sûr, ils sont tous complices, unis dans la même haine, qu'importe la main qui a frappé, je dois me garder de tous. Norsant, Mersant, et même Wersant qui m'aime en secret, Seurolga à la main secourable, Seuraude aux lèvres pincées, et toutes les femmes au voile bleu, tous les domestiques dont Orsant se méfiait. Il a tenu quinze ans. Ils ne m'auront pas. Au bas de l'escalier, la lueur du jour prend le relais du boyau aux marches lumineuses.

La cave interdite débouche sur des installations complexes, au bord du lac. Des systèmes de canalisation permettent de prélever des échantillons à divers endroits et à diverses profondeurs et de les analyser pour repérer le moindre indice de contamination moléculaire, le pH, la teneur en dioxyde de carbone, en méthane et en hydrogène sulfuré, les moindres variations de chaleur ou de densité selon les différentes stratifications ; chaque cadran du médaillon donne une mesure. Mais les données brutes n'ont pas d'intérêt ; c'est l'équilibre entre les diverses couches du lac qui doit être maintenu, la circulation des eaux étant naturellement incomplète. La couche la plus profonde, soixante mètres sous la surface, reste stagnante, et à plus de quatre-vingt-dix mètres de profondeur, l'oxygénation ne se fait plus, la température augmente et le pH diminue considérablement. La condamnation des sources sous-marines n'a fait qu'accentuer le phénomène, privant le lac d'apports nouveaux. De savants calculs permettent de définir les quantités d'eau à réinjecter, par des systèmes de valves et de canaux, afin de parachever le brassage naturel et d'absorber dans les couches inférieures les éventuelles pollutions de surface. Dans des récipients sécurisés, la petite réserve d'eau pure et de catalyseur qui permettrait de pallier rapidement une pollution majeure, ou un tarissement de l'eau. En quinze ans, Orsant n'y a jamais eu recours. Mais le lac qui les fait vivre a un besoin permanent d'un gardien des eaux.

Sa mémoire est à l'image du lac Pavin. Seules les couches supérieures connaissent un brassage permanent. Tout au fond stagnent des souvenirs latents, des informations emmagasinées sans discrimination, des visions évanouies. La marche favorise leur circulation. La lente remontée vers l'orphelinat, dans une pénombre oppressante, avec l'angoisse du sas à retraverser, est un nouveau corps à corps avec de très vieilles phobies. Mais surtout, une nouvelle occasion de laisser décanter les idées neuves et de les mêler aux souvenirs anciens, comme les différentes couches du lac, qu'il vient de brasser avec précision.

Hier soir, Orsant a systématiquement détruit ses derniers espoirs en parlant de la folie qui aurait repris Corman. N'était-ce pas pour mieux le convaincre qu'il valait mieux s'occuper de la petite communauté et de sa survivance dans l'orphelinat, et oublier ses rêves d'évasion? N'a-t-il pas dit que dans le passé, Corman avait été victime de crises de démence entrecoupées de rémissions ou de périodes de lucidité? Reconnaître sa folie est déjà une preuve de lucidité. Non, tout ne doit pas être pris au pied de la lettre dans les messages de Corman, et le recours à des *lieder* oubliés n'est certes pas un signe de santé mentale. Est-ce pour cela que rien n'a de sens dans sa démarche? Laurent repense à la dernière apparition, lorsqu'il a tracé une ligne à hauteur du niveau de la mer. N'était-ce pas une invitation à le surveiller, une marque destinée à servir de comparaison avec un relevé postérieur? Cela signifierait qu'il croit à la récession de l'acide, et le signe tracé au-dessus prendrait alors tout son sens. Une ligne droite et un rectangle allongé, cela ne veut peut-être rien dire, mais depuis la conversation d'hier, cela fait furieusement penser à… l'image d'un marteau. Le message alors serait clair: le niveau va descendre, il sera temps d'utiliser le marteau.

Comment disait mon père? « Tu as l'âge de l'espoir, Laurent »: oui, j'ai l'âge où l'espoir repousse indéfiniment, à chaque fois que l'on croit avoir coupé sa tête. Corman a trouvé le rétrocatalyseur, j'en suis désormais persuadé, et s'il nous faut encore attendre quelque chose, c'est une période de lucidité chez cet esprit fragile. Qui sait, peut-être croit-il que sa fille est morte, que nous lui avons fait du mal, que nous la retenons en otage et refusons de la libérer, que peut-il passer dans une tête folle de douleur ? Peut-être que, s'il apercevait Maurine, il aurait envie de la rejoindre, et d'utiliser le rétrocatalyseur ?

Mais pour cela, il faut trouver le marteau et les deux chevilles, qu'Orsant n'a pas eu le temps de montrer à son fils. Sérier les problèmes. Pour le marteau, il a sa petite idée. Si le clan de l'orphelinat a réussi à le confisquer à Orsant, il l'a caché dans un endroit inaccessible et secret. Or, un tel endroit existe. Laurent se souvient avec précision du dispositif qui permettait d'espionner le bureau de Wersant. Il s'était étonné qu'il n'y ait, à cet endroit, aucune pièce dans la structure du bâtiment. Mais un escalier creusé dans la muraille passerait inaperçu. Que perdrait-il à vérifier ? Il s'était promis, de toute façon, une conversation avec l'oncle de Maurine, le seul, peut-être, qui ait conservé le secret de la mort de sa mère. C'est par cela qu'il faut commencer, dès maintenant. La conversation avec Norsant peut attendre : après tout, c'est au garçon, désormais, de décider qui il rencontre, et quand.

Lorsqu'il ressort de la cave interdite, ils sont toujours là, muets, à l'attendre. À cela seul, il sait qu'il a gagné.

— Tu as raison, Norsant, il faut que nous parlions. Mais auparavant, j'aurai à parler avec Mathieu, qui va prendre ma place dans le dortoir des garçons quand j'occuperai la chambre de mon père. Car je n'oublie pas de quelle génération je suis. Je siégerai au Consistoire, mais le premier qui m'assimilera aux vieux devra courir vite ! À part cela, la vie continuera comme avant. Mais il faudra donner au corps de mon père la sépulture et les honneurs qu'il mérite. N'est-ce pas toi, Wersant, qui disais que sans lui personne ici ne serait encore vivant ? Un mot encore : je sais que l'assassin est parmi vous, et je sais que plusieurs d'entre vous le connaissent. Je jure sur l'eau du lac Pavin que je connaîtrai et punirai le coupable. Et tous ceux qui le savent et qui ne le dénoncent pas seront considérés comme complices. À présent, allez délivrer Maurine : nous ne savons pas encore qui est coupable, mais il est clair que ce n'est pas elle qui a tué Orsant, et que tous les meurtres sont liés.

Tous ont noté la disparition du mot « maître », et le tutoiement. Mais aucun n'a osé protester. Il croit ressentir l'impression de son père, quand il est arrivé pour la dernière fois dans ce magma de haines, de jalousies et de rancœurs, et qu'il a paisiblement décrit ce qui allait arriver, ce qu'il fallait faire et la manière dont chacun allait lui obéir. Il est Laurent, le fils d'Orsant, l'aîné des orphelins de la communauté, et c'est par lui qu'une génération va succéder à une génération pour livrer un monde neuf à la suivante.

Chapitre XII

Monsieur Propriétaire

Aucun indice dans le bureau d'Orsant. Sinon sur ce que fut sa vie. Si réellement il a tenu ici le premier rôle, s'il a commandé à tous, organisé la vie sociale et planifié les activités, rien ne se remarque dans cette pièce austère. Laurent ne s'attendait pas à y trouver des dossiers méticuleusement tenus : les responsabilités administratives sont du ressort de Norsant, et la gestion humaine, orphelins et domestiques, réservée à Wersant. Mais au moins tout ce qui fait un chef, des armes, des trophées, des rétroplannings, des carnets d'ordres, des sceaux… Rien de tout cela. Dans des chemises et sous-chemises, dans des cartons d'archivage, du papier, rien que du papier, rangé par dossiers hiérarchisés soigneusement numérotés, de gros cahiers à couverture noire, couverts de signes qui ressemblent à de l'écriture, mais où il ne reconnaît pas les bâtons et les cercles qu'il a appris à déchiffrer à l'envers. Une sorte d'écriture bâclée, où toutes les lettres tiennent l'une à l'autre en un magma indéchiffrable. Lui aussi vivait dans un monde de papier.

Sur la première page de celui qu'il était en train d'écrire, le titre seul est rédigé en caractères droits. L'ÂME DU CORBEAU BLANC. De quoi peut-il s'agir ? Orsant avait connu l'oiseau apprivoisé par Corman, mais y a-t-il de quoi noircir tant de pages sur son âme ? Cela n'a pas de sens. Comme si, au lieu de diriger l'orphelinat, il avait passé sa vie à écrire. Pour qui ? Il a créé un monde où personne ne saura plus lire. Comme s'il se délectait à l'avance d'être son seul lecteur, ou comme s'il craignait le jugement d'autrui sur ce qu'il écrivait. Comme si la meilleure façon de ne pas le connaître était de faire en sorte que personne ne puisse jamais le lire. Il aurait été plus simple de ne rien écrire, de brûler au fur et à mesure ce qu'il couchait sur papier, mais il n'était capable ni de l'un, ni de l'autre. *Mon père était fou. Dire qu'il y a peut-être, dans tout ceci, une indication sur l'emplacement des deux chevilles, et que je serais incapable de la repérer !*

Les images épinglées aux murs ne lui en apprendront pas davantage. Les plus anciennes sont d'une extraordinaire précision, malgré leurs couleurs délavées : comment l'artiste qui a reproduit avec une telle exactitude les détails du monde et les expressions des hommes n'a-t-il pas été choisi pour exécuter les fresques du Grand Hall ? La plupart des personnages, reproduits de face et souriants, rayonnant d'un bonheur perdu, sont inconnus de Laurent. Les plus anciennes n'ont pas de couleur, mais le trait est plus net encore, les dégradés de gris d'une nuance extraordinaire, les visages animés d'une vie instantanée. Le papier, brillant, semble avoir été recouvert d'un léger vernis, et la bordure en ondulations régulières imite grossièrement une vignette découpée dans un livre. Cela ne ressemble à rien de ce qu'il a vu jusqu'ici. À rien de ce que pourrait reproduire quiconque à l'orphelinat, même Laura. Il regrette de n'avoir pu connaître l'auteur de ces images. Sans doute est-il mort, car plusieurs détails ont été reproduits par Laura dans son propre travail, bien maladroitement, d'ailleurs ; Orsant n'aurait pas manqué de confier à l'inconnu la décoration du Grand Hall, s'il avait été en vie. Laura a sans aucun doute tiré son inspiration de ces petites vignettes qui évoquent la vie d'avant, avec des animaux, des arbres, des fleurs. Oui, si le paradis évoqué par le Texte a réellement existé, il devait ressembler au monde d'avant.

Plus loin, ce sont les premiers essais de Laura qui ont été fixés au mur. Pourquoi ont-ils été conservés ? Ils sont horribles, le trait hésitant, les tons criards, surtout en comparaison des petites merveilles affichées sur l'autre paroi. Bien sûr, elle était sa fille, mais est-ce une raison pour accrocher au mur, à côté des chefs-d'œuvre de l'inconnu, ces premiers essais malhabiles ? Quelle valeur pouvaient-ils avoir aux yeux d'Orsant ? Laurent s'apprête à les décrocher, mais à présent que Laura est morte, à présent qu'il sait qu'elle était sa sœur, il serait incapable de les jeter. Elle qui avait été si proche de leur père, avait-elle appris que Laurent était son frère ? Sans doute pas, elle n'aurait pas eu le courage de rester aussi longtemps auprès de lui sans le lui dire. Mais cela explique la proximité instinctive qu'ils ont toujours sentie.

Est-ce cela, l'affection qu'elle lui témoignait et qui l'agaçait parce qu'il la confondait avec de l'amour, un sentiment confus dont elle devait elle-même ignorer la nature ?

Et ce sentiment étrange qu'il éprouve devant les dessins de sa sœur morte, est-ce celui que devait ressentir son père quand elle était encore en vie, et qui l'a empêché de jeter ces ébauches ratées ? Avait-il besoin de fixer le souvenir d'une enfant devenue une petite fille, puis une adolescente, presque une femme ? La petite fille n'est-elle pas comme une morte dans son corps adulte ? Étrange faiblesse, qui nous retient de jeter ce qui appartenait à un mort. Tant de choses encore à découvrir en lui-même... *Pourquoi ne nous a-t-on appris que la chasse au corbeau et la cueillette des champignons ? Père, pourquoi t'es-tu intéressé, pendant quinze ans, à l'âme du corbeau blanc, et pas à la nôtre ?*

Un peu plus loin, des dessins tout aussi maladroits que ceux de Laura, mais d'une main d'adulte, sans doute celle de son père. Ils représentent tous le même petit morceau d'horizon, à la même heure du jour, s'il faut en croire la situation semblable du soleil dans le ciel, avec une vallée, des arbres, et plus loin une montagne, et tout au bout, une minuscule maison grosse comme une tête d'épingle. Mais d'un dessin à l'autre, le paysage est envahi par une eau étale et déterminée, qui recouvre les arbres, change la vallée en mer d'amertume, et finit par engloutir la petite maison dans la ligne plane et nue de l'horizon. Le dernier dessin n'est plus qu'une ligne horizontale, droite et tranchante, terrifiante, avec le soleil figé à la même place au-dessus de la surface des eaux.

Voilà où a buté le dernier espoir d'Orsant. Il a peint jour après jour, pendant une semaine, à la même heure, la montée des eaux amères qui le coupaient définitivement du monde, de l'ermitage, de Corman, qu'on imagine dans la tête d'épingle représentée sur la colline et peu à peu recouverte. Il ne lui restait plus qu'à venir voir, tous les dimanches, les derniers survivants arriver par aéroglisseur, s'écraser contre le mur et mourir, la bouche ouverte, les yeux vitreux, tandis que l'acide rongeait lentement leurs pieds, leur mollets, leurs cuisses. Tout cela ne peut plus exister. Si l'on veut construire le monde de demain, il faudra le détruire. La main hésite encore à décrocher tous ces dessins avant que quiconque puisse les voir.

Un grattement à la porte interrompt les rêveries de Laurent. Oui, il voulait voir Wersant, il a encore bien des choses à apprendre sur son propre passé. Mais il est bien qu'il soit venu de lui-même. Il a l'air ennuyé et perplexe d'un âne assis entre un seau d'avoine et un seau d'eau. Il aime bien son protégé, qui a toujours eu une sympathie bourrue pour lui. Mais il sait qu'avec les fonctions que le garçon occupe désormais, il ne pourra plus se permettre les petits gestes de complicité à mi-chemin de la caresse, qui lui faisaient oublier qu'il ne pouvait pas aimer son père. Il ne parvient pas encore à le voir autrement que comme l'enfant qu'il a élevé, écouté, conseillé durant vingt ans.

Cela se comprend. Ce n'est qu'une question de temps ; à lui, Laurent en laissera. Aux coups d'œil effarés que le visiteur porte tout autour de lui, on se doute que lui-même n'a jamais pénétré dans cette pièce. Peut-être est-ce pour la voir qu'il a fait le premier pas, sans attendre que Laurent vienne lui-même frapper à sa porte. Peu importe, il est là, mal à l'aise, car c'est Laurent qui a pris possession de la pièce.

— Ne m'en veux pas, Laurent, je ne devrais pas te dire ça, mais… Tu t'y prends mal… Ce n'est pas ta faute, il y a trop de choses que tu ignores encore, mais ça peut te retomber un jour sur le nez, et ça me ferait de la peine.

— S'il y a des choses que j'ignore, tu es venu me les dire, n'est-ce pas ? Je m'y prends comme s'y prenait mon père. Je n'ai pas l'intention de changer quoi que ce soit.

— Les rapports entre Orsant et Norsant n'étaient pas si simples, crois-moi. Et... excuse-moi, mais tu n'es pas ton père. Tu sais t'occuper de l'eau, c'est essentiel, je dirai même qu'à cause de cela, nous ne pourrons rien faire sans toi, mais c'est une garantie, tu comprends, ce n'est pas le pouvoir. Et ton père n'en avait guère autant qu'il le laissait croire.

— Ce que j'ai besoin de savoir, je le répète, je compte sur toi pour me l'apprendre. Pour ce que j'en sais, il n'y a qu'en toi que je peux avoir confiance.

Cela le touche, manifestement, mais il reste tout aussi mal à l'aise. Il sent l'affrontement inévitable avec Norsant, et dans l'incertitude du résultat, il ne veut se fâcher avec personne. Il pèse ce qu'il peut dire, ce qu'il doit encore cacher, jusqu'où il peut trahir le Consistoire, mais aussi, jusqu'où il pourra trahir Laurent auprès des autres. Il remue la tête à gauche et à droite, comme une balance qui hésite à trouver le poids juste.

— Tout n'est pas aussi négatif. Norsant n'a pas les mêmes raisons de t'en vouloir, et les vieux problèmes n'existent plus. Il est pragmatique, il ne reportera pas sur toi la haine qu'il vouait à ton père. Mais il y a... d'autres choses... que je ne maîtrise pas... et puis, les assassinats, qui ne peuvent rester impunis... Il a proposé de te parler, Laurent, ne refuse pas la main qu'il te tend.

— Si je savais les raisons de cette haine, ne penses-tu pas que tout serait plus simple ? Et si mon père les avait connues, tout ne se serait-il pas arrangé plus tôt ?

Wersant soupire, s'assied lourdement sur une chaise de fer, semblant regretter les fauteuils de son bureau. Longtemps, en tant qu'aumônier de l'orphelinat, il a reçu les confidences des hommes, et il connaît les contradictions de l'âme humaine. De Norsant, en particulier, qui a continué à se confesser à lui. Dès les premières phrases, il se rend compte qu'il lui faudra tout expliquer, et que les vieux mots sonnent bien creux face à ceux qui ne les ont jamais entendus. Non, l'aumônier n'est pas celui qui fait l'aumône, c'est un prêtre — il n'y a plus de prêtre — il était responsable de Dieu — encore ce mot étrange — il *confessait* — et le terme est aussi ridicule pour Laurent que la grande boîte tapissée de banquettes qui ne se regardent pas. On a depuis rangé le confessionnal sous la poussière avec la confession. Voilà, c'est comme cela, et Dieu était comme une étiquette sur un livre, avec le nom du propriétaire. Il était collé sur la confession, sur le mariage, sur la filiation légitime, sur le front du prêtre et sur la respectabilité de ses ouailles. Tant de mots interdits depuis quinze ans dont Wersant se soulage comme d'un poids sur l'estomac. Il explique Dieu, enfin, et pour Laurent, c'est moins beau qu'une aigrette de pissenlit.

— Tout cela pour te dire que j'ai connu Norsant de l'intérieur, dans le doute comme dans les décisions qu'il devait prendre, dans la douleur qu'il ressentait en l'infligeant aux autres. Quoi que tu puisses croire, ce n'est pas un méchant homme. C'est un vrai chrétien, qui voulait être juste et bon, mais il a des faiblesses, comme tout le monde, pour les membres de sa famille, et il a tendance, comme beaucoup, à transmuer ses remords en rancune. La mauvaise conscience n'est pas facile à porter, Laurent, et lorsqu'on n'est pas très fier de ce qu'on doit faire, on accuse vite celui à qui l'on fait du mal de nous avoir forcés à le faire, même si c'est faux. C'était vrai aussi pour Orsant, et ce sera vrai pour toi. Nous sommes ainsi faits, mon petit, c'est pour cela qu'il ne faut pas juger les autres. Personne ne peut vivre avec une telle culpabilité, alors, il lui faut transférer la responsabilité sur la victime.

— Pourquoi tournes-tu autour du pot, Wersant ? Je me fous de savoir s'il souffrait du mal qu'il faisait. Le mal, il l'a fait. À mon père, et à moi.

Oui, Norsant a fait du mal à Orsant. Pour ne pas s'en vouloir à lui-même, il lui en a voulu, puis, avec le temps, les sentiments se sont durcis, enkystés, transformés en une haine coutumière dont on a oublié l'origine. Wersant a senti tout cela, a tenté de raisonner le vieil homme, mais en vain. Après l'exil d'Orsant à la naissance de sa fille, tout cela n'avait pas grande importance, il valait mieux accuser un absent que se morfondre dans le remords. Mais lorsque celui-ci est revenu en sauveur inopiné l'année de la Catastrophe, le malentendu est devenu fossé, puis abîme entre le directeur évincé et le jeune dirigeant. Leurs relations ne tenaient plus qu'aux menaces respectives de briser le mur ou de laisser l'eau du lac se contaminer par les pluies acides. Une guerre des nerfs qui n'était digne ni de l'un, ni de l'autre. Ni, surtout, de la mission qui leur était tombée sur les épaules : mener à l'âge adulte la seule génération à avoir survécu. Ils étaient unis par leur rancune plus que par leur devoir, voilà pourquoi tout s'est faussé.

— Et l'origine de cette haine ? C'est cela que tu dois me raconter. Mon père n'a jamais su pourquoi, après son retour d'Amérique, et du jour au lendemain, il avait été rejeté par ma mère, puis par son beau-père. Qu'avait-il fait, de quoi l'avait-on accusé ? C'est à partir de là que tout a dérapé.

Et c'est bien de cela que parle Wersant. Non, Laurène est restée fidèle à son époux et ne l'a jamais méprisé. Si elle l'a repoussé, malgré les deux enfants qu'elle venait de lui donner, c'est pour obéir à un ordre formel de son père. Comment expliquer, avec des mots qui n'ont plus cours aujourd'hui, ce qui pouvait, voici vingt ans, briser quatre destins ? Exiler un homme qui n'a rien fait qu'aimer une femme, priver de père et de mère deux enfants dont la cadette vient à peine d'être sevrée ? Comment expliquer dans un monde qui n'a plus rien à vendre la différence entre la pauvreté et la richesse ? Que voudrait dire, aujourd'hui, être propriétaire de l'orphelinat ? Cela n'aurait pas plus de sens que de se dire propriétaire de l'air que l'on respire ou d'un nuage qui passe. Le mur de diamant est plein de propriétaires crevés la bouche ouverte sur leurs terres gorgées d'acide, et même le propriétaire de l'aéroglisseur, quand il n'a plus eu d'essence, s'est dissous avec son bien dans l'eau amère.

Mais il n'y a pas si longtemps, le propriétaire d'un orphelinat pouvait faire trembler son directeur. Et celui du refuge élevé sur les bords du lac Pavin pouvait mettre Norsant à la porte avec sa centaine d'orphelins du jour au lendemain, en lui envoyant des gens en costume noir, puis des gens en képi bleu, et s'il le fallait, des gens déguisés en kaki. Tout un bal costumé qui aurait pu disperser les enfants sauvés au bord de l'autoroute pour les remplacer par des vacanciers, parmi lesquels, sans doute, les parents qui venaient de les abandonner. Belle ironie de propriétaire, ce projet d'ouvrir un centre de loisir en lieu et place d'un orphelinat. Et c'était cela le projet, dont Norsant a eu connaissance durant les années d'étude de son presque gendre. C'est cela qui a bouleversé la donne, et dont il ne pouvait parler. Car le projet a échoué, mais à quel prix...

Heureusement pour Norsant, il y avait la beauté rayonnante de sa fille. Lorsqu'il est venu avec des architectes, des décorateurs, des banquiers et des conseillers de tout poil évaluer le potentiel de rentabilité du site, Monsieur Propriétaire a croisé son regard et tout a basculé. Peu à peu. Le cœur d'un financier est bien enveloppé de billets de banque. Ses sentiments sont un millefeuille où alternent les couches dures — faire valoir ses droits — et les couches tendres — réussir pleinement sa vie en connaissant, lui aussi, ces grandes passions que l'on dit réservées aux midinettes. Et grande passion il y eut. Lui qui ne savait plus comment dépenser son argent, il pouvait se la payer. En trois semaines, il fut éperdument amoureux de Laurène. Amoureux comme il n'est plus permis de l'être, jusqu'à mettre ses banquiers à la porte si elle lui était donnée, et ses menaces à exécution, s'il ne l'obtenait pas, jusqu'à déposer ses actes de propriété dans la corbeille de noces, s'il l'épousait.

Les anciennes amours de sa fille avaient d'abord déplu à Norsant, on ne s'entiche pas d'un orphelin, aussi doué soit-il, mais il les tolérait comme un moindre mal, et il semble qu'il ait eu une sorte d'affection pour ses petits-enfants, Laura et Laurent. Le genre d'affection dont il était capable, trop habitué à vivre entourés d'orphelins. Il les a élevés comme eux, au milieu des enfants abandonnés au bord de l'autoroute. Les moments d'affection qu'ils ont vécus avec leur père et leur mère étaient volés à sa vigilance. Il se complaisait dans cette situation instable et n'avait accordé à Orsant aucun des précieux papiers qui auraient stabilisé la famille : acte de mariage, contrat de travail, bail de location… Cela pouvait durer une vie ou s'écrouler du jour au lendemain. Il lui semblait, ainsi, garder la main sur le destin. En un sens, il n'avait pas tort.

Lorsque l'odieux chantage fut formulé, il avait les mains libres. D'un côté, sa rigueur intellectuelle l'empêchait d'y succomber. Mais le riche parti qui s'offrait à sa fille était son rêve depuis toujours. C'est dans cette attente qu'il avait maintenu le couple dans l'illégitimité. Et les menaces sur l'orphelinat étaient sérieuses. C'est dans ces moments-là, lorsque l'on sait qu'on finira par prendre une décision injuste, lorsqu'on est sûr qu'il nous faudra faire du mal à des innocents, que les arguments les plus hypocrites viennent tout naturellement à l'esprit. Ils nous sauvent du désespoir lorsque le mal est inéluctable et qu'on doit en être l'artisan.

Orsant et Laurène n'étaient pas mariés, et le premier était promis à un brillant avenir de diplômé de Princeton. N'aurait-il pas été égoïste de briser sa carrière en le cantonnant dans la sous-direction d'un refuge de province ? Au fond, il rendait service au père de ses petits-enfants en l'obligeant à quitter le lac Pavin… Quant aux deux enfants, ils n'avaient connu leur père que comme sous-directeur, et ils étaient trop jeunes pour savoir la différence entre une vie familiale et un orphelinat. Ici, au moins, ils avaient une place, un toit et de la nourriture tous les jours. Norsant les aimait bien, il aimait bien leur père, et il se convainquit facilement de faire le bonheur de tout le monde. Et puis, que pouvait-on faire d'autre?

Il manœuvra comme deux ans plus tôt au retour de l'étudiant. Il était incapable de varier sa stratégie. Sans en avoir l'air, il fit remarquer que les incontestables compétences acquises à Princeton n'étaient guère adaptées aux réalités françaises en matière de gestion administrative et de droit familial. Un stage complémentaire s'imposait. Orsant n'y vit que du feu. Ses amours avaient résisté à cinq ans d'études aux États-Unis, une année complémentaire à Paris ne devait pas lui faire peur. Il le proposa de lui-même à celui qu'il appelait son beau-père, convainquit aisément celle qu'il croyait sa femme. D'autant qu'il était convenu de se voir régulièrement à Paris.

Pendant un an, Norsant eut les mains libres. Orsant était à peine parti qu'il entreprenait Laurène. Elle ne se laissa pas convaincre. Elle refusa, résista, s'entêta, écrivit à son promis exilé des lettres aussitôt interceptées et dont elle s'étonnait de ne pas recevoir de réponse. Les lettres venues de Paris n'arrivaient pas plus à destination. Elles étaient de plus en plus pressantes, car les retours étaient sans cesse retardés. Le propriétaire amoureux était de plus en plus assidu et, dans la mauvaise foi qui protégeait Norsant d'une culpabilité trop écrasante, l'obstination de sa fille fut ressentie comme une trahison. Il rejeta la faute sur elle. Par égoïsme, elle allait mettre des orphelins à la rue, y compris ses propres enfants. Par égoïsme, elle empêchait son mari de connaître à Paris une carrière plus brillante. Était-ce cela qu'elle appelait de l'amour ? Il ne la convainquit pas, mais il se convainquit.

Et il lui restait deux arguments de poids, deux otages parfaits. Laura et Laurent. Il les enferma tous deux dans la cave interdite, à laquelle il avait encore accès et qui servait de cachot aux gamins récalcitrants. Elle n'avait pas été aménagée par les scientifiques. L'obscurité totale plongeait par un boyau humide vers les profondeurs du lac, dans la gueule de l'ogre à l'haleine chargée de dioxyde de soufre, vers la moite chaleur de son estomac volcanique. Voilà comment il les aimait. Voilà comment il voulait, de force, faire leur bonheur. Ils y sont restés trois mois. Laurent comprend à présent sa peur irrépressible du noir, ses crises de terreur à la seule menace d'y être à nouveau enfermé, il comprend la panique subite qui l'a tétanisé, la veille, lorsqu'il s'est trouvé avec Orsant devant la gueule ouverte, les images confuses qui lui remontaient à la mémoire, les odeurs de pourriture, l'impression de touffeur morbide. L'âme du corbeau blanc a dû galvaniser ses forces pour qu'il suive la main de son père. Tout cela parce que, seize ans plus tôt, sa réclusion était le seul moyen de faire fléchir sa mère. Et ce fut efficace.

Elle-même enfermée dans sa chambre, sans nouvelles d'Orsant et persuadée, non sans raison, qu'on laissait ses enfants mourir de faim, de peur et de froid dans la cave interdite, elle a fini par accepter son sort. Ce qu'elle ignorait, c'est qu'Orsant, fou d'angoisse, était déjà revenu deux fois au lac Pavin. Deux fois, il n'avait pu voir que Norsant, qui lui avait joué avec un talent inconnu la même comédie.

Laurène ne voulait plus le voir, personne ne savait pourquoi, elle était un peu perturbée, ces temps-ci, il ne fallait pas s'en faire, on veillait sur elle... Des paroles rassurantes mêlées de petites insinuations qui faisaient leur chemin, une fois revenu à Paris. Il n'y avait rien à craindre, elle ne pouvait avoir rencontré personne d'autre, on s'en serait aperçu, aucun homme ne venait jusqu'ici, aucun jeune homme, en tout cas.

Orsant n'y voyait pas malice et, revenu à Paris, se posait soudain tout un tas de questions. Jusqu'à l'erreur inévitable : une lettre de reproches qui, comme par miracle, arriva à sa destinataire. Des mots odieux, dictés par l'angoisse et la terreur d'être rejeté, des mots de jalousie sombre, qu'elle interpréta, grâce aux explications susurrées par son père, comme des mots de défiance et de rupture. En quelques jours, elle capitula, tout fut conclu et les gamins furent libérés du noir. Les retrouver hagards, amaigris, terrifiés par la lumière comme par la perspective de retourner dans le noir, les voir marqués au plus profond de leur être et détruits à jamais, finit par la convaincre qu'elle avait pris la bonne décision, et qu'il fallait s'y tenir.

Au retour suivant, Orsant, de plus en plus affolé, mais désormais soupçonneux, put comme par miracle rencontrer Laurène. La menace d'enfermer à nouveau les enfants dans la cave interdite avait suffi pour qu'elle joue la comédie de l'indignation et congédie sans explication — mais qu'aurait-elle pu dire ? — l'unique homme qu'elle ait aimé dans sa vie. Laurène était mariée, il fallait à tout prix garder secrète à Monsieur Propriétaire la naissance des deux enfants. Orsant devait repartir sur le champ, sans avoir le temps de trahir le secret en demandant de leurs nouvelles. La hâte qu'elle manifesta à le voir rentrer à Paris acheva de le convaincre que tout était fini. Son stage touchait à la fin. L'orphelinat ne prenait plus en charge la location de sa chambre. Sans l'amitié de Corman et malgré son diplôme de Princeton, il aurait fini sous les ponts.

— Pardonne-moi, Laurent, c'est moi, alors, qui ai été chargé de te punir si atrocement pour une faute que tu n'avais même pas commise. Je sais que tu m'en as voulu, tu ne savais pas d'où venait l'ordre, et pourtant, pendant tout ce temps, moi seul ai pris soin de toi.

— Je sais, Wersant, cela revient à ma mémoire. Oui, je m'explique mieux la répulsion instinctive que j'éprouvais à ton égard, et l'irrésistible besoin de venir te voir, te consulter, me confier à toi. C'était ta voix à mon oreille qui me rassurait dans le noir, tu n'étais plus qu'une voix dans la cave interdite, je te détestais et j'avais besoin de l'entendre, car il ne me restait plus rien d'autre. Tu as dû souffrir, toi aussi, de ne jamais m'en parler.

Un autre grattement à la porte vient interrompre la conversation. Laurent s'apprête à éconduire rapidement l'importun, mais lorsqu'il ouvre la porte…

— Maurine !

— Laurent, si tu savais comme tu m'as manqué ! Et vous aussi, mon oncle, ajoute-t-elle en se tournant vers Wersant. Mais je me sentais… protégée par l'isolement.

— Nous savons ce que tu as ressenti, Maurine. J'ai parlé à ton oncle des messages sur le mur, et de ton père. Mais tu n'as plus rien à craindre.

Non, il ne s'agit pas de crainte, cela se lit sur son visage qui reste fermé, malgré le soulagement de n'être plus soupçonnée, malgré le bonheur de revoir celui qu'elle aime. Il s'agit d'une blessure ancienne, d'une violence inscrite en son corps comme la peur du noir, pour Laurent. Son père a été son bourreau, même si elle parvenait à le comprendre, à le pardonner, jamais son corps ne parviendra à l'oublier. La crainte de le revoir ne veut rien dire, c'est une répulsion physique incontrôlable. Pour la première fois, après ce que Wersant vient de lui révéler, Laurent peut la comprendre. La comprendre dans sa chair et non pas dans ses mots. Sans le savoir, la souffrance les a rapprochés, sans qu'ils puissent l'expliquer, peut-être parce qu'ils ne le savaient pas eux-mêmes, parce qu'ils ne savaient pas comment la traduire en paroles, ou parce qu'ils craignaient qu'elle soit pire encore si elle n'était pas comprise, partagée par l'être aimé. Si Maurine a fait le premier pas sur le chemin de l'amour, c'est parce qu'elle avait quatre ans quand la souffrance est tombée sur elle. Le souvenir en est resté gravé dans sa chair ; celui de Laurent a dû remonter lentement à la surface, puis brutalement, lorsqu'il a suivi son père dans la cave interdite, comme une colonne de lave qui lentement remonte des profondeurs de la terre et qui, d'un coup, fait sauter le bouchon du volcan.

Leurs souffrances se serrent étroitement l'une à l'autre, s'étreignent longuement sans un mot comme pour se résorber dans celle de l'autre. Il faudra les surmonter ensemble. Il faudra bien oublier leurs rancœurs, enterrer le passé, s'ils veulent sortir tous ensemble de l'orphelinat, si le père de Maurine isole le rétrocatalyseur et si le monde retrouve le chemin du paradis perdu. Il le faudra, pour que tout rentre dans l'ordre. Et elle le pourra, si lui a pu affronter la gueule de l'ogre. Pour l'instant, elle a encore besoin qu'on lui tende la main. Et seul Wersant peut le faire. Lui seul connaît à présent l'histoire de Corman et de Christine. Peut-être, si elle apprenait la vérité sur la mort de sa mère, Maurine pourrait-elle affronter le traumatisme de son enfance ? Il est toujours là, Wersant, confus d'être en trop dans ces retrouvailles, et incapable de s'éclipser en douce, faussement absorbé dans les petites vignettes en noir et blanc épinglées sur le mur, comme si ces instantanés du paradis perdu pouvaient laver sa mémoire de toutes les ignominies qu'il vient d'en exhumer.

Mais face à Maurine, il ne peut plus rien dire. Ce n'est plus qu'un vieil homme terrifié par un passé pire encore que celui qu'il vient d'évoquer pour Laurent. Et sa peur même d'en révéler les circonstances rend plus terrible la mort de Christine. S'il n'a pas osé en retracer à Orsant, jadis, les détails trop horribles, comment pourrait-il les raconter à sa nièce ? Non, Wersant ne dira rien, sinon que Christine était l'assistante de son mari, à l'époque. Elle était chargée des préparations de laboratoire, et c'était à elle, notamment, de synthétiser la juste quantité d'eau amère pour tester les inhibiteurs que cherchait déjà Corman. On devine l'accident, la goutte fatale qui éclabousse la main, le processus irréversible qui se met en œuvre. Christine voit sa main se dissoudre, les cellules éclater, leur eau se convertir en acide et la réaction en chaîne grignoter son bras. Que pouvait-elle faire ? Que pouvait faire Corman en l'absence d'inhibiteur ? Wersant refuse de parler davantage. Mais ce fut suffisamment atroce pour que Corman perde la raison, abandonne ses recherches, fuie son laboratoire.

La suite est connue de Maurine. La fillette peu à peu substituée à la mère, les attouchements, inconcevables, la fuite éperdue vers l'oncle Wersant, le seul homme en qui elle puisse encore avoir confiance, parce qu'il est prêtre, Maurine cachée parmi les orphelins… Mais son père ?

— Je suis resté en relation avec lui, par la suite, confirme Wersant. Il est venu plusieurs fois jusqu'aux portes du refuge, c'est lui-même qui refusait d'entrer, il ne voulait pas t'effrayer. Il avait retrouvé la raison, malgré quelques crises. Lui aussi craignait de te revoir. Il craignait que la folie à nouveau le gagne, qu'il te prenne à nouveau pour ta mère.

— Mais c'est lui qui t'a sauvée, Maurine, et nous tous avec toi. C'est lui qui a élevé le mur de diamant, pour nous protéger des eaux, qui a donné à mon père le secret pour fendre le mur, le moment venu, lorsqu'il aurait découvert le rétrocatalyseur de l'eau amère, et l'heure est proche, il est venu nous en avertir !

— Il est… Tu l'as vu ?

— Oui, Maurine, je l'ai vu.

La terreur à nouveau la prend. Elle s'arrache à mon étreinte, quitte la pièce en hurlant. Je reste abasourdi. J'avais cru que tout était fini, que je lui donnais, enfin, un espoir de réconciliation. Je ne lui parlais que de mon espoir d'évasion, qui n'est pas, qui n'a jamais été le sien.

— Il y aura encore du travail, Laurent. Tu devras beaucoup l'aimer. Mais tu y parviendras, j'en suis persuadé, comme tu as surmonté tes propres épreuves.

— Peut-être. Si l'on peut lui arracher un souvenir qui l'obsède et qu'elle ne maîtrise pas. C'est cela qui m'a sauvé, quand je suis redescendu avec mon père dans la gueule du monstre noir. Quel est le souvenir qu'elle porte en elle ? Le sais-tu, Wersant ?

Il se tait, il le sait. Il ne le dira pas. Peut-être parce que lui aussi a part à ce souvenir ? Comment savoir ? Ma confiance en lui est réelle, mais limitée. Je connais sa faiblesse. Il appartient au monde ancien, il a participé à ses crimes, ou au moins à ses hypocrisies. Il m'aidera, mais restera attaché aux vieux, unis dans les mêmes secrets, les mêmes remords, les mêmes rancunes. Il me dira ce qu'il peut me dire, me cachera l'essentiel, et me trahira s'il doit choisir un camp. Je l'interroge plus directement, plus durement, sur Norsant, sur le marteau confisqué à mon père et qui pourrait briser le mur de diamant. En vain. Il est toujours entre deux trahisons. Son clan est du côté de Norsant, mais je peux compter sur sa sympathie confuse, où se mêlent le report amoureux, la complicité de nos discussions passées, le remords de m'avoir jadis infligé le supplice du noir, et la crainte, peut-être, que ce soit moi, en fin de compte, qui l'emporte sur les vieux. Je ne dois pas le brusquer. Et puis, je sais où trouver ses secrets. Sauf un.

— Et le mari, Monsieur Propriétaire, celui qui fut à l'origine de tout, tu ne m'as pas dit son nom. Est-il toujours parmi nous ?

— Tu ne l'as jamais su ? Ils ne se cachaient pourtant pas, ils étaient officiellement unis. Il est vrai que tu étais si jeune, et depuis la mort de Laurène, il n'y avait plus de raison de rappeler leur mariage.

— Tu ne m'as toujours pas dit son nom.

— Il n'y a rien à trahir, tergiverse-t-il, un jour ou l'autre, tu l'apprendras, et n'importe qui pourrait te l'avoir révélé.

— Il y a quelqu'un à trahir, Wersant, par le silence. Moi. Parce que j'ai le droit de savoir et que je dois être sur mes gardes. Est-il encore parmi nous ?

— Bien sûr, Laurent : c'est Mersant.

Chapitre XIII

L'assassin

Mersant, oui, comment ai-je pu oublier le Taciturne? Comment n'ai-je pas songé à lui tout de suite? Comment, surtout, ai-je pu croire que Norsant s'avouerait vaincu aussi facilement? Une guerre d'héritage est en jeu, et pour cette poignée de vieux qui se croit encore avant la Catastrophe, l'héritage, ce n'est pas seulement le pouvoir, c'est la terre, même gorgée d'acide, c'est la pierre, l'orphelinat, même enfermé dans une enceinte indestructible, et tout cela va au sang, à la famille, au fils du fils qui pourra dire fièrement « mon père » et « mon grand-père » en fécondant sa légitime pour leur donner des légitimes, par giclées légitimes au sein d'un vrai mariage béni par un vrai Dieu, par races glandulaires et sanguinaires. Tout cela pue l'ancien temps, tout cela pue le Propriétaire, mais nous ne savons pas ce que c'est, l'héritage, nous, les orphelins, les laissés pour compte, les abandonnés au bord des autoroutes; nous ne savons pas ce que c'est, la propriété, nous, les rescapés des pensées étroites et des grands espaces barbelés, nous, les enfermés d'origine qui n'avons qu'une mer d'acide, à perte de vue, comme seul espoir d'évasion. Que vient-on nous parler de lignage ?

Et il est là, pourtant, le lignage, devant moi, dès que j'ouvre la porte du bureau. Ma conversation avec Wersant a duré suffisamment pour que monsieur Père et monsieur Gendre rameutent leurs troupes et organisent un plan d'action. Ils sont là, les deux vieux, père et gendre, avec leurs dévoués domestiques, les sans noms et les Seurchose, qui font tourner la boutique et qui disent merci mon Dieu d'être encore vivants. Et Wersant les rejoint, timidement, en me demandant pardon tout bas, je ne sais pas si c'est une formule de politesse, parce qu'il m'écarte de la porte pour que je le laisse passer, ou si c'est parce qu'il sait, déjà, qu'il va me trahir. Tout cela pue l'ancien temps, tout cela pue le propriétaire. Je vais rejoindre mon père et tout rentrera dans l'ordre. C'est Mersant qui a pris le pouvoir, à présent. Qui, sans jamais rien dire, l'a toujours exercé, peut-être. Droit de propriété oblige.

— Nous nous sommes mis d'accord, Laurent. Nous n'avons pas besoin de toi. Orsant était diplômé d'une des plus grandes universités américaines, nous respections ses compétences parce qu'elles nous semblaient issues d'un savoir patiemment acquis et d'une réflexion longuement affinée. Nous nous sommes trompés. Les compétences nécessaires pour réguler l'eau du lac peuvent apparemment être acquises en quelques heures par le premier venu qui n'a pas fait d'études. Et pas question de vouloir m'en remontrer à ce sujet, gamin : c'est moi qui t'ai appris tout ce que tu sais, n'est-ce pas ? Alors pas d'histoire. Tu vas d'abord nous donner bien gentiment le détecteur. Ensuite, tu nous expliqueras son fonctionnement. Nous ne sommes pas plus bêtes que toi, nous le comprendrons rapidement.

Le salaud. Le pire est que le raisonnement est imparable. Si Orsant en avait eu le temps, il m'aurait petit à petit mis au courant de la gestion du lac et je serais apparu comme son successeur naturel. La menace qui pesait sur moi — et le regard de Mersant ne me laisse aucun doute à ce sujet — l'a convaincu qu'il fallait me protéger d'urgence en me faisant l'unique dépositaire du processus. Pour cela, il est allé à l'efficacité : il m'a montré les gestes, expliqué les mécanismes, appris les calculs… De quoi gérer le quotidien. Mais je ne connaîtrai pas les grands principes, les explications sous-jacentes, les développements singuliers : pourrais-je, le cas échéant, faire face à l'imprévu, trouver une solution à des problèmes qui n'auraient pas été recensés ? La gestion du quotidien ne requiert pas de compétences exceptionnelles : un bon tâcheron peut s'y employer, Mersant le premier. Mon père n'a pas pensé à tout.

Mersant non plus. Je sais que c'est à cet instant que tout se joue. Si je me montre faible, si j'obtempère ou pire, si j'implore, je suis perdu. On me saura influençable. Je dois au contraire me montrer le digne héritier de mon père, un donneur d'ordre. La décision doit être prise très vite. Les vieux ont eu le temps de se concerter ; je n'ai qu'une seconde pour leur répondre.

— Le détecteur, tu peux le prendre de force, Mersant. Mais la façon de s'en servir, comment me la feras-tu cracher ?

— Tu crois que nous manquons de moyens pour cela ?

— Non, mais de courage.

Il approche son visage du mien. Un visage fermé, dur comme le mur de diamant.

— Si j'étais toi, je n'y compterais pas trop, mon petit. Tout le monde n'est pas Wersant parmi les vieux.

— Et qui vous garantira que je vous donnerai les bonnes informations ?

— Ta vie en dépendra, n'est-ce pas ? Dorénavant, c'est nous qui nous occuperons des relevés.

— Ma vie ?

C'est à mon tour de lui éclater de rire à la figure. Ma vie ! Mais quelle valeur aura-t-elle parmi eux ? Quelle garantie me donneront-ils, pour que je l'échange contre celle que m'a donnée Orsant ? Qu'est-ce qui leur fait croire que j'aurai envie de rester parmi eux en otage, en esclave, quand le grand souffle du dehors, que j'espère depuis vingt ans, vient de regonfler mon espoir ? Ma vie... Rien que de voir dans les yeux de Mersant ce qu'il entend par là me fait rire aux éclats. C'est tout ce que je veux tuer qu'il me propose de conserver au prix d'une trahison. C'est une angoisse permanente, une épée pendue par un cheveu sur ma tête, la vie d'un agneau au milieu des loups, qui attendent sagement l'heure du repas.

— Est-ce toi qui oses parler de vie, Mersant ? Toi qui ne rêves que de me l'ôter ? Toi, l'assassin de Laura et de Sacha ? Je sais pertinemment que je serai le suivant de la liste, et je sais pourquoi.

En un instant, devant le mur compact des vieux, tous les éléments se sont mis en place. Elle est là, la preuve : seul Mersant ignorait l'existence des deux enfants. Lui seul a pu vouloir leur mort lorsqu'il l'a découverte. Bien sûr, c'est lui qui a tué Laura, et qui tuera Laurent s'il en a le pouvoir, parce qu'il a reconnu en eux, grâce aux fresques du Grand

Hall, les enfants d'Orsant et de Laurène. La mère avait su cacher leur existence, quand elle avait été contrainte de l'épouser, et le grand-père, pris d'un ultime scrupule, ou tout simplement craignant la réaction de Monsieur Propriétaire, s'était bien gardé de la révéler. Orsant lui aussi avait vite senti le danger, et n'avait jamais cherché à revoir ses enfants, qui grandissaient autour de lui, pour ne pas éveiller les soupçons de Monsieur Légitime. Au fur et à mesure qu'ils se sont mis à ressembler à leurs parents, il a tenté de brouiller les pistes, en changeant ses propres traits, en retouchant la fresque du Grand Hall.

Par une complicité tacite, pour des raisons différentes, le subterfuge a fonctionné. Mersant était à cent lieues d'imaginer que deux petits-fils de Norsant, deux petits bâtards toujours bons à prendre le pouvoir, se cachaient parmi les orphelins. Mais le temps a trahi les enfants. Mersant a d'abord identifié Laura : les traits de Laurène étaient trop profondément gravés dans sa mémoire pour qu'il ne la reconnaisse pas en sa fille. Sans doute a-t-il longtemps dû se demander qui était son père. Mais elle était d'ores et déjà condamnée.

Il était encore dans la salle de cours, à l'heure du crime : sans doute est-ce là qu'il l'a commis. Tout s'enchaîne avec une évidence implacable. Il ne peut l'avoir tuée devant tout le monde : elle a dû rester auprès de lui après la classe, pour lui montrer quelque chose. Mais quoi, sinon les feuilles soustraites à son carnet de croquis ? On avait trop vite conclu qu'Orsant les avait arrachées : cela ne pouvait être que Laura. Qui que ce soit d'autre aurait pris le carnet, ou l'aurait détruit, sans laisser une trace si visible à la pliure des feuilles. On avait trop vite conclu que les deux pages conservaient le même visage. Quel intérêt pour Laura, si c'était le cas, de les ôter toutes les deux : si l'une évoquait Orsant, l'autre représentait sans doute Laurène. C'est avec le portrait de ses parents qu'elle était allée consulter Mersant, la mémoire de la communauté, pour en apprendre davantage sur son passé. Elle était trop jeune à la mort de sa mère : sans doute n'avait-elle pas conscience de parler à un beau-père qui jusque-là ignorait jusqu'à son existence et qui pourrait se montrer jaloux d'une morte jusqu'à vouloir tuer ses enfants.

Pourquoi n'en a-t-elle pas parlé à son ami, à son frère, car elle avait bien dû le reconnaître sous les traits d'Orsant ? C'est vers lui qu'elle aurait dû se tourner en premier. Sauf si… Quel idiot ! Laurent avait été convoqué par Wersant, ce jour-là, à cause du corbeau volé. C'est par hasard qu'elle avait parlé à Mersant en premier : tout s'est joué très vite, elle venait de faire le rapprochement quand elle a été tuée. L'occasion était trop belle pour le beau-père, qui avait ensuite traîné le corps devant la fresque pour qu'on soupçonne Orsant du meurtre. Ce qui avait parfaitement fonctionné. Malheureusement pour lui, Orsant avait retouché la fresque, le rapprochement entre les visages du père et du fils était moins facile qu'entre Laura et sa mère. Mais il devait se faire un jour, et tout le monde croirait que Laura avait surpris son père au moment où il barbouillait une mèche de cheveux blancs et une barbe rousse à Outa-Napishtim. Voilà comment cela s'est passé. Reste à découvrir pourquoi il a croisé les mains de Laura sur sa poitrine.

Ce qu'il y a de sûr, en tout cas, c'est qu'il me tuera à mon tour, comme il a tenté par deux fois de le faire. Parce que je suis le fils de son rival. Parce que c'est inscrit en lui, plus fort que l'instinct de survie. Même si je ne lui livre pas le moyen de purifier les eaux. Comme il a dû aimer ma mère… Je le regarde et ne vois en lui qu'un assassin. L'assassin de Laura, l'assassin de Sacha, qui avait eu le tort de reconnaître mon visage sur le mur de diamant. Celui d'Orsant, en fin de compte, mais aussi… La tache de sang, sur la fresque, me frappe comme une nouvelle évidence. Le coup de boomerang sur la nuque, on ne l'a pas trouvé que sur ses trois victimes. Je ne vois soudain en Mersant qu'un quatrième assassin : celui de ma mère. Mes mots se font durs.

— Alors écoute-moi bien, Mersant, et vous tous, bandes de faux-jetons, car vous êtes tous ses complices. Si je vous donne le secret du lac Pavin, je mourrai avec le regret de vous savoir en vie. Mais si je ferme ma petite gueule, et si tu mets tes menaces à exécution, je mourrai heureux de savoir que vos sales tronches d'hypocrites, que vos sales paluches d'assassins, et votre sueur aigre de trouillards ne pollueront pas plus longtemps la planète. Crois-moi, je n'hésite pas un seul instant!

— Tu as tort, morveux. Il y a bien des façons de mourir, et celle que tu te prépares n'est pas la plus courte.

— Là, tu as raison, tant qu'à faire, il vaut mieux mourir vite. Et crois-moi, je préfère encore mettre des heures à y passer sous ta main, car je me doute que tu ne m'épargneras rien dans l'espoir de me faire parler, que de mettre des jours, des semaines à mourir de soif face à un lac pollué, ou à sentir ma peau attaquée par l'acide, mes cellules exploser et se changer une à une en réservoir d'eau amère, à sentir son feu couler dans mes veines. Tu les as vus, collés au mur, les membres en lambeaux, la bouche ouverte sur un cri de douleur, les yeux exorbités. C'est comme cela que tu mourras, Mersant, chiant tes viscères, pleurant des larmes acides qui te rongeront les joues, et tu n'auras plus de mains pour les sécher sur ton visage. Et mon seul regret en mourant maintenant sera de ne pas te voir dissous vivant dans la mer d'amertume.

— Ta gueule, morpion. Tu crois me faire peur avec tes conneries ?

— À toi, non, mais à eux. Crois-moi, beaucoup préfèrent vivre encore un peu comme avant avec le fils d'Orsant que de connaître avec toi le sort des gens collés au mur. Tu as des couilles, Mersant, il en fallait pour réintroduire la mort dans ce paradis. Mais à quoi ça te servira, si tu es seul dans ton camp ?

Et là, j'ai gagné. Car autour de lui, on échange des regards inquiets. Wersant regrette déjà d'avoir rejoint les vieux. Les domestiques ne savent plus à qui obéir. Quant aux jeunes, ils ont compris que si je perdais la partie, aucun d'entre eux ne pourrait plus jamais tenir tête aux vieux. Je dois continuer à parler. Sur ce terrain-là, personne n'était plus fort qu'Orsant, et je suis son fils, et j'ai hérité sa parole, alors ne me défie pas, Mersant le taciturne. Tu n'as que ta cruauté à faire reluire, et tes actes de propriété sur un lac pollué. Dis-moi qui est le plus fort.

— Demande-leur ce qu'ils pensent, si tu l'oses. Demande-leur s'ils n'ont pas plus peur de toi que de l'eau acide. Qui leur garantit que le sang que tu as sur les mains, que le sang que tu t'apprêtes à répandre, sera le dernier ? Que tu n'auras pas besoin de frapper encore pour assurer ton pouvoir, que la première révolte contre ta tyrannie ne sera pas écrasée dans le sang ? Ne parie pas sur leur peur, car aujourd'hui, ils savent qu'ils sont les plus forts, mais demain, si c'est toi qui l'emportes, ils ne seront que des fourmis sous ta botte. Orsant avait au moins cette honnêteté : il savait qu'un jour, le pouvoir devait être transmis aux jeunes.

— Et qui te dit que ce n'est pas mon intention ? Oui, le pouvoir se transmet, et il sera transmis aux jeunes, dès aujourd'hui. Mais le pouvoir ne se vole pas, il se transmet par voie légitime. Et il ne te vient pas de ton père, Laurent, tu ne tromperas personne avec ça. Tu as passé la matinée dans son bureau, n'est-ce pas ? Est-ce le bureau du pouvoir ? Qu'y as-tu vu, sinon des photographies de parents morts, des dessins d'une fille morte, des croquis sur la montée des eaux ? Il ne vivait que dans le passé, ton père. C'est pour cela qu'il refusait l'entrée de son antre. Veux-tu que nous le fassions visiter, pour que tes petits camarades constatent d'eux-mêmes à quoi ressemble, selon toi, le pouvoir ? Puis nous les inviterons à comparer avec nos bureaux, nous leur montrerons les dossiers bien rangés, les armes affûtées, les cartes millimétrées, et les actes de propriété. Tu te tais ? Tes beaux discours sont épuisés ? Le pouvoir est plus fort que les hommes, mon petit, il passe par eux, mais ce n'est pas eux qui décident. C'est le sang, oui, mais bien encadré par des actes notariés. Le sang légitime. Le mien. Il est passé par mon beau-père, il est passé par moi, il passera par mon fils.

Je relève la tête. Il vient de présenter le défaut de sa cuirasse. Les bouts de papier n'ont aucune valeur aux yeux d'adolescents qui n'ont pas appris à lire, ce ne sont que des cadavres de mots. Ils ne le suivront pas sur ce terrain. Les mots vivent quand on les prononce. Et je parle. Plus fort que les titres de propriété.

— Non, Mersant, tu te leurres, et tu nous trompes. Le pouvoir n'est pas passé de père à beau-fils, tu l'as volé, tu l'as pris à mon père, à qui Norsant avait promis sa fille, avant que tu n'arrives avec tes bouts de papier pour réclamer ce qui ne t'appartient pas. Car le cœur des hommes ne t'appartient pas, et l'orphelinat ne t'appartient plus. Tes papiers ne valent rien, as-tu oublié que plus personne ne sait les lire ? Et ton livret de mariage, même chose, pfuit ! Les mots disant ta légitimité n'ont plus cours. Alors Laurène redevient libre, et ce sont ses fils, les petits-fils de Norsant, qui retrouvent leur légitimité. Pourvu qu'il en reste, n'est-ce pas ? C'est pour cela que tu as tué Laura, et Orsant, c'est pour cela que tu vas me tuer, pour que ta progéniture te succède à notre place. Mais ce n'est pas de la légitimité, ça, Mersant, c'est du meurtre. Le nieras-tu ?

— Petite fouine ! Pas besoin de le nier, tout le monde le sait. Et si Norsant et les adultes sont toujours autour de moi, c'est parce qu'ils ont compris que c'était nécessaire pour couper court aux intrigues d'Orsant.

— Même le meurtre de Laurène ?

La réplique lui est venue dans le feu de la discussion. Comme une évidence, à cause de la tache de sang, mais il ne peut évidemment rien prouver. Pour tout le monde, Laurène est morte d'un accident, mais la fresque de Laura, où la jeune femme figure la nuque blessée comme les deux autres victimes de Mersant, est un sérieux indice. Et le meurtrier figure à ses côtés sur la fresque, c'est vrai, mais ce n'est pas Orsant, il faut le chercher de l'autre côté. Laurent risque gros à l'affirmer sans preuve, mais Norsant a pâli : Laurène était sa fille. Il ne pourra supporter qu'elle ait été assassinée. Mersant nie, bien entendu, mais dans sa voix, tous entendent que le raisonnement est juste. Tous doivent l'entendre.

Alors il parle, le triple orphelin, l'abandonné de naissance qui vient de découvrir le meurtre de sa mère devant le corps assassiné de son père. Il parle en héritier de la Parole, il enrobe, rapetasse les trous de l'Histoire, il invoque le Texte, raconte la fresque du mur de diamant, le chantage exercé sur Norsant pour évincer Orsant, les deux enfants cachés parmi les orphelins, pour que le mari légitime n'apprenne jamais leur existence. Vérité et fiction s'entrelacent, mais n'est-ce pas le principe même de la vie ? N'est-ce pas ce qu'écrivait Orsant, dans son antre aux souvenirs, n'est-il pas lui-même un personnage dans le roman couché d'une petite écriture illisible sur le bureau de son père ? Il parle, parce que les mots viennent de plus loin que lui, parce que la réalité du nouveau monde n'est pas celle de l'ancien, elle n'est pas de livrets de famille ni de titres de propriété, elle est de mots, elle est de Verbe, et le Verbe se fait chair dans sa bouche, le Verbe se fait Récit, et on l'écoute.

L'intrigue se reconstitue dans les esprits des auditeurs. Les mots sont comme l'eau amère qui convertit les pensées floues et les souvenirs honteux en un récit cohérent, qui les dédouane d'une culpabilité diffuse en désignant un coupable aux contours nets, au nom tout prêt à l'exécration salvatrice. *Parle, Laurent, la vérité qui sort de ta bouche est celle qu'ils veulent entendre.* Quand Orsant s'est retrouvé enfermé à jamais avec Laurène, dans le mur de diamant, l'amour trop longtemps réprimé s'est réveillé entre eux. Les regards de Laurène l'ont trahie. Mais elle n'osait pas le rejoindre, elle devait protéger ses enfants, elle évitait de le voir, même en public, mais il fallait bien qu'elle partage sa souffrance, n'est-ce pas ? C'était trop lourd pour une femme amoureuse, qui ne peut parler à celui qu'elle aime, qui ne peut regarder ses enfants de peur de les désigner du bout des yeux. Et elle en a parlé, sûrement, à des proches. Norsant hoche la tête, il a été témoin, Laurent l'invoque — *N'est-ce pas, grand-père ?* — il se tait, tout le monde comprend pourquoi.

Parce qu'elle a bien dû parler à d'autres, aussi, tout l'orphelinat était complice : les domestiques, les religieuses, tous l'avaient vue grandir, alors que Mersant n'était qu'un étranger, après tout, un propriétaire qui avait menacé de les mettre à la porte… Il n'y a que lui qui n'était pas au courant, mais aux conversations qui s'arrêtaient à son arrivée, aux regards gênés, il comprenait le malaise, il imaginait bien plus qu'on aurait pu lui en dire, puisqu'il n'y avait rien, que le désespoir d'une femme, le malheur d'un homme, et lui, au milieu, le balourd, le gêneur, le salaud, mais pas le cocu, hélas, car même si la petite Laura a gardé dans un coin de sa tête une vision de femme adultère, comment Laurène aurait-elle pu tromper son mari sans trahir les enfants qu'il fallait protéger ?

Comment ? En éliminant le gêneur, tout simplement. Monsieur Propriétaire s'est senti menacé par tous ces silences, par tous ces regards hostiles qui lui donnaient le mauvais rôle. Oh, l'idée de le tuer n'a pas dû traverser l'esprit de Laurène, ni d'Orsant, ce n'étaient pas des assassins. Mais qui dira qu'elle n'a pas traversé d'autres têtes ? Qui dira si un domestique ne se serait pas apitoyé ? Si Wersant n'aurait pas trouvé le courage qui lui a toujours manqué pour rétablir un peu de justice ? Si Norsant n'a pas regretté les pressions exercées sur sa fille, quand il a compris qu'Orsant, avec son secret pour garantir la pureté des eaux, aurait fait un bien meilleur gendre ? Norsant se tait toujours. Alors Mersant prend peur, celle qu'il a aimée devient une menace permanente pour lui, l'aime-t-il encore, d'ailleurs ? Peut-il aimer celle qui n'a jamais rayonné, en sa présence, d'un éclat aussi vif que cette espèce de transfiguration qui la saisit en présence d'Orsant ? Oui, il se prend à la haïr, à la craindre, jusqu'au jour…

— Non ! interrompt Mersant, tu te trompes, je l'aurais laissée le rejoindre. Je ne savais pas qu'il y avait des enfants, mais Laurène était jeune, il y en aurait eu, et ils auraient usurpé les droits du nôtre. Cela, et cela seul, était insupportable.

— Que dis-tu, mon fils ? gronde tout à coup Norsant. Laurent a-t-il raison ? As-tu tué ma fille ? Grand Dieu, tout ce sang, quand nous restons si peu sur terre…

Une colère qu'on ne lui a jamais connue transfigure alors le visage de l'assassin. Une colère grandiose, théâtrale, qui impose pour la première fois le respect, parce qu'elle semble effacer d'un coup la peur qui suait sur son visage. Un mot a suffi à l'allumer : « Grand Dieu. »

— Grand Dieu, oui, Grand Dieu qui exigez la lapidation de la femme adultère ! Eh quoi, une adultère et ses bâtards, est-ce avec cela que vous espérez reconstruire le monde ? Shoutre ! C'était bien la peine d'envoyer le déluge ! Alors, écoutez-moi tous ! Nous avons assez palabré. Je parle ici au nom du Consistoire, et je déclare ce garçon usurpateur. Qui ici compte me contredire ? Bien. Et pour occuper la place laissée vacante par la mort d'Orsant, je demande que mon fils soit dès aujourd'hui admis comme quatrième. Pas d'objection ? Bien. Avance, Mathieu. Le jour venu, c'est toi qui seras appelé à prendre ma succession dans la communauté.

La stupéfaction se lit sur tous les visages, à commencer par celui du principal intéressé. Mathieu, le fils de Mersant et de Laurène, le demi-frère de Laurent ? Lui, le petit lieutenant de Sacha, puis de son successeur, promis à diriger ce qui reste du monde ? Selon la tradition, il a été élevé comme un orphelin par la communauté, mais que ça soit lui, précisément, qui ait été choisi pour prendre la place restée vacante… Son ambition en sera flattée, il rêvait de succéder à Sacha dans la chambrée. Et quelle revanche sur la bataille perdue contre Laurent ! Sur son humiliation constante de n'être que le lieutenant d'un autre. Laurent sent les jeunes fléchir, autour de lui, hésitant sur la position à adopter, sur le parti à prendre. Il sent un instant de flottement aussi chez les vieux, qui ne pouvaient pas ignorer l'identité du descendant légitime, mais qui ne s'attendaient pas à le voir accéder si jeune aux responsabilités du Consistoire. Et Mathieu, fièrement, quitte le rang, s'approche de son père. Les têtes s'inclinent, Mersant a gagné.

— Viens ici, mon fils, tu es le seul héritier légitime. Prends place à nos côtés, car tu as encore beaucoup à apprendre. Mais un jour, tout ceci sera à toi, car je l'ai hérité de mon père qui le tenait du sien. Et tes enfants le tiendront à leur tour, parce que telle est la loi de Dieu.

Mathieu s'approche encore, les vieux s'écartent pour le laisser passer, déférents, déjà, devant le pouvoir qui s'annonce, courbant la tête comme jadis devant les droits du Propriétaire. Et le voilà à côté de son père, prince héritier présenté à la foule. Mais tout à coup il a le geste que personne n'attendait. Le gamin de quinze ans, qui ignorait hier qu'il avait un père, crache au visage de celui qu'il vient de retrouver.

— Le pouvoir qui se conquiert par la force se perdra par la force. Non, mon père, si je suis votre fils, ce n'est pas en cela. Je suis le lieutenant de Laurent, et j'en suis fier, car s'il a une légitimité, c'est celle que nous lui avons tous reconnue.

Les têtes se lèvent, celles des vieux, désemparés, et surtout celles des jeunes. Tu as perdu, Mersant! Ils savent que le pouvoir qu'ils viennent de prendre est vraiment le leur, celui qu'ils ont conquis, et non celui qu'on leur concède; celui qu'ils ont choisi, et non celui qui s'est taillé dans le sang. Cela existe encore, malgré les titres de propriété et les livrets de mariage. Et cela s'appelle l'espoir. Il est si facile de vivre : il suffit de raconter la vie comme s'il s'agissait d'un roman. Et c'est moi, moi seul, qui écrirai le mot fin. Non. Pas le mot fin. Le mot espoir.

Chapitre XIV

La crypte

Abandonnés à eux-mêmes, les jeunes ne sont qu'un bloc de confiance, aveugle, mais intransigeante. Laurent sait qu'il ne peut les décevoir. Personne d'autre ne portera la responsabilité de ce qui peut advenir. La vingtaine d'adultes qui les encadraient, et dont les plus jeunes, désormais, atteignaient la cinquantaine, ont été facilement maîtrisés par des bras plus robustes et plus nombreux, même s'il manquera toujours vingt centimètres de malnutrition à leur croissance. Il a fallu les enfermer dans le seul endroit dont ils n'avaient pas le secret : le sas de la chambre obscure, là où jadis Norsant avait retenu Laurent et sa sœur, pour faire plier leur mère. Juste retour des choses. Ceux qui ont puni sans raison sont à présent prisonniers du même ogre, l'ogre du Pavin, l'ogre de l'épouvante, mais surtout, pour tous les hommes, quel que soit leur âge, celui des terreurs enfantines. Puissent-ils apprendre avant de mourir ce qu'est vraiment la peur du noir.

Les vieux y entrent comme dans un tombeau. Sans un mot. Ils ont perdu. Mais Laurent sait déjà qu'il ne s'agit que d'une solution provisoire. La pièce est trop petite pour vingt-quatre prisonniers. Et puis, le lendemain, les jours suivants, il faudra bien accéder à la cave interdite pour surveiller les couches au sein du lac, et assurer la qualité de l'eau nécessaire à leur survie. Pourra-t-il, alors, éviter les pièges que lui tendront les adultes dans l'obscurité ?

Laurent a eu un pincement au cœur lorsque Wersant a préféré les suivre, de son plein gré, quand il lui proposait de se joindre à eux. Maurine a tenté en vain de le faire changer d'avis. « Il est temps que les jeunes prennent leur sort en main, a-t-il dit, vous comprenez, mes enfants, toute mon histoire est avec ma génération, votre monde ne pourra jamais être le mien. » Il les a longuement serrés, comme autrefois, et a même risqué un semblant de caresse sur la joue de Laurent. Comme s'il avait voulu emporter dans la tombe une dernière sensation du corps qu'il a aimé sans pouvoir jamais l'approcher, celui d'Orsant. Si son histoire, désormais, est avec les vieux, il y a quelque chose en lui qui restera avec les jeunes. Cela le regarde. Après tout, c'est bien lui, jadis, qui les a enfermés ici.

Et puis, malgré tout, Laurent se méfie de Wersant. C'est un suiveur, et non un résigné. Il joue la victime qui ne peut aller contre son destin, mais ce n'est qu'un rôle. D'instinct, il a toujours su où était le pouvoir, et son salut. Il s'est rangé aux côtés de Norsant, malgré l'affection qu'il portait à Orsant, puis à son fils. S'il a décidé l'enfermement dans la cave interdite, c'est sans doute qu'il ne croit pas à la révolution des jeunes. Il attend patiemment qu'elle échoue et qu'ils reviennent, piteux, se remettre sous l'autorité des vieux.

Si c'est le cas, on ne peut pas objectivement lui donner tort. Les chances de réussir l'évasion, ou, tout simplement, de survivre longtemps derrière le mur protecteur, sont minimes. Orsant n'a pas eu le temps d'initier Laurent en détail aux mécanismes chimiques et physiques qui maintiennent un équilibre précaire à la terre émergée. Quant à s'évader, cela suppose de voir réunies tant de conditions dont chacune semble impossible qu'il vaut mieux y renoncer tout de suite ! Cent paires d'yeux tournés vers Laurent le clouent à ses responsabilités. *Allons, Laurent, tu les as voulues. Tu ne peux rien laisser paraître, désormais, de tes angoisses.*

Impossible, non plus, de gouverner des adolescents dont le plus jeune n'a que cinq ans d'écart avec lui en jouant sur la différence de génération. Ni dans sa tête, ni dans la leur, il ne sera jamais « le vieux », dépositaire d'une autorité légitime fondée sur un savoir spécifique. L'ère du secret est terminée. Ce n'est pas sur les révélations de son père qu'il veut asseoir son pouvoir, et il ne réinstaurera jamais cet équilibre de la terreur qui s'était établi entre Orsant et Norsant, l'un conservant le marteau et l'autre l'emplacement des chevilles ! Si la communauté doit survivre, c'est en partageant les informations dont elle dispose et en assumant ensemble les responsabilités. Pari risqué, car il est si simple de s'en remettre à un seul homme. Mais il doit le prendre. Il paraît que, jadis, le monde entier partageait toutes les informations disponibles en interrogeant un grand nuage étendu sur le monde. On a peine à imaginer cette époque de parfaite transparence, plus encore ce nuage permanent où l'on allait puiser l'information en une fraction de seconde. Les plus vieux d'entre les vieux sont nés bien après, dans une époque où l'on se méfiait de toute prolifération, fût-elle immatérielle. Ils sont nés dans un monde de méfiance et de silence, de secrets lourds et de menaces informulées. Ils ont éduqué les orphelins dans cette atmosphère de suspicion permanente, mais le secret n'est pas un idéal de jeunes : au fond d'eux-mêmes, ceux-ci ont gardé l'intuition confuse que tout pouvait être dit entre eux.

Laurent réunit garçons et filles dans le réfectoire pour partager avec eux ce qu'il a appris sur l'île et sur l'histoire de la Grande Catastrophe. S'ils ont tous les mêmes éléments de réflexion, peut-être la bonne décision viendra-t-elle des esprits réunis. Sinon, chacun en portera la même responsabilité.

C'est en s'y rendant, en traversant le Grand Hall, qu'ils ont été surpris par un nouveau séisme. D'amplitude limitée, celui-ci aussi, mais un peu plus important, tout de même, que le précédent. L'inquiétude traverse les rangs et les regards se tournent vers le nouveau chef, qui les a conseillés avec bon sens la fois dernière. « Dos au mur, mains sur la tête », a-t-il le réflexe de leur lancer, mais les consignes de survie ne suffiront pas à les rassurer. De grandes plaques de plâtre sont tombées du plafond, et une lézarde d'un bon centimètre est apparue sur la fresque, qui s'écaille par longs fragments. En suivant la lézarde jusqu'au visage d'Outa-Napishtim, où s'est miraculeusement arrêtée la fracture, les regards restent stupéfaits. La barbe maladroitement badigeonnée par Orsant pour qu'on ne reconnaisse pas trop vite les traits de son fils derrière les siens s'est détachée avec la secousse, ainsi que la mèche de cheveux blancs barrant le front, et c'est Laurent, sur le mur, qui guide les enfants lors de la montée des eaux !

Comment ne pas y voir un signe ! Une secousse me redresse, et les mots de mon père, les mots de la jeunesse et de l'espoir insubmersible viennent d'eux-mêmes à mes lèvres. Ce n'est pas moi qui parle, je le jure, et personne ne me demandera si j'ai raison. Ce sont les mots qui doivent être dits. Ce sont les mots qu'écrivaient mon père sur un livre que je ne pouvais pas lire, mais qui bouillonne en moi comme il bouillonnait en lui, c'est la même lave de mots qui nous anime, je le jure, nous ne sommes que le volcan inerte qui leur livre passage vers les autres, vers le ciel, vers un infini que nous ne pouvons plus contenir en nos flancs. Père, je n'ai pas lu ton livre, je l'ai mangé et je le vomis.

« N'ayez pas peur ! La terre n'a jamais tremblé sans raison. Et aujourd'hui, il n'y a plus rien à avaler. Le monstre est repu depuis dix ans. C'est bon signe. Rien ne peut changer qu'en bien, je vous assure. Si les plaques tectoniques recommencent à se déplacer, c'est que le paysage se modifie. Le niveau des eaux doit descendre. Et si c'est vrai, c'est que le rétrocatalyseur a été trouvé. Mathieu, cours au mur, là où tu as tué le corbeau blanc : celui qui doit nous sauver y a tracé un repère, à la surface des eaux. S'il est à présent au-dessus de la surface, nous sommes sauvés. Cours vite ! »

Dieu, s'il existe et qu'il ne soit pas dans le clan de Norsant, fasse que j'aie raison ! Sinon, je ne sais comment je leur remonterai à nouveau le moral. Mathieu est parti comme une flèche, et nous émigrons vers le réfectoire, dont les tables et les chaises ont été bouleversées par le séisme. Il ne suffit pas de prendre une chaise et de s'asseoir, il faut tout ranger, faire comme si la situation était redevenue normale, et non comme si l'on attendait un nouveau tremblement de terre. La vie est la victoire de l'ordre sur le désordre. Quand tout est à sa place, comme si nous devions rester vingt ans encore ici, je me place sur l'estrade, au centre de ce qui fut naguère la table des vieux, et je commence à parler. Je leur dis tout, dans l'ordre où cela me vient à l'esprit, les recherches sur la contamination macromoléculaire, la course à la terreur, les inhibiteurs et les rétrocatalyseurs, la découverte de l'eau amère et du diamant expansif, les incidents, la Grande Catastrophe. Ils écoutent, on ne peut pas dire qu'ils soient inattentifs, mais que peuvent-ils entendre, et comprendre ? Leur esprit court avec Mathieu vers le mur de diamant. Je leur parle du père de Maurine, des visites qu'il nous a rendues depuis quelques jours, des mots apparus au revers du mur, je leur rappelle les aigrettes de pissenlit et ils écoutent, et ils entendent. J'évoque les chevilles plantées dans le mur et le marteau qui doit le fendre en suivant les lignes de faille créées par les chevilles, et ils comprennent, leur salut est là, à portée de main.

— Mais les chevilles, tu sais où elles sont ?

— Et le marteau, tu l'as ?

— Nous le saurons, et nous l'aurons. Il n'est pas possible qu'il en soit autrement. Tout a été organisé pour que nous puissions sortir d'ici, le temps venu. Et je vous le dis, le temps est venu.

— La mer redescend !

C'est Mathieu qui a fait irruption dans la salle, le visage illuminé comme jamais personne ne l'a vu à aucun d'entre nous. Et tous sont debout, d'un même mouvement, les chaises crissent sur le dallage, tombent, renversent les tables, la joie de Mathieu est plus dévastatrice que le tremblement de terre, mais c'est un bloc d'espoir compact comme la lave qui traverse le groupe et se précipite sur l'estrade.

— La mer redescend, Laurent, le repère que tu m'as dit est déjà un bon mètre au-dessus du niveau des eaux, et je te jure, on la voit descendre, à l'œil nu, millimètre par millimètre.

— Il a trouvé le rétrocatalyseur. Nous sommes sauvés. Dieu, ou qui que ce soit qui l'a permis, soit remercié.

Dans le réfectoire, c'est la débandade. Tous veulent constater par eux-mêmes la fin de la Grande Catastrophe. Tous veulent voir la mer se retirer comme ils l'ont vue monter, pour ceux qui en ont conservé la mémoire. Dans la salle joyeusement dévastée, Maurine est restée seule avec Laurent.

— Mais à présent, Laurent, trouveras-tu le marteau et les chevilles ?

— Nous les trouverons, Maurine, comment pourrait-il en être autrement ? Nous avons tous les éléments pour les trouver. Le marteau a été confisqué par Norsant.

— Jamais il ne nous dira où il l'a caché.

— Sûrement pas dans sa chambre, elle est accessible à tous, et surtout à Orsant. Dans un endroit où lui seul peut entrer, et ceux qui lui font confiance. Il a été directeur de l'orphelinat, il en connaissait les secrets. Et souvent, dans les maisons aussi anciennes, il y avait des corridors de service, lorsque les maîtres ne voulaient pas croiser les domestiques dans les couloirs. Beaucoup ont été convertis en passages secrets.

— Comment le savoir ? On ne peut démolir tous les murs !

— Je sais où il y a une entrée.

Non, je ne bluffe pas. Je me souviens des regards inquiets de Wersant, par-dessus mon épaule, lorsque nous abordions des sujets épineux. J'avais remarqué le tableau légèrement déplacé, pour permettre à quelqu'un d'écouter, derrière le mur. Je pensais, à l'époque, qu'il s'agissait d'Orsant espionnant nos conversations. J'étais loin du compte. Orsant était devenu un étranger à l'établissement lorsqu'il y est revenu lors de la Grande Catastrophe, jamais il n'a été mis au courant de ses secrets, des couloirs de service convertis en passages dissimulés. Moi-même, je m'étais étonné qu'il n'y ait pas de place pour une pièce à cet endroit dans la masse du bâtiment : il ne peut bien sûr s'agir que d'un étroit couloir prévu dans l'épaisseur du mur. C'est par là, nécessairement, que l'on accède aux pièces secrètes. Et au marteau. Je l'explique en deux mots à Maurine tandis que nous nous dirigeons vers le bureau.

— Et maintenant ?

Maintenant, je ne sais pas, mais je vais bien trouver. Maintenant, il y a le tableau, que l'on peut décaler légèrement en exerçant une faible pression sur le cadre. Il est fixé au mur par deux pitons sur lesquels il coulisse de deux ou trois centimètres avant d'être bloqué par un arrêt. Mais en le faisant jouer dans tous les sens, je finis par le détacher du mur. Et maintenant… Derrière, un judas grillagé qui permet d'écouter dans la pièce, une mince languette de bois qui descend jusqu'au sol et qui, probablement dissimule l'ouverture d'une porte. Et trois boutons, surtout, pour lesquels il me faudrait un code. Aucune idée du nombre de combinaisons possibles, mais j'ai idée qu'il doit être faramineux… C'est Maurine qui a soudain l'intuition.

— Un cadre rectangulaire, une baguette de bois verticale, ça ne te rappelle rien ? Comme dessin ?

— Oui, le marteau dessiné sur le mur par ton père, mais comment aurait-il su…

— Mais non ! Nous l'avons trouvé ailleurs, rappelle-toi !

— Tu as raison, le dessin gravé derrière le lit de Laura. Nous avons cru qu'il s'agissait du même dessin que celui de ton père, mais ce n'est pas un marteau qu'elle avait dessiné, c'était le cadre et la baguette ! Elle connaissait le secret. Mais comment…

— Peu importe, si nous avons la solution. Il y avait trois cercles, au-dessous, et des barres, comme pour donner un code.

— Trois, quatre et sept. Nous allons bien voir.

Et nous avons bien vu. Trois tours au premier bouton, quatre au deuxième, sept au troisième… et rien. Nous n'avions jamais cambriolé de coffre, il n'y en avait pas à l'orphelinat. J'imagine qu'à l'époque où l'on était propriétaire, notre ignorance aurait semblé balourde. Il a fallu comprendre que les trois boutons avaient été brouillés, et qu'il fallait les remettre à zéro avant de faire la combinaison. Et là, bingo ! un léger déclic et… rien. Le mécanisme a fonctionné, mais que devons-nous faire ensuite ? Nous calmer. Nous remémorer le dessin de Laura. Le cercle noir, entre deux cercles blancs.

Il faut l'enfoncer. Et là, enfin, la baguette de bois révèle une mince fente, l'entrebâillement d'une porte.

Laurent avait au moins raison sur un point : derrière la porte, il n'y a pas de salle, mais un étroit palier ménagé dans l'épaisseur du mur, et ouvrant sur un escalier dérobé. L'étage des domestiques devait être sous celui des maîtres, pour pouvoir accéder aux chambres, allumer le feu, ouvrir le lit, sans passer par les mêmes couloirs qu'eux. L'envers du monde, comme la doublure d'un vêtement, dont les maîtres eux-mêmes ne devaient avoir qu'une vague conscience. Ils descendent prudemment les marches dans le noir. Dans la pièce du dessous, il n'y a pas de fenêtre, mais leurs pupilles grandes ouvertes pour s'habituer à la pénombre, ainsi qu'un imperceptible courant d'air, les guident vers un rai de lumière, une fente toute mince pratiquée dans le mur pour donner un peu d'air à la pièce sans être aperçue du dehors. Une fenêtre bouchée lorsque l'étage des domestiques a été réaménagé.

Dans l'étroite embrasure ont été disposées des bougies. Et d'autres chandeliers, régulièrement répartis dans la pièce, qu'ils découvrent au fur et à mesure qu'ils les allument. La pièce qui apparaît à leur lueur tremblotante est stupéfiante. Des chaises sont disposées en rangs parallèles, comme dans le grand théâtre où Orsant tâchait de les distraire, une fois par semaine, par des pièces de sa composition. Mais il y en a nettement moins, une vingtaine tout au plus : seuls les vieux se faisaient ici leur théâtre. Et à la place de la scène, une sorte de grande table, ou plutôt, un bloc de pierre sans pieds, et gravé de symboles qu'ils n'ont jamais vus. Dessus sont posés des objets inhabituels, une large coupe, une petite assiette, un grand livre, de minuscules boîtes rondes avec quelques gouttes d'huile, quelques grains de sel et, dans une plus grande, des pastilles plates qui semblent en carton.

— Regarde, interrompt Maurine qui feuillette le livre, il y a des dessins.

Des dessins, oui, et pas n'importe lesquels : du premier coup d'œil, on identifie les scènes qui ont servi de modèle à Laura pour réaliser la grande fresque du hall. Laurent avait toujours cru qu'elle tenait d'Orsant sa connaissance du monde ancien : il se rend compte qu'elle a dû être instruite par Wersant, mais secrètement, d'un autre monde, ou plutôt, d'une autre version du même monde, dans laquelle elle a puisé des attitudes, des expressions, des animaux, et parfois la structure même de certaines grandes scènes. Elle y ajoutait les visages des rescapés de l'orphelinat et adaptait les scènes à ce que lui décrivait Orsant. Mais la disposition de la lapidation, par exemple, ou la tour de Décibel qui voulut gravir le Grand Silence, correspondent à quelques détails près à celles du livre. Ainsi, l'entrée à l'orphelinat lors de la montée des eaux ne se fait pas dans une maison, mais dans un vaste navire. À croire que le Texte n'est qu'un décalque de celui qui est inscrit ici, en petits caractères qu'il ne peut pas déchiffrer. Voilà pourquoi Laura avait accès à la pièce secrète. Wersant avait dû lui donner le code pour qu'elle vienne ici, quand elle en avait besoin, chercher l'inspiration ou les modèles nécessaires pour réaliser une si grande œuvre, bien au-dessus des possibilités d'une petite fille, si douée soit-elle. Il a fallu une grande confiance aux vieux pour lui confier un tel secret, qu'Orsant ne devait jamais découvrir. Même s'ils pouvaient faire confiance au goût du secret de tout enfant, leur motivation devait être forte. Laurent commence à soupçonner un complot plus vaste contre le semblant de pouvoir laissé à Orsant…

— De quoi s'agit-il ? Tu sais le lire ?

— Juste les titres, ils sont en grandes lettres. Le livre s'appelle La Sainte Bible.

— Cela me dit quelque chose. Ma mère en avait un pareil. C'est le livre qui parle de Dieu.

Le livre interdit, c'est bien ce qu'il pensait. Quand Orsant avait banni le mot « Dieu » du vocabulaire, il avait dû y avoir des réactions hostiles. Mais les vieux voulaient lui laisser un pouvoir apparent et n'exercer le leur que dans l'ombre. Alors, ils avaient transformé les salles secrètes en lieu de culte où continuer leurs rites sans que personne ne s'en doute. Orsant savait-il ? A-t-il toléré ces pratiques d'un autre âge en sachant qu'elles ne leur survivraient pas ? Les vieux, en tout cas, ne pouvaient se contenter de ces réunions occultes : ils devaient craindre que leurs traditions disparaissent avec eux, et ne pouvaient les transmettre directement aux enfants. Alors, ils ont profité de la fresque. Si Laura avait le code de la pièce, ce n'était pas seulement pour venir voir les dessins. Cela n'aurait pas suffi pour lui livrer un mystère aussi dangereux. Wersant devait l'avoir convertie à ses principes. L'hostilité que les vieux manifestaient à leur guide n'était pas qu'une affaire de famille. Pour Norsant, la décision de donner sa fille à Mersant n'était pas seulement justifiée par une sombre histoire d'acte de propriété sans valeur : il y avait bel et bien un clan resté fidèle à d'anciennes pratiques religieuses, qui s'était soudé contre celui qui voulait les abolir. Ainsi s'expliquaient les haines sournoises, mais tenaces, et le choix final de Wersant d'être emprisonné avec les vieux dans la cave interdite. Il restait avec le clan constitué jadis par le personnel de l'orphelinat.

Un cri soudain m'arrache à mes réflexions. En continuant l'inspection de la pièce, Maurine est tombée sur ce qu'elle ne devait pas voir. Une statue haute comme elle, et qui lui ressemble trait pour trait. Elle et moi savons qu'il ne s'agit pas de Maurine, mais de sa mère, Christine. Et qu'il ne s'agit pas d'une statue. Malgré le maquillage du visage, celui-ci respire une souffrance extrême, insoutenable; sous les vêtements dont on l'a habillée, le corps est torturé. Malgré mes demandes pressantes, Maurine refuse de se retourner lorsque je retire, le plus doucement possible quoique la statue soit incassable, mais comme s'il s'agissait d'un vrai corps, le grand manteau bleu ciel qui la drape. Dessous, elle porte une tunique blanche que je n'ose dégrafer, par pudeur, mais j'ai la réponse à ma question. On n'a pas pris la peine de peindre les parties du corps cachées par le manteau. La statue est en diamant expansé. Et sous la tunique, on n'a pas jugé bon de dissimuler l'absence du bras droit.

L'histoire n'est pas difficile à reconstituer, hélas. Lorsque Christine a par accident renversé quelques gouttes d'eau amère sur sa main, la réaction en chaîne a été fulgurante, et ne pouvait plus être arrêtée, faute d'inhibiteur. Le choix laissé à Corman était dramatique, et devait être pris aussitôt. Laisser l'eau amère envahir le monde entier, ou sacrifier sa femme? La seule façon d'empêcher une contamination généralisée était de la contenir par du diamant expansé. Mais celui-ci, aussi inévitablement, allait se propager dans tous le corps. Il tenta bien de l'arrêter par de l'inhibiteur, ce dont témoignent des sillons laissés régulièrement dans la statue. Mais la progression était aussi intérieure, et dès qu'elle eut atteint le tronc, il devenait impossible de sacrifier un membre pour sauver Christine. Quant au bras dont les cellules avaient éclaté sous l'action de l'eau amère, il devait être trop dangereux de le conserver : la cassure nette du diamant, au niveau de l'épaule, montrait que le bras avait été sectionné selon la ligne de clivage. Corman avait dû y placer une cheville.

Voilà la fin atroce que Wersant n'avait pas voulu leur révéler. Comment imaginer la souffrance de sentir son corps dévoré par l'acide, puis changé en diamant ? Jusqu'où est-on conscient ? Quand la mort survient-elle ? Lorsque le cœur est atteint, ou bien lorsque la souffrance est devenue insoutenable ? La réponse est en partie dans le cri figé dans la pierre. La présence de la statue dans le petit oratoire prouvait bien que l'ancien aumônier avait été en contact avec le savant sombré dans la folie. En confiant à son beau-frère le corps changé en diamant, peut-être a-t-il cru qu'il la sauvait de la fin du monde, qu'il jugeait inéluctable après un premier accident. Dernier geste d'amour, ou message adressé de loin à la fille qui finirait bien, un jour, par retrouver sa mère… Sans doute Wersant a-t-il eu des instructions précises sur ce sujet, si tant est que Corman, devenu fou, eût été capable de lui en donner.

Un nouveau soupçon me vient alors à l'esprit. Comment le savant fou pouvait-il être aussi sûr que l'eau amère, un jour, envahirait la terre ? Une autre hypothèse, plus terrible encore, m'a effleuré sans que je le veuille, un soupçon absurde, épou-

vantable, que je me refuse à communiquer à Maurine, et qui explique peut-être aussi le silence de Wersant, s'il a abouti aux mêmes déductions. On n'a jamais su où les terroristes se sont procuré l'eau amère qu'ils ont déversée dans les quatre sources des fleuves paradisiaques. Et je ne sais où est passé le bras de Christine, dont les cellules s'étaient remplies du dangereux liquide. En rapprochant les deux faits, comment ne pas imaginer que Corman, désespéré, ne se soit livré au pire tout en préservant sa fille et le corps de sa femme dans l'orphelinat de Pavin ? L'idée est si abominable que je ne peux la formuler, et rien ne me permettrait de l'étayer. Mais je sais que si je survis à cette aventure, le bras disparu de Christine restera à jamais inscrit dans ma mémoire.

La suite est simple à raconter. Derrière la salle transformée en chapelle partait un autre couloir. Des salles plus petites, qui devaient correspondre aux chambres des domestiques, et qui devaient être inutilisées. Très peu de meubles, renversés par les secousses sismiques. Il n'a pas été long d'y trouver le marteau qu'ils cherchaient. Et par une autre porte dissimulée derrière un tableau, ils se sont retrouvés dans la chambre de Norsant. Un grand cri les y accueille.

— Ils sont ici !

C'est Clara et Nathan, qui fouillent la chambre à leur recherche, comme leurs camarades disséminés à travers l'orphelinat. Mathieu ne tarde pas à les rejoindre.

— Où étiez-vous passés ? Voilà une heure qu'on vous cherche partout ! Les eaux se sont presque totalement retirées, Laurent, tu avais raison ! À peine s'il en reste un mètre ! On voit le sol au travers. Nous sommes libres ! Il ne nous manque plus que le marteau.

— Le voici.

C’est à ce moment que se produit la secousse la plus violente.

Chapitre XV

L'horizon

À l'heure de quitter définitivement l'orphelinat, il n'y a qu'une chose de mon passé que j'ai envie d'emporter avec moi : le livre que mon père était en train d'écrire, et dont je n'ai pu déchiffrer que le titre. Deux gros cahiers à la couverture noire. Dans son bureau, j'ai l'impression d'oublier quelque chose d'essentiel, mais impossible de savoir quoi, et le temps presse, les secousses sont de plus en plus rapprochées. En se retirant, la mer d'amertume modifie à nouveau le paysage, et la terre, notre bonne vieille terre d'avant la Catastrophe, se remet d'aplomb par soubresauts, comme si elle s'étirait après un long sommeil.

La direction à suivre nous a paru évidente pour trouver les chevilles, mais tellement imprécise : la portion du mur par où nous sont venues les aigrettes de pissenlit. Si un champ de fleurs a pu survivre à la montée des eaux, c'est qu'il était protégé par un autre mur de diamant, et seul Corman avait les connaissances suffisantes pour en ériger un à proximité des monts Dore. Il est probable qu'il n'en ait élevé qu'un. Mais on ne peut exclure l'hypothèse de plusieurs murs qu'il aurait eu le temps d'édifier à plusieurs endroits pour protéger la population locale, ou tout simplement, puisqu'il croyait que la réclusion serait de courte durée, pour préserver la flore et la faune. Même si nous adoptons l'hypothèse la plus optimiste, la direction reste trop vague. Lorsque nous arrivons au mur, nous hésitons sur la méthode pour trouver les chevilles. Le mur est si haut, plusieurs mètres vers le ciel, et si long que nous n'avons pas exploré en quinze ans la totalité de son étendue. Et le vent a pu emprunter des détours pour porter les aigrettes jusqu'à nous !

— Séparez-vous en deux groupes et longez le mur de part et d'autre. L'un d'entre vous s'arrêtera tous les mètres et inspectera scrupuleusement le mur à l'endroit où il sera arrêté. Nous aurons ainsi inspecté une centaine de mètres. Au fur et à mesure que vous aurez terminé votre inspection, vous remonterez la file jusqu'au dernier et recommencerez la manœuvre autant de fois qu'il le faudra. Rappelez-vous que nous cherchons deux chevilles, mais que nous ne connaissons pas leur forme. Le seul indice, c'est qu'elles doivent s'adapter à la tête de ce marteau.

Bien sûr, je me souviens des paroles de mon père, quand il évoquait les adieux de Corman : l'un avait l'orphelinat dans son dos, et l'autre, son ermitage. En traçant une ligne entre les deux, les chevilles se situeraient nécessairement au point d'intersection. Mais la montée et la décrue des eaux ont profondément modifié le paysage. Les montagnes se sont effondrées jusqu'à une ligne désespérément plane. Sous le mur, de profondes vallées se sont recomposées, et s'il est réconfortant de voir à présent une terre sèche, ou à peu près, s'étendre d'un bout à l'autre de l'horizon, comment pourrait-on identifier dans ce magma, qu'aucun pas d'homme ou d'animal n'a foulé, les traces d'un paysage brouillé depuis quinze ans ? D'autant qu'en s'évaporant sous l'effet de la rétrocatalyse, l'eau amère a laissé une brume plus ou moins épaisse selon les lieux.

Une nouvelle secousse nous rappelle que le temps presse. Nous ne serons nulle part à l'abri des séismes, mais nous savons que dans l'enclos de l'orphelinat, les roches et les terres seront retenues par le mur de diamant et nous enseveliront plus sûrement encore ! L'enceinte protectrice deviendrait, paradoxalement, la paroi monstrueuse d'un gigantesque tombeau. Et puis, le lac Pavin est un ancien cratère. S'il se réveille, la lave nous rattrapera sans pour autant faire fondre le mur : la température de fusion du diamant est trois fois plus élevée que celle dégagée par les phénomènes volcaniques. Ensevelis vivants, écrasés par les rochers, ou carbonisés par la lave, le choix n'est pas réjouissant ! Sans parler des gaz asphyxiants et des failles qui s'ouvrent dans la terre. Même si mes ordres tâchent de faire respecter un semblant de discipline, je sens les jeunes s'affoler. Il faut d'urgence revivifier l'espoir qui s'éteint en eux. Je scrute en vain l'horizon qui se dégage lentement. Les minutes ressemblent à des heures.

Un cri, soudain, sur la droite.

— Là, regardez !

Là, oui, à l'horizon, non pas une colline, mais une sorte de colonne, très large, pas très haute, comme un guetteur trapu, un piton rocheux qui doit être d'une taille considérable, même s'il apparaît minuscule avec la distance. Laurent court vers l'endroit d'où il se voit de face. De quoi peut-il s'agir ? Pas de doute ! C'est un mur de diamant qui s'est édifié au fur et à mesure de la montée des eaux, et qui a retenu les terres et les pierres au fur et à mesure des tremblements de terre qui ont nivelé la montagne ! Et si la brume se dissipe plus rapidement à cet endroit que tout autour, c'est parce que c'est de là qu'est partie la réaction de rétrocatalyse. Voilà, le ciel se dégage suffisamment pour qu'un petit point apparaisse au sommet de la colonne, dans lequel les yeux exercés reconnaissent une maison. L'ermitage de Corman est là. Il suffit de tracer une ligne droite jusqu'à l'orphelinat, et à l'endroit où elle croisera le mur, ils sauront où chercher.

Aussitôt dit, aussitôt fait, aussitôt déçus. Pas une cheville en vue. Laurent commence à désespérer, il ne faut pas le montrer.

— Au fond, suggère Mathieu, si les terres ont refaçonné la montagne de Corman en colonne, elles ont dû avoir le même effet sur la nôtre ? Peut-être nous voit-il sous forme d'un gros piton planté sur l'horizon ! Si c'est le cas, les chevilles n'ont-elles pas été recouvertes au fil des ans par les terres et les pierres qui ont roulé jusqu'au mur ?

— Génial ! Bien sûr, tu as raison ! Il n'y a plus qu'à creuser. Mais… avec quoi ?

— Moi, j'ai emporté une pelle en quittant l'orphelinat, intervient Dorian, et Nathan aussi, et puis d'autres, sans doute. Nous commençons ici, allez chercher les vôtres !

Depuis les tremblements de terre, en effet, nous avions tous une pelle dans notre kit de survie. Comment, en partant, ai-je pensé au livre de mon père et non à cette trousse indispensable ? La plupart ont fui en n'emportant que des babioles, sans doute, confiants, trop confiants, dans la fin de la Grande

Catastrophe, mais c'est moi qui suis en charge de la communauté, je devais être prévoyant. Ce n'est pas le moment de s'autoflageller. Les jeunes sont déjà au travail. Je me félicite, avant tout, de voir que la réflexion commune parvient à pallier la mienne. Si le groupe s'organise ainsi, il est sauvé.

Même s'ils sont nombreux, la tâche est surhumaine, la portion à dégager trop large, et ils n'ont aucune idée de la profondeur. Les terres les plus proches du mur, privées de toute vie organique, ressemblent à un sable fin qui se referme sur les trous à peine creusés, et la pente, quoique légère, les empêche de constituer des tas en terrain stable. Le secours des autres garçons, accourus avec leur pelle, ne fait qu'aggraver le phénomène. Laurent s'énerve.

— Inutile, nous allons nous épuiser. Il nous faut un point plus précis.

— Les dessins, se rappelle Mathieu, les dessins de ton père illustrant la montée des eaux. Ils montraient toujours le soleil à la même place. Peut-être…

— Bien sûr ! La hauteur du soleil sur l'horizon nous renseignera sur l'heure, et la distance par rapport à l'ermitage sur l'endroit où creuser ! Il suffira d'un simple calcul. Dépêchez-vous, il faut aller les chercher.

— Ils sont ici, dit Maurine, je pensais qu'ils te feraient plaisir, plus tard…

Sacrée Maurine… Elle n'a rien voulu emporter évoquant sa mère, mais a pensé à mon père. Voilà ce que j'avais l'intuition d'avoir oublié dans le bureau d'Orsant. Les dessins soigneusement accrochés au mur, non pas par nostalgie de l'ancien monde, comme je l'avais cru, mais pour être sûr de retrouver l'endroit des chevilles malgré le bouleversement du paysage. Le soin pris à effectuer les relevés toujours à la même heure, ce dont témoigne la hauteur constante du soleil sur l'horizon, prouve que le but n'était pas esthétique, mais pratique. Le dernier dessin nous permet de localiser l'endroit où creuser avec une précision d'une dizaine de mètres. C'est beaucoup, mais acceptable.

Un dernier élément, tragique, resserrera encore le périmètre des fouilles. De l'autre côté du mur, à mi-chemin entre l'ermitage et l'orphelinat, une vague silhouette immobile attire leur attention. Maurine se détourne. Il n'y a pas besoin d'explication. Dans sa hâte à retrouver sa fille, Corman s'est engagé un peu trop tôt dans la vallée asséchée. De petites poches d'eau amère sont restées dans les creux et il a suffi d'une inadvertance pour marcher dans une flaque. La réaction en chaîne s'est aussitôt enclenchée, et leur sauveur est en train de se dissoudre sous leurs yeux, hors de portée de voix, mais leur indiquant clairement la position des chevilles et les précautions qu'il restera à prendre, lorsqu'ils seront libérés du mur. Plus que jamais ils comprennent qu'ils quittent une prison, mais aussi un refuge. Le monde qu'ils vont découvrir sera plein de pièges qu'il faudra apprendre à déjouer. L'enthousiasme se change en une espèce de rage à tout achever au plus vite. Ils creusent en silence, les dents serrées.

La suite n'est qu'une question de patience, et ce n'est pas le matériau fondamental, lorsqu'on sent si proche l'heure de la délivrance, et que les secousses les hâtent d'achever leur travail. Des équipes s'organisent, pour aller porter de plus en plus loin les terres et les pierres extraites du trou avant qu'elles n'y retombent. C'est une vaste excavation qu'il faut maintenir sans étais pour la soutenir. Heureusement, il ne leur faudra creuser que quelques mètres. La première cheville est saluée par un cri de joie ; la seconde, par une clameur de triomphe. Laurent s'énerve sur les premiers coups de marteau, ce n'est pas facile de faire coïncider en frappant avec suffisamment de force la tête taillée de façon biscornue et les encoches creusées dans la tête du marteau à l'endroit correspondant.

C'est Mathieu qui finit, une fois encore, par lui prendre l'outil des mains. En deux essais, il parvient d'une main sûre à la position voulue. Le résultat tient du miracle. Le mur se clive immédiatement, une ligne parfaitement droite qui remonte d'un coup vers le haut, transversalement, mais dans toute son épaisseur. À la seconde cheville enfoncée, une ligne de fracture réunit aussitôt les deux pointes engagées dans le mur, tandis qu'une autre s'étire vers le haut, transversalement, elle aussi, mais dans le sens opposé à la première, jusqu'à ce que les deux lignes se rencontrent. Ainsi se constitue un vaste triangle qui prend les allures de porte triomphale. Il n'y a plus qu'à l'enfoncer pour l'ouvrir en grand.

Plus qu'à… Mais nos forces conjuguées y parviendront-elles ? Nous nous échinons et nous essoufflons de longues et longues minutes sans parvenir à la faire bouger d'un millimètre. Le mur reste impavide. Seuls nos espoirs s'effondrent. Allons-nous échouer si près du but, ou être écrasés par les pierres qui, déjà, commencent à rouler dans le trou ?

— Attention !

Je n'ai que le temps de m'écarter. Une pierre plus grosse que les autres dévale la pente, vient s'écraser contre le triangle découpé dans le mur et, de toute sa force accumulée, le fait sauter comme un bouchon, l'emportant dans la vallée. Un silence stupéfait succède à l'alerte. Stupidement, ma première pensée est pour la force de la poussée : la pierre m'aurait écrasé comme une mouche sur une vitre si je ne m'étais pas écarté.

Puis nous comprenons que nous sommes libres. Le hurlement qui déchire les poitrines ne peut se décrire. Heureusement, les chevilles avaient été plantées à la base du mur, et même s'il a poussé vers le bas au fur et à mesure de l'infiltration des eaux amères, le dénivelé n'est pas excessif par rapport au sol extérieur. Les plus agiles sautent en premier, aidant les filles à descendre, puis la petite troupe s'écoule de l'enceinte, avec une discipline spontanée que je n'aurais su imposer. En comparaison de ce que me décrivait Wersant de l'ancien monde, je me rends compte que les orphelins grandis dans cet enclos sont d'une autre trempe. Les réflexes égoïstes n'ont jamais eu cours entre nous. Comme mon père sur la fresque du mur, je reste le dernier à côté de la porte. Je surveille le groupe qui se reforme dehors. Et mon regard tombe alors sur la pierre qui a ouvert la porte de diamant. Ce n'est pas une pierre. Elle est taillée de main d'homme. C'est l'énorme clé de voûte de l'entrée de l'orphelinat.

— Maurine, le refuge, il s'écroule !

— Il est temps que nous sortions. Le volcan va se réveiller.

— Mais les vieux, Maurine, ils sont prisonniers dans la cave interdite !

— Tant pis. Nous n'avons pas le temps.

— Il le faut. C'est nous qui les avons enfermés. Tout sera de notre faute.

Elle n'a pas le temps de me raisonner davantage. Je remonte déjà la pente, cours vers l'orphelinat. On ne construit pas un nouveau monde sur un meurtre. Ni sur une exécution. Oui, je sais, Mersant a tué mon père, ma mère, ma sœur, et l'un d'entre nous. Oui, Norsant a eu connaissance de ces meurtres et il les a couverts. Je sais que les domestiques se sont rangés à leurs côtés. Je sais que Wersant a maintenu, contre l'interdiction de mon père, un culte prohibé dans une pièce secrète. Oui, je sais. Tous ces « je sais » me roulent dans la tête tandis que je cours vers le bâtiment de notre enfance. Bien sûr, tout cela mérite punition, mais la mort n'est pas une punition, c'est la solution des lâches, qui élimine la cause du problème que nous ne voulons pas affronter. Bien sûr, nous aurons à les combattre, si je les sauve, mais si nous n'avons plus personne à combattre, nous finirons bien par nous battre entre nous. On ne bâtit pas un monde sur les débris du précédent, ni sur des oppositions faciles entre jeunes et vieux, croyants et non croyants. On y aura toujours besoin d'un autre pour ne pas nous enfermer en nous-mêmes comme nous l'avons été dans le mur. J'étais heureux, tout à l'heure, de voir qu'un esprit de corps soudait les jeunes devant la porte. Je serai heureux, demain, que d'autres échappent à l'esprit de corps. Une voix dit cela en moi et je monte. Une voix que j'entendais de temps en temps, de plus en plus souvent, et qui désormais écrit le récit à ma place.

L'orphelinat n'est plus qu'une ruine branlante, la chaleur étouffante témoigne des premières percées de lave, et la terre gronde en permanence sous mes pas. Il n'y a pas un instant à perdre. Je traverse le Grand Hall, dont la fresque est totalement tombée sur le plancher fissuré, et ouvre la porte de la cave interdite. Norsant en sort le premier, toussant à fendre l'âme, immédiatement suivi de Mersant, tremblant comme une feuille, qui me jette un regard terrifié en restant dans l'ombre protectrice de son beau-père. Oui, je le sauverai aussi. Puis les domestiques, les femmes en bleu, et Wersant, le dernier, blanc comme le corbeau albinos. Mais il ne se dirige pas vers la sortie.

— Où vas-tu, Wersant, tu ne vois pas que tout s'écroule ?

— Justement. Si le monde doit recommencer ailleurs, il y a un livre qui lui manquera toujours, mon petit. Ne me retiens pas, je dois aller le prendre.

Le retenir ? Ce serait impossible. Lui aussi est guidé par la petite voix, en lui, qui lui dicte son propre récit. Cela se respecte. Il a déjà couru vers son bureau. Et je sais de quel livre il s'agit. L'ancien aumônier ne pourra pas vivre sans sa Bible. Cela me heurte, mais cela aussi se respecte. Nous ne pouvons pas l'attendre. Le petit monde des adultes s'est déjà rué vers la porte, dont l'arc s'est effondré, engendrant une monstrueuse lézarde qui ne tardera pas à avoir raison du bâtiment. Nous courons vers l'ouverture pratiquée dans la muraille. Les jeunes sont toujours là et nous aident à descendre. Devant nous, le corps de Corman a fini de se dissoudre. Mais au-delà, le soleil s'est dégagé sur son ermitage.

Épilogue

La fin de notre histoire ne m'appartient plus. La petite voix continue à parler en moi, mais son récit n'est plus celui de mon père, ni le mien. Il reviendra à Mathieu de l'écrire, comme il a su prendre le commandement de la communauté. Depuis que la voix s'est totalement emparée de moi, je ne rêve plus, il n'y en a plus besoin, et c'est elle qui me transmet les paroles des autres. Ils s'en rendent compte. Ils comprennent. Wersant parlait de conscience, je parlais d'espérance, je sais aujourd'hui qu'elle se nomme liberté. Ma petite prisonnière d'un corps qui ne lui ressemblait pas a pris possession de sa prison. « Si tu veux t'en échapper, tu peux te rompre la nuque. » J'ai mis du temps à comprendre. Ce n'est pas triste. Au contraire. Je n'ai jamais vécu dans une telle joie.

Nous avons tous appris à lire les petites lettres dans les livres d'Orsant, et nos enfants les ont apprises avec nous avant leur cinquième année, car je me souviendrai toujours que c'est à cet âge que le mur s'est refermé sur moi. Il a fallu que je déchiffre patiemment les deux cahiers à la couverture noire. J'ai refermé le premier après la première phrase. Les mots qu'il contenait m'auraient rendu fou. « Si je tenais l'inventeur du diamant expansé, pense-t-il, *je l’embrasserais sur les deux joues et je le serrerais dans mes bras. » Père, comment as-tu osé ? Je l’ai brûlé en cachette.*

Le second cahier contenait le Texte, le long récit qui nous servait de livre fondateur. Maurine et moi avons compris dans l’oratoire des adultes qu’il décalquait un livre plus ancien, la Bible de Wersant, mais il a bien fallu la débarrasser des mots inutiles, comme « Dieu ». Mon père s’en est chargé. Il continue à nous servir de Texte, car il dit les choses fondamentales qui ne se réfugient plus derrière des mots creux.

Les adultes rescapés, et surtout celles qui veulent toujours s’appeler des sœurs, s’en sont inquiétés, et ont tâché, sur la base de ce livre et avec leurs souvenirs, de reconstituer une vraie Bible, mais leur mémoire est courte, et il y a autant de Bibles aujourd’hui qu’il y avait de fidèles dans la chapelle de Wersant, et autant de sectes qu’il y avait de religions avant la Grande Catastrophe. C’est bien. La diversité fait aussi partie du monde.

Plus, peut-être, la vraie Bible, celle sauvée par Wersant. Nous ne le saurons sans doute jamais. Il n’a pas reparu. Le plus probable est qu’il soit mort avec son livre sacré dans l’éruption du lac Pavin. Mais personne, jamais, n’a formulé cette hypothèse, comme si cela devait véritablement le tuer. J’aurais voulu poursuivre le livre de mon père. Mais il m’a semblé plus urgent de raconter ce que nous avons vécu. J’ai conservé le titre en mémoire de Corman et de son corbeau blanc. Je l’ai écrit en bâtons et en cercles sur la première page, puis j’ai commencé comme mon père : « Si je tenais l’inventeur du diamant expansé, pense-t-il, *je l’embrasserais sur les deux joues et je le serrerais dans mes bras. » Je ne sais pas si j’ai continué comme lui. Je ne suis pas fou, je suis le nouveau maître des mots. Cela me plaît de mettre mes pas dans ceux d'Orsant, mais il n'est plus question qu'il me dicte mes mots.*

Et puis, j'ai laissé une page blanche à la fin, tant il y a encore de questions sans réponse. Wersant a-t-il survécu quelque part ? Si nous sommes sûrs que seul Corman, dans ce qui était la France, avait les compétences suffisantes pour construire un mur de diamant, d'autres scientifiques, dans d'autres pays, n'ont-ils pas eu la même idée ? N'y a-t-il pas, ailleurs, des groupes de rescapés qui nous ignorent et que nous ignorons ? Pourquoi Corman, dont la prudence nous a permis de nous libérer, n'a-t-il pas pris garde à la flaque d'eau amère où il a disparu ? Voulait-il vraiment nous rejoindre ou seulement nous indiquer le chemin ? N'a-t-il pas craint, à la dernière minute, de retrouver Maurine, ou d'affronter nos questions ? Une page ne suffira pas à répondre à tout cela. Mais il est important qu'elle reste vierge.

Une dernière question reste en suspens. Dans l'ermitage de Corman, nous avons retrouvé le bras diamantifié de Christine. Ou plutôt, le haut du bras, il y manque la main et l'avant-bras jusqu'au coude. La coupure est nette. Elle n'a pas été causée par un inhibiteur : il y avait là une cheville que l'on a fait sauter. Et une autre cheville, au milieu du biceps, n'attend qu'un coup de marteau pour libérer l'eau amère. Nous n'en avons jamais parlé avec Maurine. Dans ce cas également, il nous semble que les mots fixeraient des hypothèses que nous ne voulons pas formuler. Mais le danger que représente la partie subsistante ne peut être écarté : Corman est mort avec le secret de l'inhibiteur. J'ai enterré le bras au plus profond que j'ai pu, loin des regards de quiconque, y compris de Maurine, dans un bosquet de tout petits pins germés l'année dernière.

Puis, lors des premières vacances que nous avons pu prendre avec Maurine, notre petit Corman et notre petite Christine, au bord de la mer, une vraie mer d'eau salée léchant du sable blond grouillant d'arénicoles et de crabes nains, j'ai jeté au large, aussi loin que je l'ai pu, vers l'horizon d'où l'on aperçoit les côtes encore inexplorées, le marteau capable de faire sauter la cheville, et d'effacer le seul mot qui nous fasse encore vivre : espoir.

Du même auteur

Romans, récits

La Faute des femmes, Les Éperonniers, 1989, Prix Rossel 1989
Le troisième Testament, Les Éperonniers, 1990,
Prix Marcel Lobet 1991
Écrit en la secrète, Apologues, Les Éperonniers, 1992
Le dit des béguines, Denoël, 1993,
Prix Thyde Monnier de la S.G.D.L.
Sans témoins, Zulma, 1996
Le secret de la sibylle, Le Rocher, 1996
Le chanteur d'âme, nouvelle, Le Rocher, 1997
Le frère à la bague, Le Rocher, 1999 ; Labor, 2007.
Le Roi rebelle, apologues, Éd. Michel de Maule, 2000
Le Testament de sable, nouvelle, Le Rocher, 2001
Requiem pour un ange tombé du nid, Fayard, 2001,
Prix Gauchez-Philippot 2002
L'arpenteur de mémoire, Fayard, 2002
Sherlock Holmes et le secret des lettres, récits,
Le Rocher, 2003
L'Homme fougère, Fayard, 2003
L'ange des larmes, Calmann-Lévy, 2010
Fermé pour cause d'Apocalypse, Galodé, 2013

Essais

Histoire de la pudeur, Orban, 1986 ; Hachette (Pluriel), 1997 ; Perrin, 1999.
La Naissance interdite; avortement, stérilité, contraception au moyen âge, Orban, 1988
Histoire morale et culturelle de nos boissons, Laffont, 1991
Du flambeau au bûcher, Plon, 1993
Histoire des cafés et des cafetiers, Larousse 1993
Histoire du mariage en Occident, Lattès, 1995 ; Hachette (Pluriel, 1998)
Le mysticisme athée, Le Rocher, 1995
Les sept vies de maître Eckhart, biographie, Le Rocher, 1997
L'os à souhaits, correspondance avec Werner Lambersy, Les Éperonniers, 1997
Histoire du sentiment amoureux, Flammarion, 1998
Voyage autour de ma langue, Les Belles Lettres, 2001
Une de perdues, dix de retrouvées. chiffres et nombres dans les expressions de la langue française, Larousse, 2004
Histoire du célibat et des célibataires, Fayard, 2004 ; Hachette (Pluriel), 2007
Au septième ciel, dictionnaire commenté des expressions d'origine biblique, Larousse, 2005
Qu'importe le flacon..., dictionnaire commenté des expressions d'origine littéraire, Larousse, 2005
Histoire de la conquête amoureuse, Seuil, 2007 (Point Seuil, 2010)
Qui m'aime me suive, dictionnaire commenté d'allusions historiques, Larousse, 2007
Pudeurs féminines, Seuil, 2010
Histoire de la coquetterie masculine, Perrin, 2011
Une mystique sans Dieu, Albin Michel, 2015
Histoire du couple, Perrin, 2016
Histoire du coup de foudre, Albin Michel, 2017
Histoire du scandale, Albin Michel, 2018

Table

Parus chez maelstrÖm reEvolution

Poésie

La poésie est un acte. La meilleure poésie c'est notre vie.
Désoccultez votre poésie.

Dominique Massaut *Débordements* (livre/CD) . Pascal Leclercq *Analyse de la menace* . Laurence Vielle *Domo de Poezia* (livre/CD) . Gioia Kayaga *Tram 25* (livre/CD) . Léo Beeckman *Poèmes quantiques* . Otto Ganz *Du fond d'un puits* . Daniel De Bruycker *9 Neuvaines 4 à 6* . Cee Jay *Le prophète du néant* . Rolf Doppenberg *Sel de nos veines* . Sohrab Sepehri *Histoire de lune d'eau et de vent* . Benjamin Pottel *J'infiniments nous* . David Giannoni *La foi la connaissance et le souvenir* . Michel Bulteau *Fantômes et vivants* . Antonio Bertoli *Astres et Désastres/Astri e Disastri* (livre/DVD) . Jack Hirschmann *L'Arcane du Viêt-Nam* . Amir Or *Dédale* . Laurence Vielle *OUF* (livre/CD) . Kenny Ozier-Lafontaine *Billes* . Daniel De Bruycker *9 Neuvaines 1 à 3* . Lawrence Ferlinghetti *Poésie Art de l'Insurrection* . Lawrence Ferlinghetti *A Coney Island of The Mind* . Lawrence Ferlinghetti *Blind Poet (Poète aveugle)* . Alejandro Jodorowsky *Solo de Amor* . Alejandro Jodorowsky *Les pierres du chemin* . Alejandro Jodorowsky *De ce dont on ne peut parler* . Serge Pey *Droit de Voirie* . Serge Pey *Appel aux Survenants* . Antonio Bertoli *Territoires du Cœur* . Gaston Compère *Lux Mea* (livre/CD) . Fernando Arrabal *La pierre de la Folie* . Anne Waldman *Fast speaking woman* . Dwayne Morgan *Le Making Of d'un Homme* . Martin Bakero *ViceVersa* . Marianne Costa *Pin-Up Chrysalide* . Werner Lambersy & Otto Ganz *Ecce Homo* . André Beem *La Traversée d'Ici* . Daniel De Bruycker *Jātaka de l'Arbre*

Romans & Nouvelles

Otto Ganz *Les Vigilantes* . Sophie Buyse *Amour et Kabbale* . Rose-Marie François *La Belle enceinte* . Michel Bulteau *M. G. Monk gangster* . Patrick Lowie *Le rêve de l'échelle* . Luc Baba *Chroniques d'une échappée belle* . Carmelo Virone *Battre les cartes* . Gilles Farcet *La joie qui avance chancelante le long de la rue* · Chantal Deltenre *La Forêt-Mémoire* · Krzysztof Styczynski *Rien d'Officiel* suivi de *Ç* · Serge Delaive *Nocéan* · Gustave Flaubert *Madame Bovary*, adaptation théâtrale de Paul Emond · Nicolas Ancion *Invisibles et remuants* · Rose-Marie François *Course lente avant l'aurore* · Kenan Görgün *Delia on my mind* · Gérard Mans *Poche de noir* · Martin Ryelandt *Le Cavalier* · Ben Arès *Tromba, une transe* · Serge Noël *Aux premières heures d'un jour nouveau* · Isabelle Wéry *Marilyn désossée* · Paul Emond *Les vingt-quatre Victoires d'étape du peintre Belgritte* · Paul Emond *Tristan et Yseut* · Evrahim Baran *Pressé Immobile* · Evrahim Baran *La septième ville* · Evrahim Baran *De ce côté du Mur* · Gaston Compère *Au plus blanc de la nuit* · Vladimír Mináč *Le Producteur de bonheur* · Chantal Deltenre *La Maison de l'Âme* · Chantal Deltenre *La Cérémonie des poupées* · Chantal Deltenre *La Plus que mère* · Corentin Jacobs *Compte à rebours contre l'Occident* · Éric Dejaeger *Le Seigneur des Ânes* · Gaetan Saint-Remy & Mathieu Pierloot,*Charly Solo* · Renaud Coppens *La Ligue Hollywood* · Damien Spleeters *Tout ça c'est dans ta tête* · Damien Spleetersb*Transere* · Patrick Roegiers *Le Journal d'Aurore* · Sophie Buyse *L'Organiste* · Sophie Buyse *Confidences de l'Olivier* · Sophie Buyse *Autopsy* · Olivier Dombret *Journal d'un jeune branleur* · Anne Guilbault *La Cour* · Otto Ganz & Anne Guilbault *On vit drôle* · Denys-Louis Colaux & Otto Ganz *L'Arbre d'Apollon* · Denys-Louis Colaux *Je Hais les poètes (vivants) !* · Collectif *Descentes dans le Maelström* · André Beem *Asymptote/Quatre positions du dormeur* · Guy Montens *H.V.T. Hysterical Visionary Tour*

Livres graphiques et hors collection

Chantal Deltenre *Écrire en marchant* . Marianne Costa & Vince Larue *Filles seules,* BD . Kenny Ozier-Lafontaine & Vincent Lefèbvre *bulles* stripoétique · Marcheurs des Temps présents *Pays dans un pays,* récits · David Giannoni & Daniele Bacci *La Face cachée de la Ville,* L'intégrale BD . Collectif *L'Arcane de la Force* . Jean-Luc Lupieri *L'art d'action à l'ombre de Diogène,* Essai . Collectif MANIFESTEMENT *Chronique du Rattachement de la Belgique au Congo* · Collectif MANIFESTEMENT *Dégagisme du Manifeste* · Collectif MANIFESTEMENT *Manifeste du Dégagisme* · Aliette Griz, Anne Versailles & Julien Le Gallo *Neuf.0* · Luvan *Le Chevalier rouge,* illustré par Ambre · Thierry Van Roy *Sibérie noire* · Paul Emond *Les Aventures de Mordicus* mises en images par Maja Polackova · David Giannoni *Contes de Nod* mis en images par Sylvie Leroy · Soline de Laveleye *Les phrases de la mâcheuse* contes mis en images par Dominique Maes · Martine Cornil *Bords de Mondes* (avec textes de 29 auteurs) · Damien Spleeters *West We Go* · Philippe Remy-Wilkin *Le Livre de Mahomet,* illustré par Nikolas List · Philippe Remy-Wilkin *L'Épopée de Gilgamesh,* illustré par Nikolas List · O. Ganz & C. Amatheü *La Toute fine ombre des fleurs* · Nele Paxinou *Ne laissez pas mourir vos rêves* · Nikolas List *La Vallée des Rois* · Collectif *Devoir de Mémoire*

Ainsi que de nombreux *Booklegs*
(livrets à 3€ – poésie théâtre contes) et livres de poche

Imprimé dans la dignité sur les presses de la
Maison de la Poésie d'Amay (Belgique)